诡面谜花

卜知客◎著

東方出版社
人民东方出版传媒

图书在版编目（CIP）数据

诡面谜花 / 卜知客著．— 北京：东方出版社，
2016.6
ISBN 978-7-5060-9094-0

Ⅰ．①诡… Ⅱ．①卜… Ⅲ．①长篇小说 – 中国 – 当代
Ⅳ．①I247.5

中国版本图书馆 CIP 数据核字 (2016) 第 132531 号

诡面谜花
（GUI MIAN MI HUA）

作　　者：卜知客
产品经理：张　旭
责任编辑：王莉莉　张　旭
出　　版：东方出版社
发　　行：人民东方出版传媒有限公司
地　　址：北京市东城区东四十条 113 号
邮政编码：100007
印　　刷：三河市金泰源印务有限公司
版　　次：2016 年 7 月第 1 版
印　　次：2016 年 7 月第 1 次印刷
印　　数：1—5 000 册
开　　本：640 毫米 ×880 毫米　1/16
印　　张：18.5　　彩插：8 页
字　　数：180 千字
书　　号：ISBN 978-7-5060-9094-0
定　　价：39.80 元
发行电话：（010）85924663　85924644　85924641

假面之谜 人物表

凌　香

22 岁的都市服装设计师，性格呈现懦弱和执拗两面，对生活满腔激情却被现实打压，内心善良却易被利用，后被希达鼓惑，变换样貌。爱是她的囚笼，也是她的救赎。

程小米

25 岁，从备受艳羡的明星到酒吧的落魄异乡人，带着“面具”生活，被抑郁症痛苦折磨，努力抗争超越，却终为假面付出惨痛代价。

林俊逸

21 岁海龟，富商越明的私生子，普通警员，专业能力卓越，出国前后性情迥异，命途多舛却从未放弃找寻人间幸福。

希　达

年龄是谜，越明妻，神秘组织成员。控制欲极强，得知越明背叛后极度痛苦，对林俊逸及其母展开长达多年的复仇，从未走出自我创制的心灵炼狱。

越　明

47 岁凄苦离世，希达丈夫，因难以忍受希达的暴虐移情，性格懦弱，不善于表达感情，被婚姻牵制一生。无论是作为丈夫、情人还是父亲，均自认为是失败者。

林凤鸣

林俊逸生母，五年前离世，给林俊逸带来重大打击。性格温柔和顺，被希达视为眼中钉，和林俊逸相依为命，与越明有缘无分，最终受希达陷害。

老　陶

45 岁，林俊逸的顶头上司，老油条警员，二人亦师亦友，是林俊逸期待中的父亲。

复仇的飞花 人物表

苏　可

天才女科学家，S.U.N. 的“再生实验”负责人。

顾小鹤

金臣医院前院长顾方亭之子，曾经是 S.U.N. 的核心成员，后转行为心内科医生。

薇　妮

顾小鹤前女友，密先生养女。学术上造诣颇高，后发生车祸意外死亡。

密先生

S.U.N. 科学实验站创始人，科学狂人，“再生实验”开发者。

Lisa 陈

密先生秘书，暗恋顾小鹤。

秦　雯

薇妮生前好友，S.U.N. 核心成员。

唐　古

苏可前男友，虹美术馆编辑。

唐　陌

唐古小女儿，有严重过敏症。

周珊珊

唐古前妻，后因“1・23 案件”失踪。

林　阔

薇妮父亲，密先生曾经的好友。

杜永泽

T 市副市长，顾小鹤的病人兼好友。

顾方亭

金臣医院前院长，顾小鹤父亲。

假面之谜

目录

复仇的飞花

目录

谜托邦

世上本没有谜，猜的人多了，也便成了谜。

假面之谜

第一章　无脸死尸

香烟烧到了手，林俊逸才急匆匆地甩掉烟蒂，还要提防四周巡逻的巴黎警察，这不像国内，只要想抽烟，就能潇洒地点上一支，再潇洒地扔到任何一个角落。他拉拉衣领，拍拍头顶的南瓜帽，迎着风走过几条街区。南瓜灯的光圈和南瓜的味道令他厌烦。拿扫把的落魄女巫、笑嘻嘻露出獠牙的德古拉、迪士尼的灰姑娘一一从他身边走过，每个人的面具都独具特色，配合万圣节的气氛，竟让他在异乡找到一点家的感觉。

林俊逸掏出手机，又有几个上司老陶的未接来电，吝啬的上司竟然打起越洋电话，看来他确实遇到了棘手的案件。林俊逸这身福尔摩斯的装扮像巨大的嘲讽，自从两年前林俊逸和老陶因为几桩死亡事件组成双人团队，至今还未破获，除了相似的无脸尸体被发现，他们并没有找到其他有价值的线索。是对方太过高明还是自己一开始就预估错了方向，林俊逸不能给出肯定的答案，但直觉告诉他，得坚持下去，即使老陶在电话那头气急败坏地吼："藤都没有摸个瓜毛？"他也要硬着头皮查下去。

林俊逸掏出手机卡，潇洒地往湖里一扔，回国的时候到了，巴黎的这个假福尔摩斯也该消失了。湖水沉重地扑通一声，他才发现把手机扔了进去。

出国离乡五年，林俊逸第一个想见的人是初恋凌香。严格说来并不算真正的初恋，少年少女的朦胧情感谁都没有捅破窗纱，加上他家庭变故，母亲猝然离世，父亲匆匆将他送出国门，连道别都没有。如果林俊逸有什么亏欠凌香的地方，那就是一句简短的“再见”。

“再见，再见！”他挥舞双手，对着狂欢的巴黎之夜大喊。

回到公寓时，交往半年的女友程小米一身女巫打扮，呆呆地蹲坐在地上，望向窗外像望向深不可测的未来。林俊逸进门时，她像孩子看到最心爱的玩具，“呀”了一声，激动地扑在他的怀里。

“陪你出去走走？”林俊逸用手指撩起她蓬松的头发。

“不用了。”程小米怯懦似的往后退了几步，指指大街上的马车和人群，“看看就好。”

“小米，准备回国了。”

程小米愣了一下，长期神经衰弱的脸上闪现几秒笑容，她握住林俊逸的手，“我准备好了。”

抑郁症早已把她折磨得脆弱不堪，她害怕人群和白天，像深海中的鲨鱼，潜伏在阴暗的海域，如果不是林俊逸，程小米恐怕撑不到今天。林俊逸知道程小米的“准备好了”是什么意思，这个女孩要重新找回当年风光无限的自己，她要浮向海面，探出头来拥抱阳光，这对她来说着实需要莫大的勇气，而一切勇气和动力的根源，全部来自林俊逸。

程小米的承诺令林俊逸大为感动，他从后面环住程小米的腰，温柔耳语：“回国后，我要送给你一件美妙的礼物。”

或许是心情的原因，程小米这晚难得乖乖服下治疗的药丸，在林俊逸的臂弯里安静睡去。她的侧脸令林俊逸突然想到凌香，他及时打住了这个念头，把程小米抱上床，蹑手蹑脚地盖好被子。

“回家。”林俊逸从程小米的呓语中清晰地听到了这两个字。

飞机穿越云海，阳光舒适地照进舷窗，程小米兴奋了一阵又睡着了。林俊逸却紧皱眉头，他在查看昨晚老陶发来的资料。

死者除了脸部外，全身并无一点伤痕，没有搏斗的迹象，脸部血肉模糊，却非利器殴打。五官皮肉和骨骼已经变形，扭曲程度极为夸张，连林俊逸看到脊背都一阵发凉。

他倒真愿相信是某种神秘的不可知的力量，在万米高空，这种感觉尤为强烈。然而理智和学识告诉他，这种强大的力量并非来自外部，恰恰来自人类的内部，阴暗又难以捉摸。以前发现的死者的脸影像重叠，拼合成他面前的恐怖“鬼脸”，竟是惊人的一致。

如果人类医学能够达到任意改变脸部外貌甚至构造的程度，那么这项技术的拥有者决定了它将成为上帝的权杖还是撒旦的烈火。他和老陶通过局子的内部网络明察暗访医学机构和科技机构，那些头脑一根弦的研究者们对二人的说法嗤之以鼻，否认这项技术的存在。

老陶灰心丧气，林俊逸却觉得，未曾面世的技术并不能代表不存在，就像那些神秘的事物，不能因为无法证明就否定其真实性，谁知道刚照进窗子的阳光是不是上帝之眼。

林俊逸拉下舷窗，把程小米搂得靠近些，她平稳的呼吸让林俊逸的心情稍微平复。但是越接近故土，他的心跳得越厉害，脚下的土地上发生过的一切，急速地冲过他的脑海，近乡情更怯，大抵如此。

林俊逸昏昏沉沉地进入梦境的时候，那个叫凌香的女孩刚从梦魇中醒来，她趴在工作台上，口水打湿了手掌下的布料。

“要死要死！”她急忙擦拭这块昂贵的印花布料，拿起设计手稿重新比对。腰部的设计稍显累赘，她决定放弃繁复的图形，利用最简单的线条衬托出女性的柔美。她把钢尺横过来，用画粉画出基本轮廓，把布料围在人体模型的肩部，几下攒出一朵百合。这是林俊逸最喜欢的花朵。

服装设计师凌香常常把十七岁的回忆和幻想移植到服装上来，对她而言，十七岁对林俊逸的动心是生命最难得的恩赐，成年以后，身边的男人断断续续，但从未出现当时的悸动。

林俊逸走后，凌香越来越爱回味那种羞涩的甜蜜和欲言又止的心跳，她所设计的服装也不可避免地沾染少女情怀。她觉得自己仍然是当年的心境，林俊逸转身离去的瞬间她鼓起勇气小声地说了句“我等你”，这话林俊逸未必听得见，她却记得牢牢的。

楼下警笛的声音呼啸而过，扰乱了凌香的思绪，凌香一惊，手里的大头针刺进手指，血滴正好落在花芯。

“凌香！还要我说多少遍，工作的时候一定要专心！”上司 Leon 操着一口娘娘腔在旁边数落。

“是，对不起。”凌香道歉，“这几天怎么了，总是有警车？”

“谁知道？”Leon 拢拢翘起的发丝，“偷盗、强奸、命案，你以为世界太平啊？再说，这也不是你关心的问题吧，小姐！周末之前赶两套成衣出来。”Leon 扭着腰肢，迈着小碎步扑通一声关上门。

“我打赌他一定穿了增高鞋垫。”凌香悄声对身边的同事说。两套成衣，开玩笑，真把她当成缝纫机了？

凌香不得不留下加班，同事临走时提醒她：“别回去太晚，听说最近出现无脸死尸，惨得很。”

“放心，我会注意的。我对海城的治安还是很有信心的。”凌香继续把头埋进花红柳绿的布料中。

偌大的工作室只剩凌香一人，缝纫机的声音多少显得单调又寂寥。她的脖颈酸疼，仰头扭了扭。寒风吹动玻璃窗，呼呼作响，她打开窗，冷风簌簌地往骨头里钻。寒潮来临，据说从北向南席卷大部分城市，就连温度适宜的海城也不例外，Leon 的催促不无道理，冷空气比以往提前到来，冬季第二波新品的发布促销直接影响公司业绩。

突如其来的寒冷令凌香心中一凛，案板上的线团滚落到地上，啪嗒一声，凌香吓得几乎跳起来，看清线团后她长舒一口气，“见鬼的天气。”

人体模型上的裙装做完八成，具体的细节要真正试穿才能显出效果，大半夜去哪里找试衣模特。凌香只能猛吸肚子，勉强套上短裙。胸部线条过于凸出，大朵印花反而有哗众取宠的味道。

设计稿一改再改，乱糟糟的曲线在凌香面前扭作一团，曲线边缘的弧度呈椭圆形，她想到人的脸。同事临走前说的无脸死尸蹭地窜进凌香的脑中，寒风一点停的迹象也没有，凌香索性把屋内所有的灯全打开，靠着人类发明的光源抵抗黑夜带来的恐惧。

她不可避免地想到林俊逸。几年前她拉着林俊逸一起留下复习功课，教室只有两个人，外面猝不及防地掉落雨滴，灯光晦暗的教室愈发令人恐慌。外面是同样的寒冷和同样的黑夜，凌香挪动身子朝林俊逸靠近，有那么一瞬间她想依靠在林俊逸的肩膀上。可是林俊逸把头埋进小臂，没有注意凌香的恐惧与期望，他的肩膀瘦削，沉默得像一座单薄的雕塑。

凌香找不到合适的语言与他交流，林俊逸的母亲意外身亡，整整一周，他什么话都不说。

或许就是从那时起，凌香决定付出全部的真心去爱眼前的男孩。

“她为什么要自杀？”林俊逸的眼神毫无光彩，虽然看着凌香，却好像望向远方。

凌香沉默，她知道林俊逸并不是想从她身上得到答案。

“为什么？一定是因为那个男人。”

“伯父他……”凌香及时住口，林俊逸眼神里的仇恨令她害怕。

除了凌香，恐怕没有人知道林俊逸的私生子身份，这是少年脆弱的心中最隐蔽的耻辱，仿佛出生是一场绵延至死亡的诅咒。从小时候起，林俊逸就与母亲林凤鸣一起生活，那个叫越明的男人很少出现在母子俩的生活中，每次像客人一样探望之后都会留给他们一笔数目可观的钱财，这看起来更像是对他存在的讽刺。母亲泪眼蒙眬地拉着他的手，让他喊

"爸爸"，他却冷冷地回一句"我又不姓越，凭什么？"

男人的眼睛里泛出泪，"不怪你，是我对不起你们。"他试图把手放在林俊逸的头上，林俊逸被这种亲昵的动作吓坏了，逃似的跑了出去。

母亲一再对他说："你父亲有他的苦衷，你不要恨他。"

"他毕竟是你的父亲啊。"凌香局促不安，她不知说什么好，只想让林俊逸恢复一个少年该有的神采。

谁知这激怒了林俊逸的敏感神经，他冷冷地说道："凌香，我要走了。那个所谓的父亲为我办了出国手续，明天就走，不会回来了。"林俊逸把凌香的笔记本放在桌子上，转身离开，凌香从未见过如此冷漠的林俊逸，她吓坏了。

"等一下！"凌香扯住他的背包，低下头呢喃道，"我……我有话对你说。"

"不必了，你可以……忘了我。"林俊逸走得决绝，头都没有回。凌香的手还悬在空中，久久没有放下，她难以相信这张撩动她心弦的面孔从此消失不见，离别来得那么残忍和冷酷，让她手足无措。

凌香幽幽地叹口气，把不同质感的布料堆在眼前，祈祷黑夜快点过去，不然陈年往事又会层出不穷，弄得她心烦意乱。

她还不知道，林俊逸时隔五年已经再次出现在海城。

记忆中的林俊逸穿着少年标配的白衬衫和牛仔裤，骑着一辆蓝色的单车，对未来有无限的憧憬。凌香当然想不到，或许不愿相信，几年后的林俊逸已经蜕变为成人气息十足的男人，甚至在外人看来有些油腔滑调。谁知道年轻时爱慕的人之后会变成什么样子，值不值得托付当初那份单纯的心动和心痛。

林俊逸记忆中的凌香依然是老样子，他没有想好如何与她重逢，或许他们早就失去了相见的最佳时机，有些没来得及说出口的话，没来得及演绎的故事，已被时光的洪流冲刷得浩浩荡荡，谁都分辨不清彼此最初的模样。几年后他身边有了别的女孩，新的名字新的装扮新的生命。

林俊逸安顿好身边的程小米后，径直来到局子，老陶按照约定在等他。

到达局子时已是凌晨两点，科室一片死寂，老陶在窗边静静地抽着烟，红色火光有节奏地闪亮，显得他粗犷的背影有些鬼魅。

“这是死者的尸体，你自己看。”

林俊逸的检查并没有超越法医的鉴定结果，死者身上的伤痕和报告上写的一样。林戴上口罩和手套，在即将腐烂的肉体上摸索，不放过每一寸肌肤，突然摸到一块薄薄的硬物。

“这是什么？”林俊逸从死者的下颚取出一小块白色晶片，只有小指指甲大小，如果不仔细观察，很难从骨肉中分辨出来。警察和法医把关注点过多集中在死亡原因和时间上，反而忽略了这个小细节。

林俊逸马上进行数据分析，虽然晶片损坏，但可以看出这是一套严密复杂的控制程序，晶片用的是纳米材料，林俊逸怀疑这不是它最初的形状和样态，而是固定组合而成，就像水凝聚成冰。他还想更深入地对程序进行分析，电脑键盘的声音和满屏幕的数字编码使他的心跳加速，晶片突然发出刺眼的红光。

“小心！”老陶迅疾地从身后拦腰抱住林俊逸，晶片还没落地就轰的一声裂成碎片，办公桌被炸得一片狼藉。

爆炸物划过死者的脸部皮肤，林俊逸无意间看到，大喊一声：“老陶！”

两人把手电筒对准划痕，血液是凝固的，不是一般的结块，而是异常坚硬。死者本就面目全非，任何人都不会打再次解剖脸部的主意，老陶把手伸进死者深凹的脸颊，针刺一样抖了一下，骂骂咧咧地缩回来。

“这么说被改变的不仅是骨骼，还有血液？”老陶脸色凝重，几乎不相信自己说出的话。

“我猜想是用纳米材料改变细胞构成。”林俊逸觉得这件事好像他曾经历过，什么时候，具体地址，他想不起来。

老陶倒吸一口凉气：“它还有自爆功能。”

“不，不是自爆。”林俊逸的声音极度低沉，“是有人远程控制。”

“你说什么？”

“我试图复制程序的时候，编码中间突然出现一串数字，我以为是程序本身的问题，可是数字随时变化，极其有规律，仿佛在向我们传达什么讯息，而且隐约出现了几个字。我猜对方在挑衅。”

“小林，你不要吓我。”老陶的声音颤抖。他们仿佛身在一个透明的笼子里，被一双黑眼睛死死盯着。

究竟是谁？目的是什么？

“老陶，给我支烟。”

老陶能感到，林俊逸的手指微微颤抖，他又何尝不是。两人相对无言，沉默地吞云吐雾。冷风从破碎的窗中溜进，他们冻得缩了缩脖子。真正的寒潮就要到来了。

老陶决定把发现的情况汇报给上级，“清除小组”要加派人手。

申请书递上一封又一封，等了一个多月，上面也没有明确的答复。老陶按捺不住，直奔局长办公室。

“‘清除小组’，不过两个人嘛，要经费，我们拨下去，现在又要人手，不要得寸进尺。这件案子已经交给刑侦组，你跟小林不要插手，还有新的案子给你们，这是资料。还不走，让我请你出去？”局长吹吹滚烫的茶水。

老陶灰着脸走出来，等在外面的林俊逸一看老陶的脸色，主动把手搭在他的肩膀上，“头儿，意料之中。”

老陶撇嘴，把资料扔在林俊逸怀里，“片儿警的活儿，你接？”

林俊逸翻了几页，“不就是帮老人找狗嘛，这也是大案子，狗对老人多重要啊，老陶，老陶！你别走那么快。”

一个大半辈子耗在局子，却没有破获任何重大案件的老油条，一个初出茅庐的小子，两人的组合被上级质疑专业能力也很正常，林俊逸现在最担心的是案子转到他人手中，他无法掌握第一手资料。

林俊逸的担心显然多余，这件案子像烫手的山芋，没人愿意往自己身上揽。兜兜转转还是老陶和他上阵，上面没明说，但至少睁一只眼闭一只眼，任老陶和他折腾，自从上次发现纳米晶片，两人现在仍然一无所获。

林俊逸把晶片藏在老陶都不知道的地方，直觉告诉他这个晶片极其重要。

进入 21 世纪之后，人类的科技发展迅猛，新的技术像雨后春笋层出不穷，科技人才也不仅限于政府机关或科研机构，很多专业能力超群的科技爱好者凭着喜好研发出各种稀奇的新技术，无论有没有被官方认定，有些技术也会秘密流传。林俊逸不确定晶片的具体用途，但这桩麻烦的案件上面迟迟不接手，或者已经调查但有不为人知的秘密，不希望他和老陶知晓，这令他感到困惑。去年他向国内的局子递交材料的时候，大概不会想到他职业生涯中的第一个重大案件会是如此开场。

他猛吸几口烟，和老陶告别后选择步行回去。凌晨的都市依旧有热闹的地方，灯红酒绿的酒吧，路边热气腾腾的大排档，街区高楼上的巨幅广告牌，还有不息的车流，林俊逸感到压迫，仿佛被镶嵌在一个个盒子里，周遭的一切都在强硬地提示人类被囚禁在自己创造的文明之中，林俊逸想要逃。

第二章　错位的求婚

虽然案件没有实质进展，但令林俊逸略感欣慰的是，程小米经过几周的悉心调养病情出现好转。她及时地沟通自己的情绪变化和内心想法，甚至会问些生活琐事，“我穿这件衣服好不好看？”“今天可不可以不吃药？”但她还是不喜欢照镜子，除了洗漱间必备的小镜子之外，程小米极度抗拒看清自己的模样。

林俊逸暗地里筹备求婚计划。两人在彼此人生低谷相遇，走到今天实在不易，尤其是程小米，她已经努力融入人群，并试着和心理医生交流。然而一旦涉及内心的隐秘，程小米就缄口不言。她仿佛隐藏着重大心事，对谁都无法吐露心声。

她翻起以前喜爱的时尚杂志，对刚发布的冬季新款尤其是以百合为灵感的系列服装极感兴趣，这个品牌并不知名，设计师凌香的名字也被放置在角落，毫不起眼。

她决定给林俊逸一个惊喜，告诉他，自己重获拥抱幸福的能力。她长久地盯着那套百合裙装，干净、纯粹、恒久的白仿佛就是她对林俊逸的爱，她的心破天荒的怦怦直跳。她打电话联系这家公司，费尽千辛万苦，只买到一件成衣。

她翻出自己保存的以前的海报和杂志封面，上面的程小米仿佛存在于另一个世界，化着精致的妆容，穿着时尚的衣裙，眼睛炯炯有神。除了面貌相同，她简直不敢相信自己曾那样光鲜亮丽地生活过。她的目光移到脸部时，突然像看到极恐惧的事物，跌倒在地上，浑身发抖。

“脸，脸！”她慌张地冲进洗漱间，拼命地把冰凉的水泼在脸上，手过于用力，几道红印凸显出来，她揪着脸颊的皮肤，似乎要撕扯下来。等水的冲击使她平静，她也停止了呜咽。

“看看她，接受她。”程小米不停地劝慰自己，她胆战心惊地抬起头，仔仔细细地看着镜中的五官，灯光柔和，她的脸还是不可言说的美。她回到客厅，蜷缩在懒人沙发里，等待林俊逸的到来。

凌香的服装设计并未引起轰动，公司大力宣传的还是 Leon 的系列新品，她挚爱的百合裙装只作为推广的单品，勉强挤进发行计划。连续一个月高强度的工作，她的头昏昏沉沉，却接到母亲催促她搬家的电话。

“妈，我今天……”

“不要拖拖拉拉，跟你说了多少遍，你也为你弟弟想想好吧。都成年人了还赖在家里啃老，现在的年轻人怎么都那么自私……”

母亲的唠叨令她的心情更加恶劣，她晃晃荡荡地出门打的，上车时差点忘了告诉司机要去的地址，随后就昏沉地靠着后背睡着了。等司机把她喊起来，手机铃声再次响起，她没好气地挂掉电话，匆匆上楼。

母亲早就倚着门等她，“怎么耽误到这时候？”

她不说话，直奔自己的房间，匆匆收拾散落的衣物。母亲瞅了几眼，满意地踱了出去。

凌香趁母亲转身的工夫气冲冲地关上行李箱，笨重的金属咬合声宣泄着她的愤怒。这个她从小长大的房间已经不再属于她，所有的陈设已经按照育婴室的模式更换，花里胡哨的壁纸，乱成一堆的玩具，那个曾经浮起无数少女梦的空间弥漫着浓烈的婴儿尿臊气。她气冲冲地瞪了一眼白木小床里的男婴，他傻兮兮地笑了，手中的奶瓶落在枕边，流出一摊奶白。

凌香将奶瓶重新放回婴儿手中，他却不肯接，张开两手要抱。凌香对这个幼弟说不上多爱，但小生命的降临总归是令人欣喜的。她夹住弟弟的腋窝，刚要用力，母亲冲了进来。

“放下，快放下！小心伤着他。”母亲接过婴儿，唤着他的乳名，“小西瓜，好好，不要闹，不让姐姐抱。”

“妈，我走了。”凌香做出出门的姿态，心底希望母亲至少挽留一下。她倒真的出了声，凌香激动地回头。“喏，把这个也带走。”母亲把半干的内衣扔在凌香怀里，那是她昨天刚洗的。残留着恶劣天气的恼人气味，凌香灰头土脸地走出房门。

这个家，她短时期是不打算回来了。自从母亲改嫁，怀上小西瓜，她就免不了被唠叨。新家房间狭小，小西瓜出生后母亲就一直打她房间的主意，今天终于如愿以偿。

母亲刚烫过的卷发还在她眼前晃，凌香已轻飘飘地来到街口。天空因雾霾泛出烟灰色，城市的建筑像海市蜃楼，让人觉得生活不真实。计程车仿佛从深海开来的船只，渡过街边等候的鱼群。凌香望着熙攘的大街，每个人的面孔都好像水泥雕塑，冷冰冰的。她想窥探面具底下的欲望，却被人们脚下激起的泥巴打乱。真想换一个躯壳。凌香伸手，好不容易打到一辆愿意在她身边停下的计程车。

联系房东拿钥匙，免不了被这个邋遢的中年大叔叮嘱一番，因过度吸烟，大叔嘴里喷出一股难以忍受的气味，凌香逃也似的回到出租屋。虽然天气寒冷，她还是出了一身汗。

短信铃声不合时宜地响起，“催命鬼。”上司Leon又在催工，手机屏幕上只有一个时间点，0：00。这意味着午夜之前她要把该死的服装设计稿发过去，三个数字冷漠而高傲，凌香不得不听从它们的胁迫。

天色暗下来，华灯初上，凌香盯着发光的电脑屏幕，眼睛酸疼。各种线条在眼前横冲直撞，她忍着痛苦终于做完一稿。定时闹钟响起，凌香一手关闹铃，一手迅速地将手稿点了发送。呼，还好，赶上了最后的时间。

她双脚一蹬，依靠在椅背上，摇摇疼痛的脖颈。屏幕暗下去，从黑色的反光中凌香看到了自己的脸。

头发散乱地披在肩膀上，像一只没有生气的黑蘑菇。她找来镜子，里面的人她几乎认不出来。眼圈乌黑，红血丝布满眼眶，嘴唇干裂发白，整个五官了无生气。她把瓶瓶罐罐的化妆品堆到眼前，水、乳、精华霜，一层层地往上抹，仿佛挽救一株干枯的植物。她刚贴上面膜，手机又响了。

“阴魂不散呐。”她气得咒骂，拿起手机却甜甜地叫了声“喂，Leon。”

“凌凌，你的稿子还要再改改啦，加加班哈，早休息，拜。”

凌香的头皮发麻，这个娘娘腔说的话就是圣旨。工作不好找，她刚从服装设计专业毕业，能找到设计师助理的工作已是万幸，刚交了房租，她可不能丢掉饭碗。

她继续坐到电脑面前，使劲拍拍脸，打起精神。她幻想自己穿上设计的衣服，摇曳的小裙摆，若隐若现的V领还有微露香肩的衬衫，凌香总有办法让自己爱上冷冰冰的设计图。色块在寂无人声的夜晚显得格外明艳，一点一点拼合出凌香的平凡生活。

黎明将至，她终于将成稿发了过去。她累得瘫倒在床上，揭下忘记多时的早已干巴巴的面膜。她看了一眼这座城，窗外开始泛白，城市的轮廓像素描的图影，被钉在更高远的天空下。她举着这张没有水分的面膜，想象在这天空底下变成另外一张脸，在这座城市中有一个完全不同的命运。

这个念头只是一闪而过，电子邮件的提示音简直要炸裂凌香的神经，她要被折磨疯了。

“要死要死，Leon 这个变态！”凌香气冲冲地摁下键盘，邮件却来自一个陌生的邮箱。凭借邮箱的前几个字母，凌香的心里一抖。

林俊逸的缩写。她心惊胆战地点开，里面是一张中学同学会的邀请卡，时间定在三天后的平安夜，组织者：林俊逸。

竟然是他！

凌香兴奋地亲吻电子卡片，对着凌晨四点的城市大喊，凛冽的空气扑在脸上，她觉得畅快。她的睡意退去，翻箱倒柜地找衣服，对着镜子试了一件又一件，简直要把这些年的时光全部收拢回来。

衣服堆得满床都是，她还是不满意，直到翻出压在柜底的中学校服。衣服已经压出深深的折痕，白色的前胸沾着黄色的污渍，她使劲甩了好几下才把校服身上的霉味四散在空气里。她试着穿上，当年肥大的衣袖已经紧贴皮肤，被母亲缝过的裤脚依然丑陋。好在她的身材没有变形，镜中的自己让她想到 17 岁。

凌晨的海城依旧没有摆脱夜的晦暗，电子邀请卡上的烟花从凌香的眼中升起，在空中噼里啪啦地汹涌绽放，绚烂的色块照亮了凌香通往记忆的道路，而未来的铁轨也似乎蔓延至更深远的云端。凌香沉沉地睡着了。

天亮，意料之中的迟到，电子管家 L 小姐不停地发出嘟嘟的声音，反复提醒她“早餐，早餐”。凌香抓起吐司面包和冰冷的牛奶，疯狂地跑下楼梯。紧赶慢赶到公司大楼已经迟到整整四十五秒。现代社会就是这么残酷，计时器根本不近人情，她的当月绩效没了。

一开始，凌香总觉得平安夜来得太慢，等到那个日期真正来临，她却慌了。

“什么都没准备好，怎么办？”刚打理过的头发弧度有点奇怪，熬夜的黑眼圈更加严重，肤色暗沉，心情时好时坏，一股脑的问题让凌香焦头烂额。说到底，她根本没有准备好怎么面对林俊逸。

凌香拿出成品百合裙装，久久地盯着它，瘦削的肩部轮廓，凹进去的蛮腰，还有欲语还休的裙摆，这是她送给 17 岁自己的一份“嫁妆”。成衣只有两件，另一件用于展览，公司并没有大批量制作的意思，之前凌香一直耿耿于怀，现在却异常兴奋，她没有想到，有一天林俊逸能亲眼看见她穿上它。

平安夜当天，凌香梳妆、试衣、凹造型，两个小时过去，她还是不甚满意地出了门。

还没走进会场她就听到人群的欢笑声，许久未见的老同学聚在一起叙旧，凌香走过去时，有的同学并没有认出她，他们想喊她的名字，动动嘴唇却不知道说什么。凌香贴心地自报家门：“我是凌香，大家都还是老样子啊。”

短暂的寒暄过后，凌香端着红酒躲在角落，装作漫不经心地客套，她的视线在人群中来回穿梭，尽管精神高度紧张，她还是差点错过了林俊逸的出现。

林俊逸的变化很大，他一身痞气，嘴里叼着烟，很快和最浮夸的几个同学打成一片，互相恭维，凌香不由皱了皱眉头。她刚犹豫要不要上前打招呼，林俊逸看见了她。

他笑眯眯地朝她走过来，凌香曾无数次幻想过两人相见的场景，没有一个画面让她感到如此不自在。她本能地往后退，林俊逸吐出一口烟，呛得凌香咳嗽起来。

“好久不见呐。”

“好久不见。你在国外过得怎么样？”

“爽！天高海阔无牵无挂。”他凑近些，小声说，“外国妞儿比国内的确实棒。”

“你变了很多。”凌香的口气里有掩不住的失望。

“人嘛，都会变的，谁知道会变成什么样子？你呢，过得怎么样？”

“不怎么样。”凌香直勾勾地盯着林俊逸，仿佛要翻腾出他所有的秘密，“难道你过得快乐吗？”

凌香离开林俊逸，径直从他身边走了过去。林俊逸愣在那里，凌香的一句话就打败了他。

凌香简直快要哭出来，林俊逸越装作毫不在乎的样子，内心隐藏得就越多。她知道，林俊逸在国外的日子一定艰难。

凌香在洗手间用水使劲泼在脸上，她已经分不清满脸的液体是水还是泪。“笨蛋，大笨蛋。”她小声呜咽，决定无论如何都要约林俊逸出来谈一谈，亲口告诉他，她这几年一直在等他，她要的是一个机会，仅此而已。

凌香抬头的瞬间被镜中景象吓了一跳，身边的女孩跟她穿得一模一样，并且同样错愕地盯着她。

“真巧。”凌香尴尬地说道。

“真巧。”女孩眼神里的光暗淡下去，有些绝望地盯着凌香，转身的时候凌香觉出对方的哀伤。真奇怪，明明最该伤心的是自己。

等凌香再次来到大厅时，百合女孩也出现在那里，她的手被林俊逸牵着。凌香差点没站稳，一转身偷偷躲藏在立柱背后，林俊逸的背影深深刺痛了凌香，她怀疑自己是不是陷入了一场虚构的梦境，梦中她被失去林俊逸的潜意识折磨，毕竟眼前发生的一幕是她最害怕的场景。

她听见有人说：“林俊逸，你小子可以啊！”“在国外混了几年，有前途！”“别闹，看人家姑娘都害羞了。”“来来来，喝一杯。”嬉闹的人群冲垮了凌香的防线，她简直要站不稳了，林俊逸的周围热闹非凡，他喜悦地向大家介绍："这是我女朋友，程小米。"

每一个字都刺进凌香的心，她使劲掐住手指，尽最大努力不让自己哭出来。

"程小米，怎么这么耳熟？哦，那个……那个明星！"有人说道。

程小米感到不好意思，"什么明星，都是过去的事了。"

"哎哟，还真是？今天可中了彩了。"众人哄笑，又闹嚷着喝酒。林俊逸和程小米被人们团团围住，凌香隔绝在外，像被哄闹的人群遗忘。五年的时间，就足够让林俊逸忘记一切，还是她自己耽于往事的囚牢，迟迟不肯走出年少的感情泥沼？

凌香努力回忆程小米这张脸和这个名字，恍惚记得几年前有这么个小有名气的广告明星，上过几次杂志的封面，好像之前还做过模特。她仔细端详着程小米，她的妆容精致典雅，手上拿着 LV 最新发布的手包，看得出她对这次聚会的重视，但她的面容憔悴，像大病一场后刚刚痊愈的病人。

"哎，凌香呢？我刚才还看到她。"林俊逸问道。

凌香赶紧侧侧身子屏住呼吸，祈祷大家不要注意到她。

大家重新把目光转移到程小米身上。程小米的反应倒没有那么热情，她虽不高傲，却不轻易打开自己，让任何人挤进她的世界里来。她甚至没有明星该有的派头，反而寻求林俊逸的庇护。

林俊逸宠溺地示意程小米不要害怕，抬头寻觅凌香的身影，或许她不在场是对她最小的伤害。

林俊逸绅士地挽着程小米的手，"我早就想介绍她认识我的朋友们，我在国内记忆最深刻的就是你们这些老同学。今天请大家做个见证，这对我而言很重要。"

侍者送来一捧粉玫瑰，林俊逸双手捧着单膝下跪。众人起哄。

程小米捂着嘴巴，感动得落泪，可是她并没有接过玫瑰，而是问了一句匪夷所思的话："如果我不是我的样子，你还爱我吗？还会爱我吗？"

"一定会。"林俊逸不假思索地回答。

"不，你不知道我的面具。"程小米很激动，后两个字的发音微弱得简直听不见，她惊恐地后退。她还没说完林俊逸就把她拥在怀中："什么都不要说。"

等程小米的情绪稳定，林俊逸从那一片粉色的花丛中拿出一个小小的丝绒盒，一枚蒂芙尼戒指安静地躺在里面，像初降人世的婴儿等待幸福的样子。

林俊逸温柔地把戒指套进程小米的指间，程小米按捺不住，号啕大哭，说道"我愿意"，听起来有些歇斯底里，凌香从未见过一个姑娘被求婚反应这么大。

如果现在站在林俊逸面前的是她？那本该是她的位置！凌香被想象中的身份错位诱惑着，同时被伤害着。她两腿发软，快要站不住了，她一步步后退，想从这段揪心的梦中逃离，如果这只是一个梦该有多好。她一心急，绊倒了身后的圣诞树，彩灯从树上落下，五彩斑斓地散在地上，仿佛碎裂了一地的时光。

她狼狈地站起来，凄然地望了林俊逸一眼，在眼泪决堤的瞬间慌忙跑了出去。

路上已有积雪，雪依然没有停的迹象，人们沉浸在平安夜的喜悦中。她的脚底几个踉跄，撞到了门口的一位紫发女人。对方把她扶起，她没有道谢就急匆匆地逃了。路上不断有孩子兴奋地朝她喊叫，圣诞老人会带来好运。

海城被旖旎的灯光和雪花笼罩，玻璃高楼坚硬地横亘在凌香面前，街道邈远而拥挤，时尚品牌的广告铺天盖地蔓延开去，首饰、香水、服装、化妆品附着在形态不一的高层建筑上，凌香被声色交织的现代都市紧紧囚禁，她感到沉重的孤独和疲乏，却不顾一切地向远方奔跑。她想远离城市和人群，跑到无人相识的陌生之地，甚至幻想只要速度加快，她几乎可以跑赢时光，穿梭到与林俊逸初次见面的地方。

事实上她也这么做了，当海城中学出现在她眼前的时候，她被突如其来的回忆彻底冲垮。她没有进去，她知道无论怎样她和林俊逸都不可能回到当年。学校同样充满着平安夜的欢愉气氛，几个面容青涩的学生打闹着从她身边走过，她仿佛看见了那时的林俊逸。晚了，一切都晚了，凌香就这么站着，泪流满面。

“凌香！”林俊逸从大厅追出来时，满眼都是欢闹的人群，他的视线被遮挡，凌香消失在风雪之中。这是林俊逸对凌香的最后印象，以后的时光每当他想起凌香这个人，就会想到这一场雪和欢闹的人群。

同学会进行到凌晨，人们互道圣诞快乐之后又互相道别。程小米挽着林俊逸的手往回走，寒风冻得她缩了缩脖子，她向林俊逸要了一支烟，静静点燃。

“那个女孩是谁？”

“朋友。”

“很重要的朋友吗？”

“小米，不要误会，你知道我对你……”

“我知道。”程小米仰起脸，雪花溶化成水滴，她像孩子似的笑了，“我一直都知道，亲爱的，谢谢你。我只是担心，今天我们有没有伤到她。”

林俊逸不说话，凌香跑出去的瞬间，他的心刀绞般疼痛，这不正是他想得到的吗？让凌香对他失望，彻底忘了他。从凌香今天看他的第一眼开始，他就知道凌香还对他抱有期待，她等了整整五年。

“我的衣服好不好看？”

林俊逸笑着点点头。

“我今天才见到它的设计师，凌香。百合是你最喜欢的花。”程小米像在自言自语。

“小米……”

“我今天很开心，很幸福。”程小米把头埋进林俊逸的臂弯，亲吻手上的戒指，“幸福总会来的，就像这场雪总会过去，对吧？”

“嗯。”

“走吧，以前听过一句很浪漫的话，如果下雪不打伞，就可以一起走到白头。”程小米拉起林俊逸的手，被雪覆盖的街道像婚礼的白毯，林俊逸想到独自跑出去的凌香，突然一阵心酸。

“其实，我很羡慕她，至少她是真实的。”程小米说道，“真希望我是她。”

“为什么？”林俊逸诧异地问道，程小米的想法真古怪。

“如果我是她，一定早早地表白心意，再也不要错过你。”

“都是以前的事了，是我对不起她，出国之后也不知该怎么面对她。”林俊逸愧疚地说。

“我看得出来，她爱你。女人的直觉有时准确得可怕。知道吗，如果我不在了，有她爱你，我也会很欣慰的……”

“小米！”林俊逸试图强硬地打断她的话。

“抱歉，我只是好害怕，怕哪天真的离开了你。”

林俊逸把程小米搂在怀中，她身上的香水气味蹿进他的鼻子里，被冷风吹送后一阵冰凉凄楚的味道。

林俊逸清楚地知道，程小米这个女孩子和别人不一样，认识她的时候她酗酒、斗殴，国内国外生活的落差折磨着她，她一个人在国外度过艰难的时期。林俊逸到国外不久就收到父亲去世的消息，两个破碎的灵魂相遇，林俊逸对程小米动了心，痛苦使他们相爱。林俊逸从未把自己当成程小米的救世主，但他要尽力帮程小米从沉重的负面情绪中走出。

求婚来得恰到好处，他希望程小米能再次拥有普通人的感知幸福的能力，毕竟她被抑郁症折磨了那么久。

这一晚点亮了两个人的生命，最平常的房子也有了家的味道。哄程小米吃完缓解神经衰弱的药丸，林俊逸将她抱到床上，盖好被子，蹲在床边四目相对。这一刻的温暖足够抵抗外面的严寒。程小米安静地睡去，嘴角掠过一丝难得的微笑。

雪还未停止，林俊逸想到凌香，不知道她现在怎么样。如果命运对他没有如此残忍，或许他和凌香……生命的旅途总是给人感慨和遗憾，年少的旧时光和懵懂的感情不会存留太久，人必须一猛子扎进生命的洪流，前仆后继地奔向死亡。他也想到猝然死亡的母亲。

这一次，陷入黑夜沉思的林俊逸真的入了凌香的梦。

第三章　神秘的女人

凌香回到出租屋时已经是凌晨两点，她浑身冰凉，简单洗漱后钻进被窝。寂静得令人心慌的夜里只有她自己，凌香有时会想自己就像城市夜晚的灯光，即使灭了一盏也无人注意。就算她此刻死去，尸体短时期内也无人发现，想到这里，凌香的眼泪止不住地滑落脸颊。

她的额头滚烫，不一会儿又陷入梦魇。梦里林俊逸的脸模糊得看不真切，他走来的时候竟然变成了程小米。凌香一身冷汗，电子管家L小妇自动用药物为凌香降温。科技并非一无是处，至少给孤独的人们以依赖。

凌香昏昏沉沉地睡了一天，空调已经自动调到最适宜的温度，醒来时凌香恍惚得不知身处何地。她定定神，努力回想究竟发生了什么。林俊逸，程小米，两个人的影子在她眼前晃得头晕。平安夜的浪漫求婚重新触动了凌香脆弱的心房，她感到血液急速地冲向脑部。

她冲到洗漱间，拧开水龙头，狠狠洗了几把脸。水珠溅到镜子上，凌香一抬头差点惊呼起来。

镜中的女人带着隔夜的残妆，看起来比实际年龄要大几岁，眼角的细纹和法令纹凹进肉里，只不过一天的时间她就憔悴到这种地步。

她来到巨大的穿衣镜前，脱去睡衣，裸身站立。小腹部的赘肉像一条肥胖的蛇，大腿微胖，都是不节制的饮食和毫无规律的作息造成的。以前她从未太过在意自己身体的细微变化，直到拥有魔鬼身材的程小米站在她面前。

凌香试着龇牙笑了笑，却像个没有掌声的小丑。程小米的脸又浮现，“啊……”凌香用手抵住头，但是好奇心依然战胜了她的抵抗情绪，她匆匆打开电脑，搜索程小米的资料。

似乎是人为删除，程小米的资料少得可怜，甚至缺乏最基本的介绍，翻来覆去，她终于在信息浩瀚的互联网上搜到了一张程小米的照片。这张照片改变了凌香的生活。

照片上的程小米透出一股子青春的气息，简单的衬衫、牛仔裤和白球鞋，毫无忌惮地冲着镜头笑，背景竟然是凌香和林俊逸当年就读的中学操场。

凌香盯着照片出神，程小米的脸型瘦削，浅眉薄唇，化着年轻女孩流行的淡妆。

凌香打印出照片，右手举着重新站到镜前，两人的五官竟有些相似，这个发现令凌香激动又溃败，那天的撞衫百合裙预告了她的失败。

电子邮件嘟嘟的提示声响起，Leon 发来的邮件：凌香，再不回电你就永远不必出现了！

凌香拿起手机，才想起平安夜回到家中她就关了机。她手忙脚乱地打开手机，Leon 打了几十个电话，一连串的 Leon 中林俊逸的名字显得那么突兀。他给她打过电话！

“怎么办怎么办？”凌香的心狂跳不止。她先给上司回电，对方一阵狂躁之后，她就请了假，挂掉电话。随后小心翼翼地拨通了再熟悉不过的电话号码。

嘟，嘟，嘟。时间格外漫长。

对方接通，“喂。”

手机差点从凌香手里滑下去，是程小米。

“我……我……”凌香的舌头打结，她实在不知道说什么，对方开了口。

“你是凌香吧？我听林说过……”

“是，我没事，打扰了。”

“等等。”

凌香大气不敢出。程小米说：“我想和你见一面。”

“不必了吧。”

“不，请你务必来一趟。”

程小米的强硬令凌香一时间找不到拒绝的理由。

约好时间地点，程小米早到，打扮得颇低调，宽檐帽遮住了她的脸。

凌香眼前的程小米忧郁地坐在咖啡馆的沙发上抽烟，仿佛周围的一切全部与她无关。她面色憔悴，却另有一番美感。和凌香想象的不同，她不像被爱情冲昏头的女人，从外表上也根本看不出这是一个刚被求过婚的女人，她的神情焦虑，像要发生什么事似的。

“你好。”凌香礼貌地打招呼，坐下。

程小米努力地微笑，笑容生涩。“我看得出来，你喜欢他。”

“我不知道你们……希望你不要介意。”

“没关系。凌香，你知不知道最近发现的无脸死尸？”

“啊，为什么要问这个？”

“你先告诉我。”

“新闻上是有报道，死者面部严重被毁，经过DNA比对才确定身份，听说以前也发现过两个，没什么稀奇的。怎么了？”

“没什么，只是我偷偷看林俊逸的文件，发现他在搜集这件事的资料，总是觉得不安，在海城我没有什么亲人和朋友，贸然问你，你不要觉得我很奇怪。”

“不会。倒是林俊逸有什么异常举动吗？”

“没有，只是今天一早心情就不好，很早就出了门。”

程小米的过度敏感和担心反而引起凌香的些许嫉妒，“当然不好，今天是他母亲的忌日，怎么，你不知道吗？”

“他从来没有跟我提过母亲的事情。凌香，能跟我说说吗？我不想问他，不想看他伤心。”

凌香简略地讲述：“事发前，林俊逸觉得母亲有些异常，言行举止都不太一样，好像换了一个人。屋子也很奇怪，总是有猫叫。之后没过几天，她就从楼梯上摔了下来，撞到大理石桌角，当场身亡。”

程小米突然问：“你还记不记得他母亲长什么样子？”

“见过一两次，还有印象，我可以把轮廓大致画下来。”

“赶快！”程小米从提包中拿出纸笔，凌香一头雾水，不知道为何程小米有这么大的反应。

凌香凭着记忆画出了一张脸。

程小米的眼神突然变得惊恐，身体微微颤抖，口中说着：“像，太像了。”

“小米。”凌香拍拍她的肩膀，“发生什么事了？”

“没……没事。”程小米把画像揉成一团，装进口袋，“凌香，谢谢你为我讲这些，抱歉，我要先走了。”她起身快速离开，凌香连再见都没有说完。

程小米踉跄地回到家中，精神高度紧张，看到正在厨房做饭的林俊逸时吓了一跳。她抱住林俊逸不撒手，反复说着：“不会那么巧的，不会。”

“小米，你去哪儿了？”

“嘘，你听，有没有听到什么？镜子在说话。”

“小米！”

程小米号啕大哭，情绪异常激动，在林的怀里拼命挣扎，指甲划破了林的皮肤。

林俊逸吻了上去，程小米感到一阵温热，渐渐平静下来，满脸泪水。她用力抱紧林俊逸，像马上就要失去他似的。她疯狂地亲吻他的额头、眉毛、嘴唇，林俊逸的每一个回应都令她更加激动。肌肤接触的瞬间，程小米仿佛飘荡的孤舟终于靠了岸，这让她觉得安全，她的手指深深嵌进林俊逸的背。

林俊逸怜惜地抚慰着她，程小米略带痛苦的呻吟使他心痛。直到两人精疲力竭，程小米的眼泪滴在他的胡茬上，两股火才平息下来。

程小米勾着他的脖子，问道："你喜欢我，还是喜欢我这张脸？"

"当然都喜欢。"林俊逸抬起她的下巴，轻轻一吻。

"不，我是假的。"

"什么假的？"

"没事。"程小米欲言又止，随即转换了话题，"林，我有好多好多的愿望想跟你一起实现。"

"都有什么？你等一下。"林俊逸起身从随身的笔记本中撕下一页，"我们列个愿望清单怎么样？你每完成一个，就画个删除线。第一个愿望是什么？"

"我想过普通人的生活。"

"好。"林俊逸在纸上书写。他们陆续想了几项，开心大笑，仿佛这些小小的愿望真的实现了似的。但即使没有实现，至少带来的希望令他们憧憬着。程小米终于走进了睡梦。

梦中她紧蹙眉头，林俊逸温柔地为她抚平，亲吻她的脸颊，向冥冥之中的力量祈祷："小米，赶快好起来。"

司子最近没有什么新的案子，自从上次老陶被头儿拒绝之后，就有些一蹶不振，没事也从不叨扰林俊逸。他这个秘密警察最近落得清闲，把大部分注意力集中到程小米身上。

程小米今晚不对劲，他想知道究竟是什么事什么人刺激了她。他将一块从老陶那搞来的跟踪器装进程小米的手表。

林俊逸打了几个喷嚏，脸部火烧起来，“该死的天气。”他钻进棉被，却怎么都睡不着。

今天他去祭奠母亲，墓碑前的一束白百合击中了他，那是凌香一早瞒着他送来的，林俊逸走的这几年，凌香每到今天都会来看看他的母亲。

母亲林凤鸣的墓碑在寒风中愈发凄凉，林俊逸红着眼圈，回想母亲去世前的怪异，越想心里越发慌，若不是后来天色已晚，林俊逸担心程小米，他一定要去以前的房子看看。

“明天就去。”他掖好被子，头痛欲裂，第二天的持续头痛阻断了他的行程，他恍惚记得程小米说要去试婚纱。

凌香的设计公司里像炸了锅，大家纷纷议论着新的设计总监。总监办公室的门紧闭，对上一位总监，凌香没有好感，对新来的这位同样不带有任何期待。

凌香刚踏入设计室，Leon 翘着兰花指告诉她：“新来的头儿找你。”

一位紫发的中年女人背对着她，指间夹着细长的香烟，对方慢悠悠地转过身，凌香一惊，这个女人长得极像林俊逸的母亲。仔细看却有所不同，她长得不算漂亮，一双丹凤眼，配上细长的眉，身上有范思哲香水的味道。虽上了年纪，但别有一番神秘的风韵。

“为什么盯着我？你好，我叫希达。”她主动伸出手。

“不好意思，因为您长得很像我认识的一个人，太像了。”

“是吗？哪天可以介绍我们认识一下，我也很好奇。”

“这个恐怕不行，五年前她已经去世了，她是很好的人。”

“对不起。”希达的平易近人令凌香好感倍增，希达说道：“我看过你的资料和作品，这里有一个新项目，你负责，Leon 做你的助手。这是项目资料，你回去看一下，有什么想法随时跟我交流。”

“可是……”

“Leon 那边我会跟他说，你不用担心。还有，这是我想为这次设计请的模特。”她拿出一张女性的全身照，“怎么，不接？”

程小米的照片。凌香勉强接过，问道：“为什么是她？”

“这个我也不清楚，一个过气的模特，不知道上面怎么想的。估计她花了大价钱吧，谁不想出名？试装的时候你可以找跟她身材类似的模特代替，这是她的尺寸。”凌香望着白纸上的几串数字出神。

“你们两个长得倒是有点像。”希达微微一笑。

春装新品提前三个月就要设计完。凌香拟定主题“春·暖”，尽量选用暖色调和舒适的棉麻布料。在外人看来她很快投入到工作之中，实际上设计到一半她就要抓狂，她总是想象自己辛苦设计的衣服穿在程小米身上，每一个花纹和图样凌香都要经过一番心理斗争才能尽量忘记程小米。

凌香不再单纯地以程小米为榜样，而是开始对她进行模仿。骨子里的自卑使凌香变得愈发固执，她学习程小米说话的语气，穿程小米喜欢的风格的服装，留跟程小米一样的发型，还费尽心思地搜集程小米新的影像资料。程小米走路的姿势、微笑的动作、迷茫的眼神，被凌香模仿得惟妙惟肖，除了脸，凌香简直就是另一个程小米。

凌香健身、节食，疯狂地暴瘦，使身体的线条和程小米相似。每次汗水在皮肤上黏着，凌香都莫名地获得一种病态的满足。

程小米像一片巨大的阴影笼罩着凌香的生活，凌香甚至得了轻微的抑郁症。她和程小米简直越来越像。自我与他人，成为凌香灵魂深处的两个分裂的人格，互相拉扯，令凌香饱受困扰。

有时两个自我会相互对话："林喜欢的是你。""对，他从来没有爱过我。""为什么？我们有什么不同？"

自从发现与程小米的相似之后，她几乎忘了自己原来的样子，她常常在黑夜中握着写给林的日记发呆，刚劝说自己放下的感情重新铺天盖地涌上心海。日记上泛黄的百合花纹令她心碎，不是每个人都有程小米的光鲜亮丽，同时拥有她的好运。她很想知道林俊逸在国外究竟发生了什么，或许，他从来没有爱过她，一切都是她在自作多情？凌香想要一个确切的答案，可是除了林俊逸谁又会给她这个答案？

空气凉薄的夜里凌香洗了个冷水澡，水珠停留在皮肤上，身体瑟瑟发抖，"你是谁？"她逼问这副躯壳，然而她没有得到回应，只感到穿透骨髓的冷和悲伤。

可一旦凌香松懈下来，程小米又重新出现。程有时穿着半成品服装对凌香指指点点，有时裸着身体，恰到好处的身材比例居高临下地炫耀着优越感。凌香反复地回想和程小米的相见，努力地挽回对程小米的好印象。然而自我制造的程小米还是打败了现实的程小米，凌香深深地坠入臆想之中，"如果我是她……"

角色扮演的游戏影响到凌香的工作，她的设计被圈内人士否定，表面光鲜的时尚圈实际上竞争异常激烈，花无百日红的道理谁都懂，在每个人都有五分钟成名机会的现代社会，停在原地的代价就是迅速被取代。凌香的几个固定客户也开始考虑要不要更换设计师，凌香的压力剧增，直到希达找到她。

新品系列有个良好的开端，却进展艰难。希达约凌香到海城最著名景点"蔚蓝海岸"附近的咖啡厅。凌香到时希达已在窗边抽着香烟，她的举止优雅，香烟到嘴边时，她细细地品味烟草的香气，紧蹙着眉头，自顾自地望着窗外的海，这让凌香想到程小米，当时程也是这样。

天气并不好，海风肆虐，海浪一遍遍地冲击岸边的礁石，一片冷冷的色调，没有生气。街上的行人也是，每个人的脸都异常冷漠，彼此照面时也没有招呼和寒暄，他们的脚步匆忙，像是焦急地奔赴某个约定。然而他们每个人都知道，他们步履匆匆恰恰是因为无处可去，在释放自身的焦虑。人们外面罩着统一的黑色或灰色大衣，仿佛被包裹的坚果，有各自的硬壳或尖刺，独立却也寂寞得很。

凌香同样穿着大衣，走过机械的人群，越临近海岸人也稀少，渐渐竟至于无。她一进门，暖气直愣愣地扑过来，不禁打了几个喷嚏。

店里没有其他的客人，坐在窗边的希达显得格外耀眼。侍者懒洋洋地开门，凌香朝希达打个招呼，坐在她的对面。

“这里是看海的最佳角度，咖啡也不错，尝尝？”希达热情地为凌香介绍蓝鲸咖啡厅的特色。

天空的阴云正渐渐退散，阳光穿透云层射到海面上，整个海仿佛被某种力量向上牵引。突如其来的阳光令凌香的心情舒畅起来，她望着窗外的奇景。

“喜欢海吗？”希达问。

“说不上，可能见得太多，缺乏新奇感了吧，海太难琢磨。”

“我喜欢，它太深，足够隐藏罪恶。”

凌香不知道希达在说什么，好在话题并没有继续，希达呷了口咖啡，“最近没有灵感吗？一件成衣的设计稿都没完成。”她拿出凌香的手稿，亲自指导凌香关于细节的修改、色彩的搭配和线条的运用，她说设计是将人的合理欲望推向美的极致，设计师相当于两者之间的桥梁。人既要展露自己，又要隐藏自己，服装是身体的第一层防护和第一层展露。能得到一个设计师的指点并不容易，何况希达悉心的指导为凌香打开了全新的世界。

“你要对任何繁复的线条保持耐心和敬畏，像建造一座教堂般虔诚。设计圣家族大教堂的高迪曾说过直线属于人类，而曲线属于上帝。你的裁剪线条太生硬，你要知道女人的身体是最美的曲线。”希达往前倾了倾身子，眼睛直勾勾地盯着凌香，“在美的曲线中还有最完美的线条，你知道是什么吗？”

凌香摇头，希达的话已经引起了她极大的兴趣。希达掏出一支烟，亮红色的指甲油使她看上去有些轻佻。她深吸一口气吐出烟圈，白雾升腾起来，凌香看不真切，只觉得面前的女人像海一样神秘和深不可测。

希达凑过来，开玩笑似的轻划过凌香的脸，“五官的曲线是最完美的，只有上帝能造出如此动人心魄的线条。”

她建议凌香画一张人的脸，用各种曲线的弧度，直到自己满意为止。凌香比照着希达的脸画了张速写，希达看都没看，“我说的是你心里的脸。”

窗外暗下来，蓝鲸咖啡馆也热闹起来，凌香在闹哄哄的声音里，第一张想到的脸是程小米。

凌香闭着眼睛，回想程小米的头发、鼻子、耳朵、嘴唇，程小米笑起来左边嘴角略高，有浅浅的酒窝，她的鼻子高挺，眼眶微微往里凹，带有一点异域风情……

一想到程小米，凌香就心烦意乱，手中的笔开始不受控制，面前的线条成了浓密的一团，黑漆漆雄赳赳地朝她压下来。她急得一头汗，希达及时制止了她。

凌香一抬头，却发现纸上的线条升到空中，汇聚到希达的脸上，她的对面分明坐着程小米！

“凌香，又见面了。”程小米的笑容诡秘，像希达。

第四章　做七天的你

凌香有些惊慌，站起来就要走。程小米拉住了她，手抓得她有点疼，程小米妩媚地说："林爱的是我的脸，你羡慕吗？如果你想要，我把我的脸给你。"

凌香吓得出了一身冷汗，程小米的脸却清清楚楚地凸显出来，棱角分明，朝她灿烂地笑。她伸出手，想触碰这张梦寐以求的脸。

她感到五官变化，对面坐的却换成了林俊逸，他说："小米，我爱的一直是你。"

"我不是！"

"小米，你怎么了？你不愿意接受我的求婚？"

"我是凌香，林，我不是小米。"

"凌香？我不喜欢她，你还不明白吗？"

"可是我等了你五年。"凌香的鼻子一酸。

林俊逸摇摇头，"小米，你才是我的未婚妻。"他握住凌香的手，含情脉脉，那样的眼神令凌香心动，简直忘掉周围的一切，甚至忘了自己是谁。

她刚要迎面回应林俊逸的吻，希达打了个响指，凌香重新回到现实中，蓝鲸咖啡馆依然在播着刚进门时的音乐，侍者重新为凌香续了杯，她的手心全是汗。

希达漫不经心地抽着烟，问她刚才为什么走神。

“可能最近太累了吧。”幻象消失，凌香以为是最近的压力导致。

希达为她要了醒脑的饮料，刚满上的咖啡被希达推到一边。

“您对自己满意吗？您有成为别人的想法吗？”凌香没头没脑地来了句，刚说完她就后悔了，她看见希达皱了下眉头。

“不好意思，我不是故意冒犯。我没有什么朋友，却觉得您是个可信任的人，所以才……”

“没关系。再说，成为别人又不是什么坏事。我以前学过心理学的课程，或许对你有所帮助，如果你对我足够信任，可以把我当成你的心理医生。不过，我是要收费的，今天的咖啡你请。”

“我最近不知道怎么了，开始模仿一个人，甚至有时产生邪恶的想法，想成为她。她让我羡慕，嫉妒，如果没有她，或许我就能得到……”

“得到什么？”

“爱。不不，我不能这么想，我怎么可以这么想？”

“凌香，勇敢地追求爱情没有错。告诉你一个秘密，我曾经动用医疗手段，换过一次脸，当然不是现在这样。那张脸我至今都记得是什么样子，它曾让我得到过一个男人的爱。”

希达的话像一剂猛药，凌香呆住，“换脸，这怎么可能？”

“怎么不可能？有人产生欲望，有人就为欲望服务。”

“传言这项技术存在，但从未得到法律认定。”

“不，恰恰相反，这项技术已经在医疗领域使用，只是尚未公布于众。如果你有这种需求，可以来找我。当然，你要为你的欲望埋单，承担常人难以忍受的痛苦，而且，时效只有七天。”

“七天？”

“对，七天之后你可以恢复成原来的样子，但需要格外小心。”

“我从没听过如此诡异的事情，我不会这么做的。”

希达觉出凌香起了戒心，及时收住话题，“但是，你要尊重每个人的选择，为了得到某种东西，使用非常手段并没有什么不妥，何况在不伤害到别人的前提下。你看到的，就是真相吗？如果我告诉你，这里的每个人都戴着面具，你信吗？”

凌香感到惊骇，后背发凉，希达安慰道：“我开玩笑。世界上不会有两个一模一样的人，就像没有两片相同的树叶。”她递上一张字条，上面写着一个地址，“有事的话来家找我，相信我，我可以给你任何人都给不了的帮助，因为我也曾像你一样，你是我的过去。”希达拍拍凌香的肩膀，笑容令人捉摸不透。

两人起身出门，在寒风中打了个寒噤，她们沿着寒冬的石桥往回走，希达的皮鞋踏在石板上嘟嘟响，凌香扭过头看她，这个女人从头到脚散发着一种致命的诱惑，等凌香回过神，希达已经道别走远了，只剩下一阵强似一阵的海浪声。凌香未发觉，她手中还握着画有程小米脸部的纸团。

蓝鲸咖啡厅的侍者冲洗刚离去客人的咖啡杯，他的眼神突然迷离起来，仿佛沉浸在意识深处的暗流里。凌香杯中的迷幻剂被水流冲向管道，坠落在巨大的黑暗里。她刚才产生的幻觉也根源于此，她此刻尚未意识到，希达已经用迷幻剂制造假象。从她坐下来的那一刻，希达就已经开始了她的心理攻击。

希达那关于换脸的话令凌香莫名地恐惧，先不论是否存在这种技术，如果她真的成了程小米，那程小米该怎么办？她要怎样在程小米和林俊逸两者不知情的情况下转换成另外一个人的身份？这件事情听起来太过荒诞，凌香无法相信。

夜晚的蔚蓝海岸不见人影，四周寂静得恐怖，海雾升腾起来，蓝鲸咖啡厅的灯光愈发邈远，像从地底钻出的鬼火。凌香出神的时候，却依稀地看到前方不远处的悬崖，有个朦胧的人影。

那是岩石往海面延展的一块突出的石头，面积狭小，凌香所站的位置正好能看到，从别的角度看它被植被和石头遮掩。月光从云层往下泼洒，只露出微弱的光束照在石壁上，仿佛上天造就的微型剧场。凌香感觉头痛，她摁住太阳穴，却看到人影坠下了悬崖，像一场提线木偶表演。

她揉揉眼睛，周围安静得像什么都没发生。某种力量驱使她向前去，她迅速跑到事发地点，海水汹涌，已经淹没了一切，若不是她无意间看到岩石旁的手提包，真以为自己产生了幻觉。

她想呼喊，请求别人的帮忙，却没有发现人迹。设计独特的女士手提包却使凌香心中一凛，她曾经在哪里见过。不久前的同学会上，凌香清晰地记得程小米的手包也是一样的款式和颜色。由于嫉妒引发的过分关注此刻令凌香心慌起来。

“真奇怪。”她深吸一口气壮壮胆子，打开手包的按钮，里面只有一部手机和一个粉色钱包。钱包里有几张不同等额的钞票，还有一张照片，照片上的脸凌香再熟悉不过，是程小米！

她朝崖下大喊，除了海浪声没有任何回应。

钱包里有两张纸，一张皱成一团，凌香打开，却是程小米的“遗书”，上面写道：“我被魔鬼折磨，主动弃置这副躯壳。林，我的死与任何人无关。”另一张却非常平整，是一份“愿望清单”：

1. 过普通人的生活。

2. 和亲爱的露营。

3. 为你做早餐和晚餐，每天。

4.SEX。

5. 令人期待的婚礼。

清单上只有第三项和第四项写着进行中，其他都是未完成，凌香认出其中林俊逸的字迹。

她想起学生时代，和林俊逸曾列过一些愿望，买CD，看演唱会……列出愿望清单是林俊逸的小习惯，林俊逸有时非常固执，但凡被列入清单的愿望他一定要实现。这不仅是他和程小米的生活，更是两人的感情寄托。没想到几年之后，这份清单的女主人就换成了程小米。

熟悉的字迹令凌香痛哭流涕，这何尝不是她想做的事情。风一阵紧似一阵，凌香还是不敢相信方才掉落的人影就是程小米。她怎么会做出这种事？凌香拿起程小米的手机，显示输入密码，凌香试着输入林俊逸的生日，密码正确。里面除了简单的通讯记录并没有异常，凌香看到林俊逸的名字，拨通了他的电话，她的心跳得厉害，究竟该怎样向他说明情况，他会有什么反应？

电话接通，她还没来得及解释程小米的事情，林俊逸就问："跑去哪里了？明天不是说好一起看婚纱，想看你当新娘的样子，一定美极了。"

凌香的眼泪止不住掉落，她想说"程小米出事了"，却发不出一个音节。林俊逸的声音从听筒中传来，像对她耳语："我知道今天是我不好，你想我花更多时间陪你，我却与你发生争执。我现在答应你，婚礼之前你说什么我就做什么，赶快回来吧。"

凌香尽量不让对方听出哽咽，却也不知如何回答。林俊逸继续说道："我已经请好了假，放心，我陪你，这次一定不让你一个人。小米，你在哪儿？"

凌香颤抖着模仿程小米的声音："我很快就回去了。"她迅速挂掉电话，不知道为什么说出这样的话，她心慌得快要窒息，负罪感令她恐惧。为什么她不能说出真相？愿望清单上的条目，程小米的自杀，婚礼，凌香一头雾水。她再次拿起电话，想要报警，输入号码的时候却将手机关闭。海水剧烈拍打着礁石，如果程小米真的坠落下去，绝无生还的可能。不知所措的凌香却清楚地听到一个声音：

“为什么没有告诉林俊逸真相？为什么？”

“因为你想成为她。”凌香内心的声音让她害怕。

“不，不行。”

“为什么不试试？或许这是一个好机会。”

“我不能骗他，也不能对不起程小米。”

“你没有对不起谁，她又不是你杀的。不想吗？只有七天，七天之后，你还是凌香。崖下的涡流很深，尸体都不一定找得到，警察没有那么快。就算给自己制造一个梦，你忍心现在看林俊逸接受事实吗？”

迷幻剂的药效还在，凌香的意识被声音占据，“何况是她抛弃的林俊逸，他那么爱她，她却走了。你该知道，林俊逸的母亲走的时候，他濒临崩溃。现在他被再次抛弃，你能想象他会做出什么可怕的事？”

“程小米，你是程小米，去爱他吧。”

巡逻的警笛声由远及近，凌香可以选择呼叫警察，或者马上离开，装作对一切毫不知情。“还等什么？选择只有一次。”那个声音又清晰地响起，坚定而冷酷。

凌香顿了顿，拿着程小米的遗物匆匆离去，一路上心惊肉跳。她不知道该去哪儿，她想起希达说过的话，走向希达预留的地址。她害怕极了，脚步不由自主地加快，远离这个是非之地。

半小时后，她来到一处平常的建筑，敲响了希达的家门。

“怎么是你？”希达开门，惊讶地说道。

凌香冷极了，身体不停地颤抖，“程小米，她……出事了。”惊吓加上疲惫，她晕了过去。

醒来时她躺在柔软的天鹅绒床上，墙上挂满不同材质的面具，木头、羊皮纸、金属、玻璃，每个面具都惟妙惟肖，像是人脸的复刻。她起身拿起其中一个，抚摸着凹凸的五官，完美的线条吸引凌香，她对着镜子，轻轻为自己戴上。

“不需要这么麻烦。”希达拿了两杯咖啡，递给凌香一杯，笑着说，“这些都是我收藏的老古董，现代科技发达，要想换脸，连人皮面具都不用戴。”

“用什么？”

“纳米材料。抱歉，我不能说太多。”

“我还没想好，万一程小米还活着……”凌香极度犹豫。

“不会，水流很深，她没有生还的可能。”

“可如果掉下去的不是程小米呢？她为什么要这么做？”

“凌香，你被吓住了。我敢打赌，那个人就是程小米，这些遗物就是最好的证明。还有，你的林俊逸大概正满世界找她。”

“你到底是谁？”凌香问道。

“我是谁不重要，你也不用调查我的背景，你查不到。我只是想帮你而已。”

“你怎么确定我相信你？”

“从你进入这里的一刻，你必须相信。记住，这是你自己的选择，你选择来找我。”

凌香思忖良久，“真的只有七天吗？我不想占有林俊逸，只想好好跟他告别，无论是凌香，还是程小米，我想爱他。”

“这是个很好的机会，你一定要相信我。科技时代，没有什么是不可能的。”希达拿出一粒薄软的白色颗粒，“来，吞下去。”

“这是什么？”

“变成程小米的第一步。”

凌香张大嘴巴吞下去，希达面对镜子，抚摸凌香的脸，说：“来，向它暂时告别，记住它的样子。别害怕，深呼吸。”

凌香眼前出现光斑，光斑晕染成光圈，越来越大，她的意识也逐渐模糊。眼睛闭上之前，她看到希达拿着一剂针管，把什么东西注入她的下巴。接下来，痛感从神经末梢蔓延，迅速弥漫到全身，脸部的肌肉抽搐，凌香却无法发出声音。脸部像被刀斧雕刻，每一下都钻心地疼，凌香死死握住床单，大汗淋漓。

她的身体抬起落下，砰砰地撞击，感到骨骼被重新打乱变形，痛感升级，凌香晕了过去。

再次醒来时，她的脸部缠满厚厚的绷带。希达拿来一面小镜子，问道：“准备好了吗？”凌香深呼吸几口气，点点头。

绷带一圈圈解开，凌香的脸一点点显露，她慢慢睁开眼，是程小米的脸。真正换脸之后，凌香反而没有那么惊心动魄，她抚摸着脸颊，久久地凝视新的自己。

七天后，这张脸会像灰姑娘的南瓜车，被仙女教母收回，然而希达可不是仙女教母，凌香看不透希达的真实面目，她实在太过古怪。

“你……”凌香突然捂住嘴，她的声音已经完全变成程小米。

希达优雅地点燃香烟，“我在公司为你请好了假。放心，你不是第一个经我的手换脸的人，很多人像你一样，被什么目的牵引。”

“你是如何掌握的这种技术？”

“这不是你该问的问题。记住，不要试图去调查什么，否则你横尸街头，我也保不了你。”

“你的目的是什么？”

“我说过了，有人产生欲望，就有人为欲望服务。”

“我的代价是什么？”

“我现在没想好，想好了告诉你。你已经在这里睡了一个晚上，天亮了，该走了。”

凌香难以相信自己已经昏睡了一晚，她被希达蒙上眼睛，七扭八拐地走过长长的甬道，摘掉眼罩时凌香站在熙攘的闹区，希达早已不见了踪影。

她在旁边的快餐店买了些早餐，偷偷地看玻璃橱窗中的脸，不停地暗示：“我是程小米，不是凌香。”

她问店员：“今天有没有发生新闻？比如死亡事件之类的？”

对方回答：“好像蔚蓝海岸发生了一起溺水事件。”

“什么？”凌香五雷轰顶。

“一个七岁的儿童不小心游到深水区，海浪太大，没救过来。孩子的母亲被送进医院，听说哭晕了好几回。”

“还有什么吗？”凌香舒了一口气。

“没有，小姐，你问这干什么？”

“我随便问问。买单吧。”

另一条街区，一辆警车横冲直撞，引起一阵骚动，警车像失控的野兽，狂躁地开过路口。

店员忍不住埋怨道：“世风日下啊，连警察也躁动了。”

凌香没有理会，她只想有一个私密的空间，好让自己接受变成另一个人的事实，却又忍不住想赶快见到林俊逸，他一定急疯了。

“你疯了！撞死撞伤谁负责？”老陶坐在副驾驶数落林俊逸，可看到他发红的眼眶，又忍不住住嘴。

“人什么时候丢的？”

“我睡着的时候。她的手表放在床边，里面有追踪器，我没办法知道她的具体位置。她不会在外面过夜，一定出事了。”

“你别急，还有没有其他联系方式？”

“出国前，她就断了与国内的一切联系，没有任何亲朋好友。”

“父母呢？”

“她是孤儿。”

“妈的。不是我说你，人家姑娘跟了你小子……”

“老陶，不是说这话的时候。你帮我想想，她到底能去哪儿？”

老陶心里想骂娘，你的女人关我毛事？我要是知道她去哪儿不说明我俩有一腿？再说，还不到24小时，局子不立案，林俊逸像无头苍蝇似的乱找，能找到什么玩意儿？林俊逸从没跟老陶讲过程小米的事情，不然按老陶的脾气，一定会找到程小米，把她好好调查一番。他的戒心到了令人发指的地步，尤其是警员家属，没有一个逃得过他的大网，虽然他曾从一个家属身上查到过一桩案件的重大线索，但也没必要对谁都不近人情。

“小心！”老陶摁着林俊逸的腿踩住刹车，前方就是悬崖，林俊逸一时情急，开错了方向。急促刺耳的刹车声使两人精神紧绷，轮胎爆破，幸好最后时刻车子停下。

“你不要命了？”老陶对着林俊逸就是一拳。

林俊逸没有还手，颓废地坐在地上，“老陶，你不知道，我现在真他妈想跳下去。”

海浪拍打礁石的声音阵阵传来，林俊逸突然感到强烈的悲怆。他还不知道，这里就是程小米出事的地方，现在却什么痕迹都没有。

老陶紧紧抓住他的肩膀说：“兄弟，千万别想不开。弟妹一定没事的，你在外面找了这么久，有没有回家看看？”

林俊逸脱掉外套和鞋子，老陶大惊：“你要干什么？”

“老陶，局子的信号追踪显示，昨晚小米就是在这个地方给我打的电话。我下去看看。”

“知道你是游泳健将，但也不能冒生命危险啊。”

“放心，我在国外经常参加悬崖跳水，没事。”林俊逸纵身一跃，老陶眼睁睁看着浪花激起，又被新的浪花吞噬。

海中的涡流很大，林俊逸几次尝试下潜均告失败，海水把他冲回原地，水下什么都看不清，林俊逸的体力消耗大半，不得已放弃。如果知道小米出事，他一定不再浮上岸来。

老陶焦急地在岸上等待，林俊逸的头从水面钻出时，老陶激动得流下泪来。他连忙从车的后备箱中摸出绳子，扔给林俊逸。

林俊逸爬上岸，老陶死活把他拖进车里。他浑身冰冷，连打了好几个喷嚏。老陶一摸他的头，滚烫。

他开车到林俊逸家楼下，搭住林的肩膀，把林扶上楼梯。

“老陶我没事。”

“闭嘴！”

两人一惊，程小米安然无恙地站在门口。

林俊逸和程小米异口同声地问道：“你没事吧？”

林俊逸一把搂过程小米，“你没事就好，把我吓得半死。你究竟去哪儿了？”

第五章　复仇计划

“我……我不记得了。”凌香一时语塞，她找不到万全的借口，过去的夜晚像一场荒诞的怪梦，她不禁有些恍惚。

老陶拉过林俊逸，悄悄问道：“不会是梦游症吧？”

林俊逸倒吸一口凉气，梦游症在程小米身上不是没发生过，只是经过多日的调理，她已经好转，谁知现在复发。他一定要小心翼翼，避免这件事加重程小米的心理负担，神经衰弱已经把她折磨得够呛。

“既然弟妹没事，我也告辞了。”老陶神经兮兮地对林俊逸耳语，“好好照看，千万别再丢了。”

林俊逸开门，凌香站在门外，屋内的家具冰冷而陌生，似乎抗拒她侵入程小米的世界。

“小米，怎么不进来，连自己的家都不认识了？”林俊逸边开玩笑边把装有追踪器的手表戴在她的手腕，“这可是我们的定情信物。你先休息，我去做早餐。”说罢对凌香的脸颊轻轻一吻，宠溺地摸摸她的头发。

凌香吓得倒退几步，坐在沙发里，她的心跳加速。茶几上程小米的照片笑得绚烂，她和林俊逸比出心形的手势，将埃菲尔铁塔温柔地环在掌心。

沙发上有程小米未洗的衣物，还存留着她生前的味道，书桌上放着程小米未看完的杂志，甚至杯子的边缘还有她的口红印记，墙壁上贴着她的备忘录，床上有她的身子压出的印痕。凌香被程小米的世界搅得一塌糊涂，她急忙逃避，躲进洗手间。

这里也有程小米，她的梳子、牙刷、毛巾、香水、沐浴露，全都是程小米！一股强大的负罪感和恐惧感同时袭来，凌香后退到墙角，抬头的时候发现镜中也是程小米，她捂住嘴，以防发出连她都难以相信的叫声。

镜子像有魔力，凌香被镜中人吸引过去。她仔细端详这张被复制得完美无瑕的脸，甚至从细纹到毛孔都无可挑剔。

她拿起洗漱架上的老式刮胡刀，有一种毁灭这张脸的冲动，她想试试，如果在这张脸上弄出划痕将会怎样，会自动愈合？会留下疤痕？她现在宁愿要一张有丑陋伤痕的脸，以和程小米区分出来，因为这道伤痕属于凌香。

刀锋刺进皮肤，凌香感到疼，这让她莫名地欣喜，再用力。

“小米，你干什么？！”

林俊逸一把夺过刀片，将凌香揽在怀里，“你答应过我，不再伤害自己，你怎么能言而无信呢？”

凌香终于哭了出来，到了崩溃的边缘，她哭喊道：“我不是她，我不是她！”

林俊逸用尽所有力气把挣扎的凌香摁在床上，咬住她的手臂注入镇静剂，“小米，对不起。”

凌香安静下来，反复回想从凌香到程小米所经历的一切，林俊逸拭去她眼角的泪痕，用医用酒精擦拭刀伤。鲜血止住良久，凌香的眼泪依然像泉水汩汩而出。她哽咽着说：“林俊逸，你知道吗，我很早就爱上了你。”

“我知道。”

“不，你不知道我有多爱你。”

“小米，不要说了，你累了。我们还有很多时间，还有这一季度的愿望清单，别告诉我你反悔。”

“愿望清单？”

“对！等完成第五项，我真的此生无憾了。”

“第五项，婚礼。”

“期待吗？七天之后，你就是我的新娘。”

凌香蹭地坐起来，“不，我还没做好准备。”

林俊逸却支撑不住，倒在床上。他的身子发烫，高烧来得异常猛烈，电子管家启动应急程序，为林俊逸进行物理降温和药物治疗，体温计上的数字总算稳定下来。

林俊逸虚弱地看着凌香，“别担心，我没事，睡一觉就好了。”

“我去给你倒杯水。”

“不，别走。等我睡着。”林俊逸闭上眼睛，呢喃着，“你在身边就好，小米。”

凌香想把他摇醒，告诉他：“程小米已经死了，她死了！”然而一想到林俊逸绝望的神情，她选择闭口不言，默默地为他盖上被子。

她吃了点早餐，清理程小米的遗物，那套百合裙装使她想起和程小米初见的情形。治疗精神抑郁的药物挤满了抽屉，程小米的抑郁症巧妙地掩饰了凌香的怪异举动。

“要给他时间，接受你死去的事实。之后，我就离开。”凌香对着程小米的照片说。

程小米的死太过突然，连凌香现在都无法相信她真的选择了自杀。除了那张写有遗言的字条，凌香在这个房间找不到任何关于程小米自杀的证据。既然林俊逸如此重视愿望清单，程小米想必也一样。何况婚期临近，她没有理由选择现在离世。为什么当天凌香是唯一的目击者？和希达分开不久，她就看见程小米出事，可是也没有证据表明程小米和希达之间有什么关联。

究竟是什么原因导致程小米匆匆赴死？程和林俊逸之间，到底发生了什么？

凌香试图预演程小米的心理活动，均以失败告终，她始终无法掌握问题的核心。她也担心自己的伪装失败，毕竟程与林俊逸在国外的经历她一无所知，如果林俊逸问起来，她该怎样回答呢？

把纷乱的思绪整理清晰并不容易，凌香决定回到故事的起点，这五年来，林俊逸的生活到底发生了什么。

五年前，林俊逸还是一名普通的高中生，同学之间盛传他的母亲自杀身亡，没多久消息就得到证实。林俊逸返校后，和凌香讲过母亲去世前的蹊跷，这段经历凌香曾给程小米讲过。等等，当天程小米的表情非常怪异。

她好像在害怕什么，莫非她和这件事有关？

怎么可能？

一无所获的凌香从提包里拿出愿望清单，贴在墙壁上，决定从今天起，完成林俊逸的心愿。

她换上程小米的家居服装，绾起头发，把房间打扫得干干净净，点上香薰，拿起程小米留下的菜谱走进厨房。林俊逸醒来时，被食物的香气勾得肚子直叫。

他将盘子里的食物席卷一空，“好吃，不像你的厨艺啊。”

“我是按照菜谱上做的。”

“小米，你的脸……”

凌香捂住脸，侧过身子，“我的脸怎么了？”

“没什么，伤口已经好了。为了答谢你的午餐，带你去一个地方。”

“什么地方？”

“到了就知道了。”林俊逸神秘地说。

高烧虽然退去，但林俊逸的头依然沉重，他不听从凌香的劝说，执意出去。

打车的时候，林俊逸递给司机一张写有目的地的纸条，朝凌香眨眨眼。车子开过几个街区，林俊逸捂住凌香的眼睛，“从现在开始，不准睁眼，直到我允许。”

从希达处出来时，凌香也被这样蒙着眼，心境却是如此不同。

黑暗中林俊逸的双手贴近凌香的皮肤，他就站在她的身后，能闻得到他的味道，听得见他的呼吸。这双手诱惑又护卫着凌香往前走，每一步凌香都感到从未有过的幸福，希望时间就此停止。

“好了，可以把眼睛睁开了。”

凌香睁开眼，四周全是婚纱！长拖尾、鱼尾、一字肩，白色、粉红色、香槟色，镂空、蕾丝、珍珠、水钻，每一种款式和设计都烘托出浓烈的喜悦，凌香回头，林俊逸就站在光圈底下，柔情地看着她。

这曾是凌香不敢做的一个梦。

她几乎忘了自己是程小米，仿佛来到另一个平行空间，在这个空间里面，只有凌香和林俊逸，没有程小米。

可是林俊逸偏偏说：“小米，不想试试婚纱吗？”

凌香的眼中泛出泪花，他叫的是“小米”。她随便挑选几个款式，店员将她引领到试衣间。

“程小姐和林先生的感情真好，林先生早就提前预订，说是给您惊喜。”女店员的话让凌香颇有些心酸，她只是换了一副躯壳，与其说她拥有这皮囊，不如说她被程小米的身体囚禁。

然而只要能得到林俊逸的爱，哪怕只有短短几天，她心甘情愿成为感情的囚徒。

镜中的程小米美极了，像一个不染尘埃的精灵。凌香端详着程小米的五官，难以相信这样的脸竟然属于自己，“对不起。”她对镜中人说。

帘幕拉开，凌香款款走出，一瞬间有幸福实实在在降临的假象，她满含泪水，同时又明了这幸福不属于她。她深情而凄婉地望着被惊艳的林俊逸，一阵阵此起彼伏的心痛。林俊逸朝她伸出手，微笑地望着她，“美极了。”

凌香的心中突然有了永远成为程小米的欲望，她逼迫自己打消了这个念头。

“林先生，您满意吗？”店员问道。

“满不满意，要问问这位美丽的小姐。”

“非常满意，不过……”凌香倾斜身子，在林俊逸的耳边说，“我要自己设计。”她要亲手为自己做一件嫁衣。

林俊逸一愣，他清楚地记得，学生时代，凌香曾亲口对他说要亲手设计自己的婚纱。他及时打住，这个时候怎么能想起凌香。“为什么？”

“别忘了，我对服装设计也是很有研究的。最近好像有婚纱主题发布会，我想去看看。”

林俊逸诧异。

凌香继续说道：“我也该改变了，不是吗？我会好起来的，相信我。”

林俊逸握住她的手，“我信。”

当晚，程小米乖乖地喝水吃药，很快就平静地睡去。怕她的梦游症再次发作，林俊逸拖着生病的身子，一夜没睡。

“小米不太对劲。”林俊逸叼着烟，手里拿着当天的早报，对老陶说。两人穿着便衣，蹲守在划分的街区，这片街区犯罪率高发，恰好位于两个管辖区的边界，遇到事情两区彼此推诿。作为局子中被排挤的两个小角色，这个费力不讨好的活自然落到他们头上。

“女人嘛，结婚前都这样，我看你最近也不太对劲。”

“我怎么了？”

老陶凑过来，嘴里的烟酒气味让林俊逸一阵恶心。“我看你印堂发黑，恐有血光之灾啊。”

“去你的。”

“开玩笑，莫生气。”

林俊逸继续翻看手中的报纸，“这是什么？”

“怎么了？”

“你看！”

报纸的版面夹缝中有一封奇怪的邀请函，写道：所有重生的人们，你们收到美丽新世界的邀约，明晚我们共享假面狂欢。后面附有时间地点。

“这有什么，文艺青年办的奇怪 party。”老陶不以为然。

“不，你还记不记得，上次尸体中的晶片？”

“跟这有什么关系？”

“我破解程序的时候，对方发来固定信号，翻译成正常文字，你知道是什么吗？”

老陶不说话，他有不好的预感，在胸前画十字，口中念着“阿弥陀佛”。

“是五个字，美丽新世界。”林俊逸一字一顿地说。

“明晚，不见不散。”老陶与林俊逸击掌约定。

一个紫发女人轻飘飘地掠过林俊逸的视线，她走得从容优雅，漫不经心地朝林俊逸瞥了两眼，带着不可一世的高傲。

阳光刺眼，林俊逸眯着眼睛捕获了一点影像，那个女人的样貌和体态，像母亲。他扔下老陶，追着女人的背影跑了好几个街区，却在转角处丢失目标。她是希达。

希达躲开林俊逸，从临近街道的暗墙走进去，地下空间比地上更为开阔，宽大的厅堂相互连接，立柱从穹顶聚合，竟是一个巨大的广场。高墙上挂满面具装饰，神秘而威严，侧面是长达几米的电子屏幕。环形结构给人全知视角的同时也极具压迫感。

明晚是“假面人”的聚会，有史以来，这是他们第一次明目张胆地召集。不用担心那些愚蠢的警察，即使把一切告诉他们，他们也不可能找到集会地点。在人类文明的发展史上，逃离自我始终是无解的哲学命题，成为他人或毁灭自己的欲望却一直深藏在人类的内心深处。总有人会向造物主上帝发出挑战，试图完成自我创造与新生。希达所在的秘密组织除了有科技理念，还有类似宗教的信念。这也是他们的“顾客”层出不穷，甚至有人甘愿成为实验者即所谓的献祭者的原因。人性中嫉妒和邪恶的力量有时会令人类自己都大吃一惊。

巡视完会场之后，希达拿出她制作的第一张人皮面具，将一把刀狠狠戳进面具的右眼眶，感到一阵复仇的快感。

“你会像你父亲一样，体会生不如死的滋味。”

第六章　回忆漩涡

凌香剪去程小米的长发，换了新的装扮，像五年前那样。林俊逸来到预订的餐厅后，简直没有认出这就是深受抑郁症折磨的程小米，虽然她的脸依然憔悴。

“你好，我叫程小米。”凌香笑着伸出手，“今天想让你重新认识我。”

林俊逸犹豫了一下，把手递过去，配合凌香演戏，“你好，林俊逸，初次见面，请多关照。”

“请坐。”凌香拉开椅子，优雅地邀请林俊逸。

大提琴低沉的声音响起，隔着晃动的烛光，林俊逸端起红酒：“小米，你今天真美。”

“你喜欢以前的我还是今天的我？”

“今天的你确实不同，更性感。”林俊逸盯着凌香的低胸礼服，挑挑眉毛。

“林，你是什么时候喜欢上我的？我想听得详细一些。”

林俊逸抿了一口红酒，陷入回忆之中，如果没有程小米，那段异乡的生活简直不堪回首。

那时父亲去世，也是他到国外的第二年。父亲没有给他留一分遗产，接到律师电话时他非常平静，经历了母亲的死亡，父亲的离去成了人生中必然的一部分，尽管他不知道这件事情何时发生。

林俊逸脑中没有父亲的概念，从记事起，那个偶尔来家的陌生男人就令他疏离，母亲常常在那个男人走后哭泣，对着那个男人的照片发呆。他当时不理解坚强的母亲为什么被一个男人打败，直到成人，他意识到自己不过是每一个男人都可能犯的错误，这令他深感挫败。

挂掉律师的电话后，他随意走进一家酒吧。并不是一定要用酒精麻痹什么，他只是想找东西把自己填满，忘掉父亲的死亡或父亲的存在这回事。

聒噪的音乐，迷离眩晕的灯光，身体扭动夸张的人群，林俊逸将冰凉的酒精喝进肚里，感到所有人和他一样孤独。旁边的金发女郎前来搭讪，把手放在他的肩膀上，他用中文说："你真的好可怜。"

一个秃顶的中年男人端着酒杯，四处猎艳，他佝偻着身子，笑嘻嘻地和浓妆艳抹的女人调情，却总是遭受拒绝，他尴尬地站着，不知所措。不知道为什么，林俊逸突然想到父亲，尽管他知道那个叫越明的男人不会这样轻浮。

他是一个失败的丈夫，更是一个失败的父亲。林俊逸的眼泪簌簌落下，止都止不住，他不停地咒骂自己没出息，把自己扔进了狂欢的人群。

他拼命地甩动头颅和四肢，跟随音乐忘乎所以，女人的胸和大腿在他眼前晃来晃去，他的胃部一阵翻涌。

一双手死死地抓住了他，对方是个东方女孩，披头散发，眼神涣散，林俊逸知道这是吸食大麻后的症状。他不想惹麻烦，女孩却贴在他的怀里纠缠不休："你看看我的脸，好不好看？"

林俊逸把她推开，她却紧紧握住林俊逸的衣角，"你说嘛，他们都说我好看。你不认识我吗，我是大明星，大明星程小米。"

程小米口中嚷着热，把衣服撕开几条口子，林俊逸把外套脱下，裹紧程小米，踉踉跄跄地将她带出门。

寒风令两人清醒了不少，林俊逸问："你朋友呢？我去找人帮忙。"

程小米突然哭泣，“朋友？我没有朋友。”

“家人呢？让他们来接你。”

程小米却笑起来，“我也没有家人。我是个孤儿，你信吗？我在孤儿院长大，我只有我自己。”她跪在地上呕吐起来。

林俊逸拍打着她起伏的脊背，轻轻把她抱起。

程小米被阳光唤醒的时候已经接近中午，干净的床单烘出阳光的味道，“一定是在做梦。”她重新躺下，被子蒙住头。

敲门声咚咚地响起，一个长相干净的男孩走进来。程小米才发现自己的迷你裙被撕裂，懒洋洋地捂住胸口。

“不是我，我没动。”林俊逸满面通红。

程小米得意地笑了，“动了也没关系，我不介意。”

“你怎么这么不爱惜自己？”

“哎哟哟，生气了？我不爱惜自己跟你有什么关系？”程小米问，“有衣服吗？借一下。”

穿上林俊逸宽大的 T 恤，程小米手一挥，“谢你的收留之恩。”

林俊逸还没反应过来，程小米就走远了，连个背影都不剩。现在想来，如果真正地喜欢上她，或许那个时候就有一点心动了吧。

他对凌香说：“这样讲，够详细吗？你永远不知道命运会给你什么，对于我们而言，拥有彼此是多么重要。”

凌香眼圈泛红，她多希望那个时候是她陪在林俊逸的身边。她忍住眼泪，又问：“那我们之间，你最难忘的事情是什么？”

难忘的事情太多，然而无论之后再怎么艰难，他庆幸程小米正慢慢走出深渊，她不是好好地坐在对面么？那样青春，美丽，像一个正常的女人，正享受人生中最美妙的一段时光。

一开始，程小米和现在判若两人。

由于学年结束，林俊逸的经济来源随着父亲的离世中断，他退掉公寓，搬到十几个人一间的出租屋，程小米离开的那天正是他搬家的最后期限。

程小米把一身酒气的衣服洗净，晾衣绳上的白 T 恤让她开始想念那个皮肤干净的男孩，她甚至都没来得及问他的名姓。

等她带着衣服找到那间不起眼的公寓，却得知对方已经搬走了。她只好向房东打听男孩的去向。对方却毫不知情，只告诉她男孩叫林俊逸，巴黎大学学生。

学校放暑假，程小米没能联系得上他。没过多久，她就把这件事从记忆中删除。

她依旧泡吧，酗酒，偶尔吃一些精神亢奋的药物，和陌生的男人调情，醒来后不知身在何处，美艳的皮囊下早已腐朽不堪。她常常想到死亡，但缺乏主动死亡的勇气，待她把全部的生命耗费于虚无，再坠入最后的深渊。每天睁开眼的那一刻，程小米都把这一天当成走向堕落的新的脚步。

林俊逸的生活波澜不惊，他彻底成了无根的浮萍，故土和亲人都已远离，他感到前所未有的孤独无依。他拼命打工，拼凑学费和房租，竭尽所能削减生活开支。为了省钱，他每天徒步三个小时，最困窘的日子，他甚至不敢买一双新的球鞋换掉脚上这双破损的。

开学前几天，他无意间走到当时的酒吧，突然想见见当时的那个女孩，如果恰好相遇，说不定他们会打个招呼，聊一聊各自的改变。

没想到，程小米比他想象得更为不堪。她喝得酩酊大醉，倒在一个男人怀里，对方搂住她的腰，摇摇晃晃地往外走。

“等一下。”林俊逸不知哪里来的勇气，挡住两人的去路。

“臭小子，不要多管闲事。”那个男人狠狠推搡了他一把。

林俊逸气愤地拉过程小米，“走！”

“怎么，你的妞？”对方被激怒，借着酒劲狠狠挥去一拳，正打在林俊逸的左眼。

林俊逸眼前的影像重叠，他的反击被对方轻易地避开。男子招呼同伴，对林俊逸拳打脚踢，他连招架的余地都没有。林俊逸蜷缩着身子，死死护住程小米。他也不知道，为什么为一个陌生的女孩甘愿受到这种屈辱。

程小米逐渐清醒，林俊逸的血滴到她的脸上。她看清形势后，从包中掏出一把匕首，塞进对方手中，“杀了我吧，杀呀。”

对方被她的架势吓了一跳，程小米歇斯底里的喊叫把他们吓坏了。

“趁警察没来之前赶快走，我已经报了警。”林俊逸挣扎着站起来。

几人逃之夭夭后，程小米仿佛被掏空了一样蹲坐在地上，双手环住膝盖，头埋得很深。断断续续的啜泣声宣泄她的绝望，林俊逸拍拍她的肩膀，她突然把匕首反转，刀锋正对自己，另一端握在林俊逸手里，泪眼蒙眬地说：“能不能帮帮我，把这张脸毁掉，把它毁掉，嗯？”

林俊逸用力掰开她的手腕，匕首哐当落在地上。程小米眼神迷茫，失去了毁灭自我的最后一点勇气和希望。

她又像什么都没发生一样，踉跄地往前走。

出于一种奇怪的引力，林俊逸沉默地在背后跟着她。程小米停下来，林俊逸也停下来，她迈动脚步，林俊逸也开始前行，两人之间始终隔着三五米。

程小米走了一阵，停下来回头看，林俊逸不说话，但丝毫没有离去的意思。程小米苦涩地笑笑，林俊逸读到她眼神里的情绪，是感激。

拯救程小米就像拯救被抛弃的自己，林俊逸很奇怪为什么会有这样的情感转移。

两人谁都没有说话，就这样隔着不远不近的距离走在巴黎的夜晚，周围的一切似乎与他们毫不相关。两人之间的默契带给他们奇妙的安全感，车流和人海从身边退去，城市的旖旎灯光令他们晕眩，却提升起不可言说的愉悦。

夏风从程小米身上又吹到林俊逸身上，炎热的气流形成磁场，把两人紧紧包裹在里面。

还没从奇异的感觉中回过神来，程小米说道："我到了。"

"好。"林俊逸依旧寡言，静静地转过身去。

程小米触电似的回头，望着林俊逸的背影，内心隐隐作痛，她小声地询问："要不要上去坐坐？我给你包扎伤口。"

她不是第一次邀请男人上去，然而除了身体欲望和精神寂寞，这是她第一次感到心慌和羞涩。

林俊逸依旧小心地跟在后面，程小米上楼的脚步轻得像猫。

这根本不像是女孩子的住所，屋内凌乱不堪，瓶瓶罐罐滚落一地，一股浓烈的酒气。

"啊，我忘了房间是这样，对不起。"程小米略带尴尬，"你随便坐。"

"好。"

程小米拿来医药箱，小心翼翼地为林俊逸的伤口消毒。

"疼吗？"

"还好。"

"谢谢你。其实你不必这样，我这种人，命如蒲草，或许早该不存在了。"程小米温柔地对伤口吹口气，林俊逸闻得到她身上淡淡的清香。

程小米的胸膛随着呼吸起伏，林俊逸紧张得将视线转移，额头渗出了汗，却装作若无其事的样子。

程小米抿嘴一笑，她觉察出林俊逸的心思，更加轻柔地为他的伤口缠上纱布。

“我该走了。”林俊逸噌的站起，转过身去，开门的瞬间程小米说道：“等一下。”林俊逸握住门把的手停住，他有些不知所措。

程小米轻轻地从背后搂住林俊逸的腰，左手把林俊逸的手环住，嵌进他的指缝中间。

“很多男人都说我的脸很美，可是我却讨厌这张面具。我身上还有别的部分，我想把这些给你。因为，我的身子是诚实的，是真的。”

程小米缓缓地褪去衣衫，林俊逸同时感到皮肤的贴近和一股热。在这躁动的炎夏，汗水混合着身体的气味，升腾起林俊逸从未有过的激情。

他用力握住程小米的手腕，将那鲜活的充满诱惑的身体推开，“我不是那样的人。还有，请你自重。下次如果再遇见你如此不堪，我决不会出手相救。”

一个浪漫的夜和一场美妙的梦瞬间被冰冻，程小米雷击般后退几步，在这个小几岁的男孩面前，她怯懦了，羞愧地捡起地上的衣物。

“对不起。”她的声音带着哭腔，眼泪簌簌而落。

“我……也对不起。”林俊逸转身，打开房间的灯。炽烈的白光让两人重新看见彼此的面目，却仿佛像一对老相识。

程小米忍住哭泣，从冰箱拿出两瓶啤酒，努力化解尴尬。“聊聊天吧。跟我来。”

站在天台上看，城市的流光遥远而恍惚，仿佛两人从未在那一片光底下存在过。程小米咕咚吞下一口啤酒，仰起头，把即将流出的眼泪倒转回去，泪水却依然顺着眼角滑了下来。

“喜欢这里吗？”她问。

“不喜欢。”

“为什么还在这儿？”

“不到回去的时候，你呢？”

“等我忘了自己是谁的时候，或许就不再害怕以前的生活了。”

“发生过什么事吗？”

“很多，想听吗？”程小米欲言又止。

“想。”今天的啤酒让他的味蕾感到苦涩。

“拿你的故事来换。你来这儿仅仅是为了读书吗？”

林俊逸刻意淡去父母的死亡，他讲起当年无忧的学生生活，说到趣处程小米咯咯大笑。他提到喜欢过的女孩，她现在应该读一所国内不错的大学，遇见一个足够好的人，拥有她梦寐以求的幸福。

“她叫什么名字？”程小米双手抵着下巴，歪着头问。

“该你了。”

“扫兴。我没什么好讲的，如果能重新选择，或许我会走一条完全不同的路。”

“然后呢？”

“小时候在孤儿院，我是最不受欢迎的孩子，我从不参与女孩子之间的游戏，也不愿意同她们讲话，她们都视我为异类。直到有一次，在儿童剧院我演出一个剧目，名字很美却很孤独，叫《森林里的孩子》，那是第一次有人为我鼓掌……”

程小米的讲述令林俊逸更加心痛，他不知道一个孤苦无依的小女孩靠着怎样的信念长大，面对成人世界的复杂。她的头靠在林俊逸肩上，呼吸逐渐平稳均匀。她睡着了。

林俊逸一动不动，生怕吵醒程小米，像辽阔夜空下的一座石雕。两人的背影渗入黑夜，成了午夜巴黎最美的一道剪影。

天亮时分，程小米说：“我知道我喜欢上了你，可是你不必强迫接受，我从没有奢望过。我喜欢你，但和你没关系。”

林俊逸站起，肩膀却一阵酸疼，忍不住叫出声。

“谢谢你。”程小米羞涩地笑笑，收起酒瓶往回走。

“等一下。”这次是林俊逸先叫住了对方，他要告诉她，“我也是，对你心动。”

第七章　消失的门牌号

乐曲终了，大提琴声寂，舞池中的人们渐渐退散。林俊逸望着对面的恋人，感激上苍让她重新拥有正常人的生活。

当初两人相爱后，程小米戒掉大麻，也极少去酒吧，但情绪却依然反复无常，甚至害怕起了人群。她把生命全部的激情交给了林俊逸，像紧紧缠绕的藤蔓，几乎无法离开他一步。她害怕镜子、水等一切的反照物，一个人的时候像在害怕什么，躲避什么，她的抑郁症加重了。

林俊逸对其中的原因不明所以，他愈是温柔，程小米的愧疚就愈深，加上课业繁重，林俊逸简直耗尽了所有的心血。

“小米，现在的你真好。看到你今天这样我很开心。”

凌香笑着，脸上却挂满泪痕。

林俊逸温柔地把凌香的眼泪拭去，凌香一时忘了自己的身份，“那你有没有喜欢过我？”

“什么？”

“啊，我想问，你现在还喜不喜欢那个叫凌香的女孩？”

“小米，从我选择你的那一刻，凌香就已经是过去的事情了。”

“如果……如果她一直在等你呢？等你回来。”

这个问题林俊逸最害怕提及，虽然和凌香没有过明确的约定，可是当时凌香表露出等待的意思，而他却不曾拒绝。他以为自己已经成了凌香的过客，可是他太低估了林俊逸这三个字在凌香心中的分量。他不能对她说等待无意义，他没有这个资格和勇气。在他窘迫不安的时候，手机响起，是老陶。

林俊逸接听，还没说话就听到老陶在那边歇斯底里地喊：“救命哇！救命！”

林俊逸大惊，“老陶，发生了什么？”可是除了对方奔跑时的粗重喘气声，林俊逸没有得到任何回应。

他亲吻了一下凌香的脸颊，说了句“对不起”，就飞奔而出，甚至忘了穿外套。

他急速发动汽车，油门几乎踩到底，呼啸而去。路上的汽车冲他鸣笛，他顾不得这些，只想马上跳到老陶面前。

汽车横冲直撞了一路，开到两人分管的街区，巷道狭小，人群密集，林俊逸只能弃车，向前狂奔。

电话里老陶说他在聚会地点，林俊逸知道是白天报纸上的聚会邀请，康特大街 108 号。

80，87，99……林俊逸凭着记忆奔跑，道路却在 107 号终结，拐角处是条死路。

林俊逸手机里的道路系统也从来没有 108 号。

他拔出枪，高声喊道：“老陶，老陶！”

转到街区的深处，除了角落中的几只流浪猫，不见人影。小巷弯曲绵长，林俊逸的心里一阵紧似一阵。灯光昏暗，他祈祷老陶千万不要发生意外。

他调动了所有的感官，试图寻找蛛丝马迹。这里曾是废弃的重污染工厂，铁制管道和器械已经年久失修，这些庞然大物寂静地阻挡在林俊逸面前。林俊逸的声音反射后出现回音，愈发空荡。

他仔细留心周围的动静，拿起石子往前方深幽处抛去。除了石子撞击铁管的声音，康特大街依旧寂静得可怕。他小心翼翼地前行，尽量像猫一样不发出任何声响。究竟是谁，让老陶深陷险境？

一道漆黑的影子在光下穿过。

“谁？”林俊逸疾步跟了上去，转过几个拐角后影子消失，只剩下“咚咚”的声音由近及远，回音加重了辨识的难度。林俊逸闭上眼睛，循着声音的来处走去，光线越来越暗。他听见墙角另一边的呼吸。

他将身子靠在墙壁上，迅速用枪口指着对方，对方的动作和他一模一样，他们看清彼此的面容，林俊逸叫道：“老陶！”

对方沉重的身体压下来，老陶呼哧呼哧喘着气，“你来得正好。”

“发生什么事了？”

“先离开这里再说，我们抓不到她。”

老陶的脚扭伤，林俊逸搀着他一瘸一拐地出了巷道。

“现在可以告诉我了吧。”

老陶一屁股坐在地上，哆嗦着从口袋里拿出烟，火机打了几次都没打着，林俊逸夺过来打着火，老陶嘴里叼着烟，靠近火光猛吸一口，发出嗞嗞的声音。

“你走后，我对聚会地点很好奇，就直接去了康特大街，路上发现有人跟踪我。我故意和对方绕圈子，却觉得被对方牵着鼻子走。等我快接近她的时候，她突然不躲了。我看见她身上披着长袍，遮住脸，看身形好像是个女人。”

“女人？”

“但我不太确定，她嘿嘿一笑，笑声沙哑。迎面就是一枪，枪口装有消音器。比我们配备的94手枪高级多了。她倒是没打到我，子弹只造成一点擦伤。我趁着光线暗，转身就跑，她不紧不慢地在后面跟着，怎么都甩不掉。我看离她还有一段距离，马上拨通你的电话。”

“除了这些，还有什么有效的信息？比如你有没有看到别的东西？”林俊逸问道。

“有。我看见了她的脸，是一张鬼脸。”老陶的声音颤抖，“那是一张面具，但面部扭曲，极度狰狞，还记不记得那些无脸死尸？小林，她一定和那些死者有关联。”

“单凭这个还不能确定，可是她为什么要跟踪你呢？”

“我想她在恐吓，说我们不是她的对手。这件案子可能比我们想得还要复杂。”

林俊逸陷入沉思，自言自语道：“康特街 108 号，到底在哪儿。”

“我也奇怪，地图上根本就没有这个地方。”消失的门牌号令两人摸不着头脑。

“一定有。”林俊逸紧蹙眉头，“老陶，今天你受惊了，先回去休息吧。不是还有一天嘛。”

“好，不过，你也不能私自行动，这是命令，别忘了我才是组长。一起走。”

两人发动汽车，摇下车窗，寒风凛冽，他们迫使自己保持清醒，却思绪纷乱，理不清前后的因果。

老陶拿出一张照片，七岁的男孩朝他灿烂地笑，老陶心里泛过一阵暖流。“要是我儿子还在，应该有你这么大了。你如果是他就好了。”

林俊逸从车里拿出酒，递给老陶。

“他从小就亲近我，跟老婆离婚的时候，也自然跟了我。可是后来一场大火……他走的时候面目全非，整张脸都分辨不出五官。所以我看到那些无脸尸体，这里……”老陶指着自己的心窝，“难受。”

所以在没有任何酬劳的情况下，他也执意调查那些尸体的下落，就是因为这段惨痛的经历。

林俊逸使劲拍拍他的肩膀，与老陶名义上是上下级，实际上两人是忘年之交，某些时候也像父子，比如现在。

把老陶送走后，林俊逸返回家中，凌香拿着外套在门外等他。

“怎么不进去？”林俊逸握住凌香的手，冷冰冰的。

“我不想一个人进去。冻坏了吧？有什么难办的案子吗？”凌香为林俊逸披上外衣。

“没有，不要担心。”林俊逸转动钥匙，没有看到凌香眼神中的担忧。

屋内温暖如春，和室外简直是两个世界，凌香望着林俊逸瘦削的背影，和几年前并没有什么不同。她拿出愿望清单，在“完美的约会”上画了一道删除线。

这是成为程小米的第二天，她时刻没有忘记倒数。时间真是最无情的东西，凌香的心针刺般疼痛。愿望清单上剩下的几项显得格外珍贵。

“婚纱设计得怎么样？记得你说有展览，去看了没有？”林俊逸把凌香揽在怀中，下巴抵在她的肩膀上。

“还没，明天。”

明天，林俊逸对明天有不好的预感。

一大早老陶就换上便衣在楼下等他，凌香挽着林俊逸的胳膊出门的时候，老陶向她瞥了一眼，“弟妹，最近怎么样，梦游症还复发么？”

“啊，好很多，谢谢。”凌香朝他微微颔首，“今天有什么事吗？这么早。”

“没事，没事，你放心。小林，走吧。”老陶搭住林俊逸的肩膀，回头朝凌香挥挥手。

“昨晚没睡好吧？”林俊逸问道，老陶的黑眼圈浓重，眼中布满血丝。

“你不是也一样？”老陶冲林俊逸不怀好意地眨眨眼，揶揄道。

林俊逸尴尬地咳嗽几声，“没发生你想的事。”

"你们吵架啦？"

"没有。可能她还没调整好。"

"不是我说，你都多久……"

林俊逸捂住老陶的嘴，"可有什么线索？"

老陶把风衣领子立起来，打了个长长的哈欠，"没有，我昨晚在局子待了一夜，查遍了我能找到的所有档案，没有 108 号的任何信息。我怀疑这个地方只是个代称，或许我们的方向搞错了。"

"好吧，如果我们错了，那你觉得我们正确的方向是什么？"

老陶紧皱眉头不说话。

"读书的时候，我的老师曾说，在没有更有利的线索之前，不要轻易否定你的第一判断。就我们所掌握的蛛丝马迹，康特大街 108 号绝对就在我们眼皮底下。"

107 号是家咖啡店，橱窗中展示并兜售来自世界各地的小众工艺品，林俊逸和老陶买了咖啡，用手轻拍墙壁，试图找到蹊跷。墙壁坚实，他们并未找到突破口。

与此同时，凌香提前来到以前任职公司举办的婚纱主题时装展，过安检时，她拿出烫金的邀请卡，邀请人上清楚地写着：S 公司设计总监，希达。

停车场挤满了豪车，凌香下了出租车，进门时身边打扮时髦的小姐朝她投去鄙夷的目光。凌香裹挟在盛装出席的人们中间，来到灯火辉煌的展览前厅，除了经典的时装品牌，一些小众品牌也派出展览，S 公司的主场虽然算不上顶尖，但在海城也算是一流。她迎面看见 Leon 扭着腰臀走来，动作和装扮都极为夸张。他画了浓厚的眼线，上身穿黑色西装，下身配着蓝条纹九分裤和牛津鞋。凌香下意识地遮住自己的脸，对方还是盯住她，一步步朝她走来。

凌香转身准备逃离，Leon 却从背后拉住她的手。

“你……你是……”Leon 的表情像见了异形一样，睁大眼睛。

凌香心虚地准备自我介绍，Leon 却抢先道：“你是程小米小姐吧？哎哟幸会幸会，我叫 Leon，是 S 公司的部门副总监，这次啊有很多我设计的服装，程小姐多多关照哦。”

“好的，其实我只是来看秀。可以放开你的手吗？”

“啊呀，不好意思程小姐，见到您太激动了。”Leon 俯身，绅士地挑起凌香的手背，轻轻一吻。

凌香赶紧把手抽回，戴上手套，总觉得被 Leon 亲过的地方有些瘙痒。

“和我的客人聊什么呢？”希达款款走来，深 V 西装和黑色高跟鞋给人一种自上而下的压迫感，却在威严中间又透出一股神秘的诱惑。

Leon 马上站定，赔笑道：“希总监，我刚向程小姐介绍今天的新品。”

“不用了，我会介绍的。”希达挽起凌香的手，“跟我来。”两人穿过长长的后台走廊，模特们在化妆间内争分夺秒地准备开幕。

“你看，每个人都有假扮他人的机会。”希达假装漫不经心地问，“感觉如何？是不是很美妙？”

“不，恰恰相反，我经常感到愧疚和悲伤……”凌香跟随希达走进一间工作室。各种颜色的布料堆积，设计手稿散落在自动缝纫机上，铅笔和木尺平静地躺在一旁，一切都是熟悉的场景，却恍若隔世。

“和他相处得还好吗？”

“很好，可是他越对我好，我心里就越清楚，这份好本该不属于我。夜深人静的时候，我看着他那么安静地躺在我身边，像做梦一样。可是他睁开眼，会叫我小米，你知道吗，我想听的是他叫我凌香！”凌香的嗓音哽咽，她双手捂住脸，泪水从指缝滚落，“我是凌香，我没有办法对着镜子里的人自我欺骗。我能骗过所有人，但我骗不了自己。”

希达没有安慰凌香，她静静点上香烟，“你后悔了？”

“我不知道。”

“既然做了决定，就没有回头路可言。”

“我还有五天的时间，对吗？”

“我不敢保证，谁知道警察什么时候找到真的程小米，虽然只是一具面容模糊的尸体。你的时间有限，想好做什么了吗？”

“五天……时间太短，我还有很多事，来不及的。”凌香陷入沉思。

“你只要对自己的选择负责就好了。大秀结束之后，我带你去个地方，你就知道你不是唯一一个孤军奋战的人。”希达捻捻手指的落灰，把香烟递给凌香，“试一下。”

凌香往后退了两步，摆手表示拒绝。

“怎么，不接？程小米可是爱极了香烟。林俊逸不是傻瓜，你万一露出什么破绽，谁也帮不了你。”

凌香犹豫了一下，还是抬起手，接过闪着红光的半根香烟，烟味呛得她直咳嗽。“你为什么对程小米这么了解，甚至连她的癖好都知道？”

“为了使我服务的客户满意，这是基本的操守。”希达慢悠悠地说道。

“如果我是你的客户，你为什么从来没有要求我支付任何费用？这项服务不是无偿的吧？”

“时机未到，我想要的一定会从你手中要回来。”希达一步步逼近，凌香感到一股寒气扑面而来。

“在此之前，你做好程小米就可以了。当然，你不会蠢到暴露自己的身份。”希达的红指甲在凌香的脸上滑动，凌香背靠在桌角，已经无路可退。

“多美的一张脸呐，好好珍惜。”凌香能闻到希达吐出的芬芳气息，是薰衣草的淡淡香气。

音乐隔着厚重的墙壁钻进来，主持人宣布大秀开场，希达亲昵地拉起凌香的手，“走吧，去进入你的梦。”

灯光由骚动的绚烂变得柔和温婉，乐曲也适时地调整成浪漫的曲调，在场的每个人都被这种情怀蛊惑，淹没在或悲伤或欣喜的爱情幻想中。模特出场，轻婚纱带着少女般的俏皮心思，在光与声的梦幻中掠过眼眸，“大胆地去爱吧。”凌香听见另一个自己说。

她想起林俊逸带她选婚纱的那天晚上，久久地沉溺在其中，像沉入一泊美丽的湖水，不愿浮起靠岸。摇曳的长拖尾和妩媚的鱼尾走过时，凌香仍在幻想属于自己的独一无二的婚纱。她盯着已经出场的中性风时装，似乎想从中找到几分灵感。

“五天。”她咬紧嘴唇。

大秀比她想象的结束得更快更早，设计师上场的时候她惊讶地发现，台上站的是 Leon，他正得意洋洋地挥手鞠躬，享受热烈的掌声。希达与人们一同站起，依然面色冷傲地鼓掌。

“为什么你不去？”凌香小声问。

“去了又能怎样？被记者追着问，还是上杂志封面，接受无聊的采访？我不爱与他们打交道，更不愿意让这张脸被所有人认识。”她歪歪头，拿起手提包，“走吧，别问去哪儿，到了就知道。”

希达的目的地，是康特大街 108 号。

第八章　奇异聚会

希达亲自开车，凌香坐在后排，被一席布帘挡住。前后车窗都被遮掩，除了能够感知汽车的开动、转弯，凌香几乎不辨方向，更不用说记住所走的道路。

一开始她还能听见车外人群的声音，车子的声音，后来连噪声也消失了，凌香试着拉开车帘，希达冷冷地说道：“别动。后面有摄像头，你的一举一动我都看得清清楚楚。”

车子七扭八拐地开出闹市区，凌香内心忐忑不安，她怎么能如此轻易相信这个女人，对她说的话言听计从？她究竟有什么样的魔力？

“不必担心，我不会伤害你。今晚，你是我们的姊妹。”希达扔给凌香一个能遮住脸部的黑斗篷，“戴上它，目的地很快就到了。”

凌香套上宽大的黑斗篷，希达为她打开车门，凌香看到她也罩上斗篷，浑身上下只露两只眼睛。

希达不说话，径直走在前面。凌香跟随她在狭长的巷道行走，像跟随一只诡秘的黑猫。路途同样兜兜转转，周围的建筑物极其相似，仿佛是用石块堆砌的迷魂阵。

走了约摸半个小时，希达变魔法一般打开一扇门，邀请凌香进去。凌香站在门口望去，里面极深处仿佛有亮光。“今天见到的一切都不可泄露，否则出去的人将再也没有办法开口。”希达叮嘱道。

两人的脚步声回荡在黑暗里，凌香越往前走发现空间越大，走到亮光处视野越来越开阔，光线也越来越强。凌香置身于巨大的穹顶之下，墙壁是洁白的电子屏幕，面前乌压压站着一群戴着同样黑斗篷的人。

整个人群异常寂静，希达悄声耳语："这些都是和你一样的人，他们改变了容貌，是活在人群中的异类。我说过，成为他人是一种合理的欲望。"

一个深沉的男声传来，"过得好吗，我的孩子们？"

所有戴黑斗篷的人全部低下头颅，谦卑地朝大厅中央的空椅子鞠躬。

"我相貌丑陋，却试图为你们带来美貌。你们是通向新世界的新新人类，科技的曙光已经降临，向上帝制造的缺陷告别吧！"人群一阵欢呼。

"不要忘记，你们以前的样子。"大屏幕上出现各种人的相貌，他们有的面貌丑陋，有的美艳，有的普通，却因为不同的原因变换了容貌，无论是合理还是不合理的理由，总之他们拥有了梦寐以求的一张脸。屏幕上滚动播放的换脸史令凌香惊异，原来从很早的时候就有人试图研究这一技术，她一开始很奇怪，为什么不把它运用到医疗领域，现在才知道这项技术还未成熟，他们也处在摸索期。

"我的技术很快就能成熟，你们可以实现永久变换，不必定期进行手术。请你们一起见证，新时代的到来。"

男人的声音淡下去，直至消失。

"他是谁？"凌香问希达。

"你的恩人，发明这项技术的人。没有人见过他，也没有人知道他的名字。"希达不肯多言。

凌香听到人群中的啜泣声，他们被刚才男人的言语打动。

"感到好奇的话，你可以跟他们短暂交流。含住这个。"希达把一片薄薄的金属放进凌香嘴里。凌香一出声，才发觉这是个微型变声器。这些人即使换了不同的面貌也还是不肯让别人知道自己真实的容貌和声音，他们欺骗别人也欺骗自己，永远活在谎言之中。她不也是一样的么？

她最好奇的是人们变脸的缘由。

“我变成了死去的妹妹。她是父母最宠爱的小女儿，我却得不到她的百分之一。她死后，父母过度伤心，于是我变成了她，终于得到了他们的爱。我爱他们。”

“我变成了最讨厌的人的脸，每天我都要在脸上划几道伤口，享受报复的快感。”

“我？我现在是最喜欢的人的样子，我不仅变了脸，还变了性，你信吗？”

凌香吓得连连退后，躲在一旁的角落。这些身穿黑袍的人像一个个鬼魅的幽灵，冲击着凌香所有的神经。如果每个人内心黑暗的欲望都可以实现，这将是一个多可怕的世界。

她希望此时有人叫她凌香，她有真实的相貌和身份。可是她的脸被改换成了程小米，甚至身躯也得到部分调整。目前唯一支撑她接受这副面孔的就是林俊逸，很快她就能做回自己了。这几天，她只要做好程小米就可以了。

她脱下斗篷，循着来路奔跑，她的心情极度压抑，仿佛从地府逃脱。她什么都顾不及，只想跑出去，告诉地面上的人们这里的荒谬和可怕。

咚咚咚，她的脚步声被回音加重。

“嘘，你听。”林俊逸把耳朵贴在管壁上，“好像有人在活动，我听到了微弱的脚步声。”

老陶学着林俊逸的姿势，也把头偏转。

两人搜寻一整天后，没有得到任何线索，天黑之后，林俊逸提议到前一晚老陶出事的地方看看。他们没有在外面绕圈子，而是钻进铁道，内部比他们想象得宽敞，能容得下他们匍匐前进。

“我也听到了。”老陶冲林俊逸做手势。

“走，跟着声音。”

两人趴在管道上，慢慢前行，前方就是管道出口，他们跳下来，声音却戛然而止。

“在下面。”林俊逸笃定地说。

“可是哪儿有入口？”老陶急得挠脑袋。

林俊逸怀着侥幸心理敲响旁边的墙壁，“声音不对。”

“怎么办？”老陶对着坚硬的石头犯了愁。两人对视了一眼，同时拔出手枪，装上消音器。

石头坍塌，发出隆隆的声音。大厅中的人们听到声音，灰尘从穹顶落在他们的肩膀上。希达拉响警报的铃声，人们迅速从各个隐秘出口消散，洪水一般了无痕迹。这些人最害怕被外界知晓真实身份，他们的速度极快，带着各自的秘密重新混迹人群。集会虽然短暂，但至少他们知道自己不是唯一的异类。

诡异的是，人们逃得极其有规律，像蛇一样钻入洞口，销声匿迹。看来事先他们早已知晓逃跑路线和计划，是希达未曾告诉凌香的部分。凌香相信，除了这次集中的聚会，他们私下一定有严格的制度约束各自的行为。

凌香跑动时摔倒在地上，这里路口繁复，她迷失了方向，却听到不远处林俊逸的声音。

“我们来晚了。”他和老陶没有发现人影，更没有发现地下大厅。人群退散的时候他们听到声响，却四处不见人，他们循着人声寻找却正好错过了大厅的正确方位。等声音重新归于寂静，林俊逸知道他们晚了一步。

林俊逸的脚步声越来越近，凌香躲在角落，捂住嘴巴，大气不敢出。

“一定不能让他发现，否则一切都完了。”

手电筒的光束照过来，凌香的身子往后一缩，她深吸着气，背后再无退路。林俊逸却朝她的方向直直走了过来，口中说道：“这边好像有东西。”

凌香的心悬到嗓子眼，额头上渗出细汗，如果被林俊逸发现，她要如何解释？她现在已经能看到林俊逸的脚尖，忍不住再把身子往里缩。

“喵。”一只肥猫从另一边跑到林俊逸脚边，撕扯他的裤脚。

“原来是猫。”林俊逸舒了一口气。

“去那边看看吧。”老陶说，“真奇了怪了，怎么会一个人都看不到，我们不会是大惊小怪了吧？”

“想想昨晚，你觉得是你多虑了吗？别忘了，你的命差点丢掉。”老陶对林俊逸的斥责没有反驳，他假装轻松想缓和气氛的企图也宣告失败了。

他们在地下绕了许久的圈子，仍然没有找到大厅的正确入口，两人感到深深的挫败，回到地面时谁都没有理谁。究竟是什么人，他们到底要做什么？

一双手突然捂住凌香的嘴，“别出声，我带你出去。”是希达的声音。

她们刚走到出口，希达在背后狠狠一击，凌香昏倒在地。“再给你几天时间。”希达的嘴角露出诡异的笑容。

凌香醒来时正躺在家门口，冷风袭来，她不禁打了几个喷嚏。她努力回想今晚发生的一切，不知道是真是幻，颈部的疼痛却告诉她，一切都是真实的，真实得可怖。“要不要告诉林俊逸？要不要报警？如果把一切和盘托出，她自己呢？”

虽然地下各种各样的奇怪组织早已在这个时代屡见不鲜，城市进程发展得越快，人们的精神就越容易出现问题，每个人都自成一座孤岛，孤独像世纪病侵入骨髓。一方面人们享受着城市和科技的发展带来的诸多便利，另一方面那些畸形的欲望又找不到发泄的途径，有人利用这一点，开始从事秘密交易，无论你所想的多么荒诞不经，总会找到实现的方式。

可是凌香没有十足的证据，她不记得路，也没有看清任何一个黑斗篷下的脸，如果报案，她的话听起来更像是无稽之谈。怪不得希达之前说过凌香不会愚蠢地暴露身份，报案这件事等于玉石俱焚。

她没有等林俊逸，而是开门，将大约记得的路线画在纸上，希望能找出些许端倪，线路不是中断就是在尽头回转，她始终搞不明白具体的位置。

她把一张张废纸揉成纸团，扔进纸篓，突然觉得口渴得要命。她刚倒完水，脸部的肌肉却开始抽搐起来，感觉越来越强烈，阵痛一阵阵袭来，凌香手中的玻璃杯掉在地上摔成碎片。从散落的碎片中凌香看见自己的脸部痉挛，她吓得发出尖锐的叫喊声，跌跌撞撞地跑进洗漱间。

镜中的脸扭曲变形，像被下了恶毒的诅咒。她双手捂住脸部肌肉，祈祷它们停止变动。痛感加重，凌香蜷缩在地上，全身颤抖不已。

她听到钥匙转动，林俊逸回来了！不行，绝对不能让他看到她现在的样子。

凌香咬紧嘴唇，泪水簌簌滑落，她痛，她害怕，她无助。此刻，她却祈祷能变成原来的样子，程小米的脸把她折磨得够呛。

她听到脚步声，听见林俊逸喝水的声音，脱衣服的声音，他同样觉察出了动静，问道：“小米，怎么了？”

“没，没事。”凌香忍住巨大的痛苦，从牙缝里挤出几个字。

“需要我帮忙吗？”

“不，先走开，求你了。”凌香大汗淋漓，不知道自己能撑到什么时候。

“小米，听我说，让我进去。”凌香能听出林俊逸的焦急和关切。

“如果你爱我，请在外面等一下，真的，一下就好。”

林俊逸蹲坐在门外，头抵在门上，凌香粗重的呼吸声让他担心不已。凌香也瘫在地上，两人中间隔着薄薄的木门，却仿佛隔绝的两个世界。

林俊逸不知道里面发生了什么，他很害怕程小米受到什么刺激做出傻事，但他同时也尊重她的选择，或许她现在真的不想让他看见，每个人都有不堪的时候，他只能在外面极为警觉地观察程小米的一举一动，默默守护着她。他说：“不要怕，我在。”

“还记不记得我们第一次见面，从那时起我就有一种命定的感觉，我们的缘分还很长。小米，我不管你现在发生了什么，你要记得，几天后你就要成为我的新娘。我们还有很长很长的路要走。”林俊逸的话语分散了凌香的注意力，她逐渐冷静下来。

“小米，认识你真的很好。等我们举行完婚礼，我们就去任何你想去的地方，周游世界，或者去你小时候生活过的地方，都可以。我们在那里买一个小房子，每天清晨，我们亲吻告别，我下班回来，还没敲门就闻到你做的饭菜香气。”林俊逸每说一个字，凌香的心就欢喜一次，也痛一次。这些都是她曾写在日记本中的幻想。

脸部还未恢复原状，痛感亦未消失，凌香的力气和意识却在一点点耗尽，她摁住把手，有一瞬间想打开门，告诉林俊逸一切真相，或许只有这样她才能得到解脱。

“对不起，我骗了你，我不是程小米，可是你能不能告诉我，有没有喜欢过一个叫凌香的女孩？”

凌香即将要说出这句话，肌肉的抽动突然慢下来，疼痛也在锐减。脸部正恢复原状，程小米的五官逐渐清晰。凌香跑到镜子前，望着镜中的脸抽泣，此刻她觉得自己像极了假面木偶。她重新退回到角落，几口深呼吸后打开了暗锁。

第九章　最后的愿望

林俊逸听到细微的响动，几乎撞开了门。凌香一脸泪痕地坐在地上，头发遮住脸庞，荒草一般披在肩上，她看了一眼林俊逸，把头埋在膝盖中间，埋得很深。

林俊逸一把将她搂在怀里，“小米，发生了什么事？”

凌香不说话，她的语言和身体一同沉默地抗拒着，仿佛抗拒一切与温暖有关的东西，任由自己坠落到最冰冷晦暗的地方，化成一块死寂的石头。

她只是抽泣，肩膀一起一伏，紧紧靠着林俊逸的胸膛。这片宽广的岸让她觉得安全，她的指甲嵌进林俊逸的肩膀，恐惧似的说道：“抱紧我。”

林俊逸把凌香抱起，像托着最脆弱的一个世界，他必须小心翼翼，否则这个世界会如玻璃般破碎。他把凌香放在床上，凌香却抬起头勾住他的脖子，“不要走。”

凌香的眼泪钻进林俊逸的脖子，滚烫。她瞥见床边的愿望清单，上面已经多了一项“自己设计婚纱”，她坦白一切的勇气瞬间又消失了。如果现在告诉林俊逸程小米已经死了，他会怎样？

不，不行。只剩下几天时间，期限一到，她会走，不必程小米的魂灵来赶她。

“我以为自己已经好了，没有吃药，可是病情复发，我控制不住。”凌香解释道。

林俊逸对此深信不疑，摩挲着她的头发，“我去拿药，你乖乖吞下。”

“好。”

凌香毫不犹豫地把药丸吞了下去，“林，我们会幸福吗？”

“会，一定会。”

“如果哪天我……先走，你能不能答应我好好活着？”

“小米，不许你说这种话。”

“好，不说。”凌香抚摸着林俊逸的脸庞，满眼痛惜地看着他。

“明天带你去一个地方，今晚好好睡。”

“你能出去吗，像昨天一样，睡沙发？”

林俊逸为凌香盖好被子，熄了灯，蹑手蹑脚地走到客厅，躺在沙发里。他不知道为什么程小米这两天一直拒绝他。他刚才也看了一遍愿望清单，它现在已经成了程小米的精神支柱，对于其中的原因却并不知晓。翻转身子的时候，他突然有种奇怪的预感，仿佛马上就会失去程小米似的。

他使劲拍了几下头，直到感到疼痛，怎么会有这种想法？他开始幻想几天后的婚礼。为了给程小米惊喜，他曾询问过她的梦想婚礼，说过什么都不要管，等他最后的呈现。程小米答应不插手具体的细节，除了婚纱。

人生的重大转折，林俊逸最先想到的是母亲。母亲无法参加他的婚礼，是他毕生的遗憾。明天，他一定要带小米去见见她。

婚礼举办地点早已定好，靠近蔚蓝海岸的教堂，像极了他们在巴黎时曾一起去过的地方，虽然小，但别具风味。双方没有至亲，国内朋友稀少，为了照顾程小米，他连伴郎都没用，老陶为此还和他发生过口角。还有……凌香，要不要邀请她？她会不会来？

如果当年没有出国，或许……她是个好姑娘，一定会遇到属于自己的幸福，他无缘，不代表她没有好运气。他会衷心真诚地祝福她，像祝福程小米一样。可是，他却有种难以填补的空缺，好像他的人生本不该如此。他应该和许许多多的少年一样长大，过着平凡快乐的生活，而不是现在这样，根本没有回头的余地。

林俊逸累极了，今天发生了太多事，他的生活仿佛又朝下坠去，他决不允许这种事情发生。借着幻想中的婚礼，他感到未来还有光明可以追寻，好像只要牵着程小米的手完成仪式，幸福就会像钻石般坚硬，谁也夺不走。

凌香同样陷入不眠，她坐起，从抽屉中拿出纸和笔，画出婚纱的初步轮廓。每一个细节都用尽心思，肩部、腰部的线条美丽优雅，裙摆恰到好处地收拢、飞扬，手臂用透明的薄纱，缀上光彩熠熠的粉色水晶。婚纱逐渐成形，梦幻般地出现在凌香眼前，凌香伸手触碰，却看见程小米穿着它，美丽非凡，她挽着林俊逸的手向前方走去，长长的拖尾上沾满大片大片的花朵。

程小米回头朝她笑笑，凌香来不及回味林俊逸的背影，两人就消失了，她的面前还是一片白墙。

眼泪一滴滴落在凌香手中的纸上，婚纱被泪水浸得皱巴巴。凌香不会告诉林俊逸，她根本不会参加那场婚礼。在这之前，她就要离开了。

她在床上坐了一夜，天色破晓，她打开门，林俊逸整个人陷进沙发里，睡得像个孩子。

凌香坐在他的身边，轻轻靠在他的身上。她能听见林俊逸的心跳和呼吸，像听一首最动人的曲子。万物沉寂，只有这点声音伴随凌香来到新的一天。凌香感激，生命在此刻给予的馈赠，阳光照进来的时候，她忽然觉得自己是无罪的，阳光能赦免一切。

林俊逸醒来时分，凌香把早餐放在桌子上，柔声说道："为你做早餐和晚餐，每天。"林俊逸眼眶湿润，握住凌香的手，"不许嫌烦。"

“一辈子都不会。”

“看着我干什么？怎么不吃？”林俊逸问道，把一小块松饼递到凌香口中。

“如果能一直这样就好了。”凌香说道，她是真心羡慕程小米，现在也为她感到痛苦。如果程小米还活着，这一切就是属于她的。凌香的身体里仿佛被两颗心填满，承载着两个生命的爱。

早餐后，林俊逸请了假，特意陪伴程小米。他开着车，一路上有些心事重重。从前进的路线凌香大致猜出，这是在去他以前的家。那个在他的回忆中曾无比温暖又伤痕累累的家。

过往的回忆同时涌上林俊逸和凌香的心头，他们兜兜转转这么几年，却以这种方式重新回到了过去。

离目的地越近，两人的心情起伏得越厉害，五年前的场景再次袭击他们的脑海。林俊逸想到的是母亲的死亡，凌香想到的是悲伤绝望的林俊逸，那时他真的还只是个不谙世事的少年，命运本来就对他不公，为何还要设下重重磨难。死亡过早地侵入少年的世界，以狰狞的面目宣示生命的无常。

汽车停在一排两层建筑之前，周围的邻人有老相识，也有新搬来的租客。而这座小房子却一直空着，爬山虎肆虐地占领了墙壁，白墙上已经出现了裂纹，一片斑驳颓废的模样。

“这是我曾经的家，出国之前，我在这里生活了十八年。”林俊逸握住凌香的手，他的手心冒出细汗。凌香用力握紧，传递给他打开尘封伤口的勇气。

他们走上台阶，林俊逸犹豫了一下，掏出钥匙打开屋门。扑面的尘土呛得两人咳嗽，林俊逸挥去面前的蜘蛛网。房中的布置和五年前并没有什么两样，家具还是按老样子摆设，桌椅书柜仿佛故友，静静地等候林俊逸的到来。他终于肯走进心中最痛苦阴暗的角落。

低矮的旋转楼梯横亘在房屋中间，这就是当年母亲出事的地方。她的头颅被楼梯旁边的大理石桌角碰出鲜血。林俊逸俯身，抚摸着冷冰冰的石头，跪在地上哭泣。

凌香抱住他的头，“哭吧，哭出来就好受了。”她的眼泪掉入林俊逸的头发里，林俊逸抱着她像抱着当年的母亲。

“小米，你知道吗，我从来没有一个完整的家。我虽有一个父亲，却和没有一样，我不知道，我和母亲在他心中到底是什么位置。母亲走后，我就彻底成了孤儿。当我遇见你时，你孤身一人，我突然觉得我们都是被抛弃的人。”

“都过去了，我不是还在这里吗？林，别害怕，我陪着你。”凌香轻轻拍打他的肩膀，她似乎理解了林俊逸和程小米的感情，尤其是在异国他乡。

“林，别害怕，我陪着你。”这话太熟悉，当年凌香就是这样安慰他的，那时她说完后面色通红，羞涩地低下头。

林俊逸倏地抬头，他也想起了这句话。他恍惚以为面前站着的是凌香，可是确实是程小米。他试着让自己镇定下来，恢复理智。他来到母亲的房间，打开灯，躺在床上。以前每次父亲来了又走之后，母亲就这样躺在床上一动不动，泪水却从眼角滑落到枕边。

林俊逸直勾勾地盯着天花板，回想当年的母亲。他的目光无意间被灯旁的黑点吸引。如果没有光亮，很难发现这个小黑点。

一开始他以为是普通的油渍或是其他脏污，借着光晕却发现黑点的阴影有所变化，他腾地坐起来，试着挪动几步，阴影的变化更加明显。

“这是……”林俊逸一惊，后背发凉。

他迅速搬来桌子和高脚凳，踮着脚尖总算视线与灯平齐。黑点是金属质感，异常坚硬，林俊逸用尽力气也无法使它离开墙壁。

他没有猜错，这是一个微型摄像机。母亲生前有人在监控她的一举一动，摄像机还在运转，证明这个房间仍处在监控之中，他和程小米的举动暴露无遗！

林俊逸跳回地上，伸手护住程小米退出门外，掏出腰间的手枪，对着摄像机砰的一枪。他捡拾起摄像机的碎片，装进口袋。他和程小米逃到车里，喘着粗气。

“怎么回事？”

“有人在监视那间屋子。”林俊逸的头靠在方向盘上，“究竟是谁做出这种事情？找到对方就能找到母亲真正的死因，这一切的背后绝非表面上的意外那么简单。”他刚才打的那一枪，也是对对方的一次挑战，告诉对方他已经有所警觉，并且极度愤怒。

凌香也倒抽一口凉气，最近发生的事情太过诡异。“可有别的线索？”

林俊逸绝望地摇摇头，凌香从未见过他如此颓废的样子。他们返程，路途却显得极为遥远，车子开了许久，没有停下的意思。

“这么说，有人知道我们去过那栋房子。是谁呢？”

“我也不知道。”母亲与人为善，不会与人结怨，对母亲私生活好奇的人有谁？父亲吗，但他不会这么做，为了表示关心她所以监视她的一举一动？太荒谬了。

对，为什么不去那里看一看，如果母亲被监视，那父亲呢？

那种微型摄像机在黑市很常见，但却有一个好处，即使通过局子系统也很难查到终端，像令人厌恶的蚊蝇，难以消灭。不知是谁研发的加密技术，能躲过警方的查询。老陶曾查获过一批这样的器械，震惊了局子上下，这简直是令他们最头疼的东西之一。

车子开到家门，林俊逸说：“小米，你先回去，我还有点事情，等我回来吃晚饭。”

“我知道你去哪儿，让我跟你一起去。”

“不行。”林俊逸面色严峻。

凌香死死地抓住他的胳膊，“一定要去。”林俊逸还从来没有见过程小米如此坚毅的眼神。

林俊逸转动方向盘，汽车从不远处的岔路口疾驰，凌香紧紧握住他的手，两人对视了一眼，从彼此的眼眸中得到安慰和勇气。

这是一处早就被抵押的破旧院落，以前却是富丽堂皇的双层别墅，花园已是一片荒芜，白色的欧式建筑更显出冬日的萧条。门窗都上了锁，院墙高深，林俊逸只能从外面大致看清内部的情形。

这是林俊逸的父亲越明曾经的住宅，越明从未邀请过他们母子前来，从小林俊逸就对此极为不满。

他打开汽车的后备箱，取出扳手、钳子等工具，试图打开外院的铁门。然而铁铸的大门尽管锈迹斑斑，却比他预想的坚硬得多，几番努力均告失败后，林俊逸大汗淋漓。时隔多年，这个地方还是如此无情地拒绝他。

凌香记得，小时候她曾和林俊逸一起在附近放风筝，风筝线被风吹断，就落在院旁高高的梧桐树上。她希望林俊逸帮忙敲响这家主人的大门，请对方把风筝摘下来。林俊逸却远远地站着，眼里有仇恨的目光。

“走。”他拉着凌香大步往回走，风筝孤零零地挂在树上，像一轮残破的夕阳。

想到这里，凌香不禁抬头看身侧的梧桐，怔怔地出了神，林俊逸走来时她也无动于衷。这个场景太熟悉，他不得不想到当年在树下仰望风筝的女孩。

“看什么呢？”他假装轻松地问。

“没什么，这棵树很特别。”凌香回答。

“哦？哪里特别？”林俊逸不知不觉紧张起来。

“我……也说不上来，只是感觉似曾相识似的。”

“你以前来过这里吗？”林俊逸紧追不放。

凌香点点头，随即拼命地摇头，“没有，我怎么可能来到这里，我根本不知道这是哪儿。”

“是吗？”

“凌香……”

凌香吓得一回头，林俊逸故作镇定地说：“凌香以前与我一同来过这里，不过那都是很久的事了。”

凌香的表情掠过一丝哀伤，但很快她就逼迫自己转换情绪，“那你们有没有……”

她的神情被林俊逸悉数看在眼里，林俊逸突然想到什么似的，往后几个踉跄坐在地上，他决定停止刚刚的计划，摆脱程小米。林俊逸的防备心理极强，在不确定程小米是否“有问题”之前，他要持续观察。今天发生的事太过诡异，林俊逸无法理清其中的关系。

“小米，我们回去吧。”

凌香一愣，她不相信林俊逸这样轻言放弃，监控的事对他产生极大的冲击，他怎么可能如此草率？她不能确信林俊逸是否觉察到了什么。

程小米确实有些古怪，不只在于她到底显露出什么，还在于她的沉默。每到一个地方，她似乎拼命地克制每一丝情绪的波动，又常常出神。而一提到凌香，她的反应过于强烈，甚至有些恐惧。根据所掌握的专业知识，林俊逸敏感地捕捉到了程小米细微的变化。不是他不想进入父亲的住处，只是直觉告诉他，这一系列的事件仿佛有一个共同的源头，或许，他做了个大胆的猜测，或许突破口就是身边的这个人。

自从彻夜未归到清晨安然无恙地回来，他就觉得程小米哪里怪怪的。

尽管他对监视母亲的事件心急火燎，但仍强迫自己冷静下来，免得打草惊蛇。他不能让程小米知道得更多，这对谁可能都没有好处。他决定暂时先回去，按兵不动，看程小米身上有没有更多的破绽。

这样的想法令他悲伤，可能他猜错了呢，可能是他过于敏感也说不定，没有确凿的证据证明程小米跟这一切相关。她怎么会？她是他最信任的爱人，林俊逸几乎要被自己大胆的猜想冲垮了，甚至整个人生都受到了颠覆。

关于程小米他又知道多少呢？他只知道她是个孤儿，后来凭借自己的努力成了小有名气的平面模特，在最风光的时候退隐，出国，患抑郁症，然后……遇到他。除此之外呢，她长达二十三年的人生究竟具体经历了什么，他没问过，程小米也从不跟他讲，每次提起过去也只是讲小时候。她在隐瞒极其重要的东西，林俊逸想不出这跟他有什么相关。

相遇的时候他们都孑然一身，各自带着生命的伤痕和对未来的些许希望，现在想想，林俊逸对程小米真的所知甚少。难道现代社会每个人都藏着不可告人的秘密，甚至连最亲密的人都隐瞒吗？两个即将结为夫妻的人，却不知道彼此的真实面目，这是多么可怕与绝望的一件事情。

回去的路上，林俊逸沉陷在悲伤之中，他希望程小米能解释些什么，或者至少和他聊一聊，哪怕是陈年旧事。

凌香把头枕靠在林俊逸的肩膀上，她似乎是在安慰，也像在寻求安全的庇护。“林，你不要太过伤心，或许什么事情都没有呢。”

“希望如此。”林俊逸对这个结果很失望，他望向前方，心里乱得很。

一天的时间，他们已经走了大半个海城，两人的心情起起伏伏，却都深埋在心底，不肯透露一分。海城依旧繁华，黑夜很快降临，高楼中的小窗口也依次亮起了灯光。那些所谓的“家”在外面看来，只不过是密密麻麻的水泥盒子，人们在其中挪动如蝼蚁，却彼此没有交集，亲密关系在这个时代或许是不可能的，像父亲和母亲，甚至身边的小米和他。谁知道谁的过去，谁知道对方究竟隐瞒了多少秘密？

林俊逸把车停在巷子里一家大排档旁边，这是海城为数不多的棚户区，低矮的房屋后面是通向天际的连绵建筑，林俊逸只有在这里才能找到一丝人间的烟火气。

他灌下几杯烧酒，“小米，我今天觉得你有些陌生。”

凌香局促不安，“你只要知道我爱你，我就很满足了。”她看到林俊逸在出神，问道：“在想什么？还是因为今天的事吗？”

“今天的事已经过去了，不想了。”林俊逸低头喝了一口凌香点的汤，说道：“小米，你忘了，我不吃红豆。”

凌香有些慌乱，“不好意思，我忘记了。”

林俊逸望着眼前的恋人，她的眉她的嘴都是那样熟悉，她是一个实实在在的人，活生生地站在他的面前。可是他怎么就觉得不是原来的程小米呢？

凌香从提包中拿出愿望清单，“只剩下露营和……”凌香还没说完，林俊逸便说道：“如果可以，我们明天就去。”

买单的时候两人听老板说这里的棚户区马上就要拆迁，建成商业大楼，不禁有些凄然。人们急速地将记忆掩埋，没头没脑地冲向所谓的文明未来，快节奏的生活方式早就使人们患上了孤独症，这种现象持续已久，甚至相关的课题也已经被讨论得发腻，孤独之后，是潜意识中的自我隔离。

他和凌香没有牵手，两人之间始终隔着一小段距离。凌香没有主动靠近，她害怕林俊逸觉察出什么，对她的身份产生怀疑。“我是程小米。”她不停地暗示自己，相处的这几天，她得到过快乐，但更多的是痛苦。

她如愿以偿地得到他了吗？她把内心藏在别人的躯壳底下到底算什

么呢？如果这是爱的旨意，如果这不是……凌香咬着嘴唇，低头在后面跟着林俊逸的脚步。

“她应该追上来才对。”林俊逸思忖，无论他怎样冷漠，程小米都会走过来挽着他的臂膀，可是她却害怕似的不敢向前。

两人一路无语，回到家后林俊逸从卧室拿来被子和枕头，蜷缩在沙发里，“小米，今天我累了，我睡在这里。”

“好，你早点休息。”凌香在林俊逸的额头轻轻一吻。看起来一切如常，林俊逸却觉得自己的生活有了微妙的变化，一定有什么东西弄错了。

凌香进门后，林俊逸坐起来，惴惴不安地在窗边踱步。远处的灯火让他想到巴黎的夜晚，他和程小米的命运出现交叉的地方。他还想到另一个人，他想知道她现在何处，程小米的举动很像她。

思虑良久，他拨通了一个电话号码。

第十章　你是谁

凌香的手机屏闪着蓝光，在黑夜中尤其刺眼。她的心跳得厉害，林俊逸的来电显示此刻像一阵寒风，吹得她措手不及。

手机早就调成了静音，只有冷冷的光亮穿透凌香的眼眸，如果她能看到自己的脸，一定会被恐惧的样子吓到。这次来电像半个世纪般漫长，凌香把手机攒在手中，掌心全是汗。

林俊逸又打了几个，确定无人接听后给老陶发信息，让他帮忙查找一个人。

他开始坐立不安，敲响了凌香的房门，凌香匆忙藏起手机。

“我改变主意了，今天想进来睡。”他不待凌香回答就把枕头放在床的另一边，像以前一样躺下，双手枕着头。

凌香小心翼翼地躺在林俊逸身边，林俊逸伸手关上床头灯，两人在黑夜中静默着，清楚地听见彼此的心跳。

“小米，你是不是有什么事情瞒着我？”林俊逸问道，握住凌香的手。

“没有。”

“最近有没有见什么人？”

“你知道的，我在这里没有朋友。”

林俊逸翻身搂住凌香，“答应我，不要改变。”凌香的身子紧成一团。

林俊逸的手温柔地停留在她后背的凹陷处，散发着诱惑气息的身子凑过来，像一片宽阔的海岸轻拢住一湾羞涩的湖水。凌香的胸膛起伏，吓得赶紧闭上眼睛。

她深呼吸几口气，双手狠狠将林俊逸推开，“不行！”她带着哭腔说道。

“为什么？”林俊逸扳过她的肩膀，“告诉我。”

“没……没什么。我这两天身体不舒服，过几天就好了。对不起。”

幸好黑暗遮蔽了两人的尴尬，他们谁都没有动，怕任何的动作或言语使两人更添紧张。

“还记得我们第一次见面吗？”林俊逸试着问道。

“记得。”凌香的声音有些犹豫。

“那时你对我说过一句话……”

“林，我的头又疼了。”凌香扶住额头，她倒不是在假装，紧张和恐惧带着血流冲向她的头颅，她感到头痛欲裂，全身冒汗。

“我去给你拿药。”

林俊逸端来药和水，看着凌香吃下去，不放过她的每个动作和神情。

他为凌香整理好被脚，重新躺下。他闭着眼睛，回忆起回国后的经历，总觉得哪里出现了问题，每当他认为自己把一件事想明白的时候，往往一些细节又使他走向另外的道路，像一个迷路的猎人，在茂密的森林中分不清哪一条羊肠小径才是出口。

程小米，母亲，无脸死尸，秘密集会，他真希望自己有福尔摩斯的记忆迷宫和严密的推理能力，但是生活毕竟不是侦探小说，没有超级侦探能理清其中千丝万缕的联系。

凌香的手慢慢移过来，碰到林俊逸小指的时候惊吓似的缩了回去。林俊逸勾住她的手指，填满她的指缝。

“我爱你。”凌香只说出这么几个字。林俊逸没有回答，他现在心里有疑虑，未消除之前他不想做什么决定。

老陶不待天明就把查询结果汇报给了林俊逸。凌香已经向公司请了假，没有查到具体去向，最后一次通话记录是在蔚蓝海岸附近。

蔚蓝海岸？林俊逸心中一凛，程小米失踪的那一晚，她也是在那里给他打电话，当时她欲言又止，可是这跟凌香有什么关系？

林俊逸望着身边熟睡的女孩，突然觉得无比陌生。他迅速穿好衣服，忽地想起什么，拾起凌香掉落的一根头发，放入透明袋，又从笔记本中找出程小米曾作为定情信物送给他的发丝。

他一路奔驰到局子。老陶已经在那里等他，面色凝重。

“怎么了，一脸丧气？”林俊逸把烟扔了过去，老陶接住，懒洋洋地衔在嘴里。

“一定有什么事情搞错了，不然为什么我们像被别人牵着走？”

“老陶，先不要管这些，我让你帮忙调查的事情怎么样了？”

“那个叫凌香的姑娘跟你有什么关系？大半夜的吓我一跳，以为你又捅出什么幺蛾子。”老陶忍不住地发牢骚，“我查过她的公司，已经几天没出现。诺，这是她的房屋租赁证明。你如果要找，去这里碰碰运气吧，我反正累了，恕不奉陪。”

“老陶，辛苦。”林俊逸感激地拍拍他的肩膀，“还有一件事要拜托你。”

“我不干。”老陶扭头就走，林俊逸一把将他拉住。

“别忘了，我可是你的头儿，入行又比你早，怎么着也算是你的前辈，有这样折腾前辈的吗？”老陶半躺在椅子上，闭上眼睛不再看他。这小鬼，不知道脑子天天在想些什么，好事办不了多少，净给他添乱。

“我要证明一个猜测，这对我非常重要。老陶，如果我的猜测得到证实，案子或许就有眉目了。”

“真的？”老陶兴奋得差一点跳起来，“什么事？老陶我在所不辞。”

林俊逸拿出仔细包装好的两根头发，“找个你信得过的人，进行DNA比对。我想我是疯了，才产生这种想法。老陶，我知道你只相信事实，不相信任何非理性的东西，可是我却有一种怪异的直觉，我没办法跟你解释。”

老陶点点头，“我不问你，我信你。”

林俊逸拿出一张海蓝色雕花请柬，塞进老陶手里，“本来想今天给你的，两天后我的婚礼，可是在没有确定我的疑惑之前，我不知道怎么办。”

老陶实在摸不着头脑，DNA比对怎么会牵扯到林俊逸的婚礼，还有那个叫凌香的人，究竟和林俊逸是什么关系？他没有向林俊逸发问，林俊逸想说的时候自然会说，这小子，办事看似无厘头却往往出其不意地直击核心。

老陶走后，林俊逸坐在电脑前，再次查询程小米出事前的通讯记录，当晚八点二十分，地点在蔚蓝海岸一处偏僻的悬崖，就是他曾跳海的地方，他记得当时现场没有一丝痕迹，海岸平静得像一个熟睡的婴儿。而此前的一个小时，却显示凌香在另一边的一处建筑物内，她们之间难道有什么不可知的秘密？

林俊逸为确保万一，同样调查了自己的通信记录，几天前他的手机曾给凌香拨通过电话。程小米删除了他手机里的通话记录，她为什么要这样做？那一晚究竟发生了什么不可思议的事情？

当务之急是找到凌香。林俊逸从局子的查询系统得知，凌香在一个叫明海公寓的地方租赁。恰逢程小米来电，林俊逸嘱咐道：“哪儿都不要去，等我联系。”出门前他已经在家中安放了微型摄像，他打开手机，查看监控录像，一切并无异常。

他拿起外套就夺门而出，一身便衣。天气阴冷，寒风吹得他打了几个寒噤，黑云从天空极远处缓慢地压下来，看样子要有一场大雪。

明海公寓的管理松懈，不到万不得已他不打算出示警员证。趁着守门人不注意他悄悄溜进去，敲了几下凌香的房门，并没有应声。他在门外站了一小会儿，冻得立起衣领，没有搜查证，他仔细地勘察周围的环境，寻找进门的方法。

走廊有脚步声传来，林俊逸转身贴在墙上，凭借旁边狭窄的立柱隐藏，待来人走远后，四处并无人影。防盗门短时期内并不容易破解，林俊逸看准时机，靠手部的支撑，翻到外面的平台。窗口已蒙了一层灰尘，房间里的情形看不清晰。

“呵，真蠢。”林俊逸小声嘟囔道，他本来可以堂而皇之地进门。

明海公寓的守门人大口地咀嚼外卖刚送来的早餐，米团撑得他本来肥胖的脸更加圆润，活像一只慵懒的猫。他看见一个年轻人踉踉跄跄地走来，还没吞咽完第二口饭年轻人就倒在他的门口。他急忙上去搀扶，年轻人面色惨白地跟他交流了几句。他拿出热水，年轻人喝得极慢，说冷，帽檐拉得很低，没有停留多久就离开了。

当然，守门人丝毫不知，抽屉旁的钥匙已经被替换。

林俊逸几乎是发着抖打开门，今天不知怎么了，他的右眼皮和心脏跳动得厉害。

房间和他预想的一样，干净整洁，扑过来一股沉寂的气息。散落的贴身衣物和随身的日常用品显示，房间的主人并没有打算出远门的意思，所有的一切都像在安静地等待主人的回归。贸然闯进的林俊逸感到不自在，他谨慎又小心翼翼地查看房间，床边抽屉里的日记本吸引了他的注意力。

百合花簇拥的封面他再熟悉不过，那是当年他送给凌香的生日礼物。现在这些花朵寂寞地躺在这里，像始终在他面前把爱埋在心里的凌香。

他抚摸着繁盛却泛黄的花蕊，打开封面。

林，谢谢你这么棒的生日礼物，认识你的第一百天，百合花开了……

林，晚自习后你留堂，我替换了值日，等你一起回家……

今天打球的时候你摔伤了胳膊，医生说是骨折，大考在即，希望你赶快好起来……

你说将来我们会去一座什么样的城市，过着什么样的生活，成为什么样的人……

几年过去，没有你的音讯，只听说你去了巴黎，不知道在异国是否安好。我等了你很久，但怕是无缘再见，遥祝安好。或许我已经没有资格替你担心，这几年我过得还好，起码没有辜负自己，希望你也是，再次向上苍祈祷……

那些凌香细小的心事流入林俊逸的心里，在这个不足十平方米的小屋，林俊逸仿佛看见了非常漫长的一段旅程。这些话凌香从未与他交流过，他走后以为这段朦胧的感情也会随之夭折。凌香的痴心令他感动，也令他无可奈何，过去的事情总该让它成为回忆，毕竟人都要长大，没有人会沉迷在回忆中不可自拔，期待一场或许永远不会到来的爱情。

他不忍读那些女儿家的心思，翻到后面几页，上面密密麻麻地写满程小米的名字，像翻涌的海。字迹由工整到潦草，直至乱成一团，辨别不出字迹。杂乱的线条暴露了凌香纷乱的内心，她的痛苦一览无余。

这种痛苦变成漆黑的线条，渐渐而至愤怒，林俊逸看出纸页上的泪痕。他往前回翻了几页，同学会那天的日期下面一片空白，他回国和凌香相见后，凌香就没写过关于他的任何事情，除了程小米。

在狂躁的愤怒中间，林俊逸依稀看清了几个字的轮廓，“成为她”。

林俊逸被三个字击中，成为她，成为她，凌香究竟要做什么？他倒吸一口冷气，日记本掉落在地上，林俊逸拾起，放入口袋，仿佛盛下一块巨大无比的石头。他环视房间，寻找更多凌香活动的线索，似乎并没有什么蹊跷。他打开冰箱，面包和牛奶还没散发出异味，但保质期已过了三四天。

如果几天前凌香就已经不在这里，那么时间刚好和程小米的失踪事件重合。他打开手机，家中的程小米正翻看时尚杂志，封面上的模特穿着齐膝的短婚纱。她安静地坐在那里，目不转睛地盯着内页图片，嘴角带着笑意，是即将成为新娘的姑娘特有的笑容，美好得像一场不愿被闹钟吵醒的晨梦。

饱受精神折磨的林俊逸一会觉得沙发上坐着的是程小米，瞬间却又觉得那个人很像凌香，他从未注意到，两人的相貌其实有些相似，只不过程小米的五官更加精致，仿佛被精心雕琢。

林俊逸又从房间中找到几粒治疗抑郁症的药片和速效瘦身的药物，还有绘制程小米的手工图，他雷击般呆立在原地。

老陶曾在验尸房跟他说过的话重新翻涌出来，当时他以为老陶随口一说，过后就忘了，现在想来却不寒而栗。

“你究竟是谁？”林俊逸望着手机上的影像，凄然地问道。

第十一章　被替代的恋人

“你听没听说过，换脸这种事？”老陶卷着烟，坐在尸体旁。

“科幻小说侦探小说里这种事不多了去了嘛。”林俊逸打起擦边球。

“不是这个，我是认真的。利用医疗或者其他科技手段，为对方换成另一张脸，不是单纯的整容手术那么简单。”

“老陶，你从哪里得到的信息，如果没有充足的证据，你不要乱说。”林俊逸瞅瞅尸体，把白布往上扯了扯，盖住死者脸部，狰狞的表情令他很不舒服。

“我确实没什么证据，说实话这也说服不了我，只是有所耳闻。这个时代，谁知道会发生什么，一切都有可能。”

那是回国后他和老陶面对面的一场对话，从这之后，老陶再也没提起过换脸这种事情，估计他也早就抛到九霄云外。干他们这一行，奇怪的事见多了反而不容易相信，警察嘛，最讲究证据，除了林俊逸偶尔爆发的所谓直觉，两人除非掌握确凿的证据，否则不敢轻易下定论。

林俊逸潜意识中已经对此事产生了恐惧，否则为什么会让老陶去验证 DNA？他那大胆的猜测只是空穴来风么？或许这话他早就想起来，不过拼命压抑，不想承认罢了。

他关上房门，落寞地下楼。走到出口时假装不经意地轻拍了一下守门人的后背，对方转过身，却没见什么人影，只感到肩膀被谁碰了一下。他的钥匙已经重新被放回原处。

林俊逸迅速消失在川流的人群中，他冷极了。

推开家门时，一股暖流瞬间将他包裹，凌香笑着问他对结婚礼服有什么要求，他烦躁地坐在沙发上，吞下一大口热茶，“没要求。”

凌香想问他什么事让他的心情如此不佳，他腾地起身，直视凌香，眼神像鹰一样锐利，“跟我去一个地方。”

凌香被这样的眼神吓到，小声问道：“哪里？是去露营吗？可是今天的天气……”

林俊逸什么都不说，他太过用力，凌香的手腕生疼，没一会儿就现出红印。“你能松开我吗？很疼。”凌香挣脱，却被林俊逸握得更紧。林俊逸的样子令她莫名地害怕，她越是沉默，证明她心里埋藏的事情就越多，甚至越令人心痛。

车子开得飞快，凌香慌忙系好安全带。前方转弯时幅度过大，凌香的身子撞到车门。

“对不起，你坐好。我尽量开稳些。”林俊逸虽然这么说，手里却丝毫没有放松的意思，他紧握着方向盘，眼神中像泛起了白雾，看不真切，白雾后面却是寒风一样的冰冷。

凌香握住他的手，“怎么了？今天发生了什么事？告诉我，你这样令我害怕。”

林俊逸无动于衷，不知怎的，他感到莫名的哀伤。这股哀伤细细密密地钻进他的皮肤和骨髓，他也害怕。

这是一条通向郊区的凌香从未走过的路，她不知道林俊逸的目的地是哪里，难道他发现了什么？

不不，凌香只能安慰自己，他没有那么快。她现在无法向林俊逸解释，所有的解释都是徒劳。她能说什么呢，她假扮了程小米，她对不起他？

凌香祈祷只要安稳地度过这两天，她就从此隔断与林的情感，从他的生活中彻底消失，比化成水汽的雪还干净。她此刻最想的，是重新找回自我。她紧张得抓住裙摆，指甲掐得皮肤疼痛，她咬紧牙，不知该向谁祈祷。

前方是一座即将废弃的孤儿院，新址迁到了市区，孤儿院的大部分设施已经搬走，剩下的院落空空荡荡，已经无人看管。

凌香一脸茫然，跟在林俊逸的身后，不时地朝他靠近。

“小米，还记得这是哪儿吗？”

凌香不由自主地往后退，不敢看林俊逸期待的眼神，从他的眼神中凌香知道，这是程小米理所应当回答出的问题。可是她却一无所知。

她猛地想起希达曾说过，程小米是孤儿，便试探似的说道：“我小时候生活过的地方。”

“是吗，那这是哪里？”

林俊逸俯身走进低矮的小礼堂，凌香犹豫了一番，也跟了进去。两人所站的位置处于舞台中心，屋顶的木板露出缝隙，透出一股光，有白色的东西洒下来，冷冷的，下雪了。这股白光让凌香想到程小米出事当天的月光，也是一样的清凉诡秘。

“你说这里曾给你最大的欢乐和安全感，第一次有人为你鼓掌。还记得当年演出的剧目吗？”

凌香尴尬而痛苦地站着，像一具无人操纵的木偶，林俊逸的逼问使她感到自己的世界马上就要崩塌了，谎言不知还能维持到何时。

林俊逸坐在地上，旁若无人地说道：“那是你演的第一部戏，《森林的孩子》，孩子们全是孤儿，在森林里孤独地成长。你演一只小兔子，是所有的小演员中演得最好的。观众们起立鼓掌、欢呼，你说那一刻你才有被关注的感觉，感到自己是一个孩子。”

林俊逸回想起曾在巴黎出租屋的天台上，程小米穿着白色衣裙，喝得醉醺醺的，啰啰唆唆地讲起童年往事。她讲得那样兴奋热烈，简直不顾林俊逸在旁边。她仿佛不需要听众，她的泪水留下来，林俊逸感到心疼。那样的程小米，却美极了。

程小米曾说回国后带他一起来看，可是她没有再提起，或许人总是习惯把记忆美化，而一旦真实场景复现，却会发现其实真实的过去是不堪回首的。

她不会连这个都忘掉，她怎么可能忘得掉？

林俊逸站起，抚摸底下一排排的小座椅，想象小时候的程小米，努力认真地证明自身的存在，像他。可是台上站着的那一个女孩，她的眼中充满了惊恐和无奈，甚至祈求他不要再开口问任何问题。

凌香的眼眶湿润，她不知道怎样面对林俊逸，更不知道如何面对自己。她局促不安地站着，一个人，孤独的，没有任何依赖。雪花落在她的脸上，和泪水一起滑落。“我不记得，我不知道。”她的声音小极了，甚至心跳声都淹没了她的回答。她在舞台上，仿佛出演一场讽刺剧，她戴上面具，而别人却问她到底是谁。

她惊讶地看到，林俊逸同样泪流满面。林俊逸几乎可以确信，眼前的这个人，不是程小米。

一瞬间，他们成了这个世界上最陌生的两个人，看不清彼此的模样，明明就在眼前，却恍若远在天涯。凌香快要站不住了，她多想走过去，对林俊逸说，不管她是谁，她爱他，这一点请他一定要相信。

林俊逸走过来，伸手撩起凌香蓬乱的发丝。凌香浑身颤抖，林俊逸刚想问，“你是不是程小米？”

手机铃声猝不及防地响起来，林俊逸转身，凌香瘫坐在地上。

“DNA 完全符合。你小子在搞什么名堂？”老陶沙哑的声音。

怎么可能？！难不成他猜错了？

林俊逸放下电话，“喂，喂！”老陶大喊，“这小子，连我的电话也敢挂！”嘟——嘟——嘟，林俊逸呆立在原地，蓦地回头，舞台上的程小米身上已经落满了雪花。

林俊逸的大脑飞速运转，究竟是哪个环节出现了错误，这个人真的是程小米？

一定有人从中做了手脚。从开始调查死尸的案件开始，他就知道对方的手段不好对付，怎么可能这么轻易让他得到答案？这就代表，他和老陶被人盯上了。

这份报告和当时的晶片一样，都是对方高高在上的挑衅。结果虽然令他吃惊，却同时让他更加确信，程小米、凌香和死尸案有千丝万缕的联系。越到接近真相的时候，他越不能轻举妄动，他决定暂时收手。即使这场戏痛苦万分，他也要咬着牙演下去。

他平复下心情，上前缓缓握住凌香的手，十指冰冷。凌香泪眼盈盈地望着他，眉头紧锁，她终于控制不住，哇的一声扑在林俊逸的怀里。

泪水打湿了林俊逸的耳鬓，滚烫的泪珠落在他的脖颈，有一瞬间，他也分不清真假。凌香终于平静下来，她的身体瑟瑟发抖，林俊逸脱下外套，为她披上，搀着她上了车。

林俊逸没有发动汽车，相处的这几天，他至少能确信身边的人对他没有敌意。可是如果，这个人万一真的不是程小米，真的她去了哪里？为什么整个事情看起来指向的都是他？莫非他和老陶触及到了对方的利益，对方对两人下手？可是也没必要使用这种手段，明明可以神不知鬼不觉，何必大费周折。

所以，对方的目的不是把他直接消灭，而是温水煮青蛙似的慢慢折磨。除非，除非这个人本身与他有极大的关联，母亲房中的监视器再次出现在脑海。这一次，他要寻求老陶的鼎力协助。

对程小米的担忧扰乱了他的思绪。凌香坐在副驾驶上，伸手抚摸他的脸庞。林俊逸握住她的手，试图辨别和记忆中的有什么不同。凌香的指纹留在他的衬衫袖口，虽然可能再次无济于事，但他仍决定试一试。

汽车发动，为避免沉默的尴尬，林俊逸打开电台。一个女人用幽怨的嗓子唱着“如果有一天，我不能陪在你身边，请你记得，回来看望那片海……”

凌香把电台关掉，打开车窗，她始终望向外面。雪越下越大，入春前的最后一场雪仿佛不甘心似的，非要铺天盖地，怕冬天被人们遗忘。凌香觉得这雪就像她自己，明明快要被阳光融化，还拼得粉身碎骨，也要留住些什么，掩盖些什么。

林俊逸只能看见凌香的侧脸，泪水从她的下巴不停掉落。她忍住不抽泣，默默擦掉，新的眼泪又蜂拥而至，不留停歇的余地。

“我想和你谈一个人。”凌香待泪水擦干，转头对林俊逸说。

“谁？”

“凌香。”

林俊逸差点踩刹车。

“我见过她。”

“我知道，你说过。”

“你有没有爱过她？”凌香没有说出下半句话，“时间不多了，哪怕听到你的一句谎言我也知足了，甚至哪怕不爱。”如果不是如此执拗地等这个答案，她也不会变成现在的样子。

“你问过我。”

“最后一次，请你一定要告诉我。”

林俊逸选择了沉默，他当然有选择沉默的权利。

除了凌香本人，谁会这么在乎这个答案？她真的不是一个好演员，甚至演技相当差。林俊逸的内心有说不出的悲伤，假若凌香真的做出这种事，他一定不会原谅她。不仅如此，他还会恨她。

到了街道拐角处，林俊逸让凌香自己上楼，他却飞驰向局子。

凌香身上还披着林俊逸的外套，她不知道林俊逸今天到底发生了什么，但她明白他肯定觉察到了差错。她不知道通过什么方法才能弥补，悔恨和悲伤重重袭击了她。

万般无奈之下，她拨通了希达的电话。接听的却是一个中年男人，对方声称她找错了人，这个号码他已经使用了好几年。

她没有回家，转而走向了设计公司。希达并不在，她昨天已提交了辞呈，交接完所有的工作。

公司依旧忙碌，人群来往，她看见 Leon 推着挂满布料和丝带的落地衣架，横冲直撞过来，她来不及躲闪，衣架倒地。

“哎哟，看我的眼睛！”他夸张地叫出声来。

凌香说了句“没关系”，帮他把落在地上的布料捡起来，顺手用手打了一个兰花结，“这样就不容易散了。”

她转身走的时候忽然听到 Leon 清晰地喊了一句“凌香。”

凌香的双脚像被咒语固定，无法抬起。这句“凌香”让她的心翻山倒海，本来这是属于她的名字啊。她还是强迫自己转身，勉强让嘴角上扬，挤出一丝苦笑，“不好意思，您刚才说什么？”

“哦，没什么，突然恍惚了，觉得你很像我认识的一个人。没事，没事，程小姐您请，您慢走。”

凌香努力忍住，不让自己哭出来，终于艰难地挪出了门口。凌香的背影不见后，Leon 小声嘀咕“真奇怪，明明是凌香的习惯，跟她那么像”。

她穿过几条街区，一辆黑色轿车差点撞到她，在关键时刻停住车。司机带着墨镜，是个肥胖的中年人，下车道歉，热情地拉住她的手，“小姐，没伤到您吧？”

“没有。”她话还没说完，对方死死摁住她的手腕，“小姐请上车。听话，如果你不想横尸街头。”男子的枪口抵住她的腰。

凌香的手脚被铐住，眼睛被蒙上，嘴巴被堵住。车内有一股奇异的香气，像薰衣草。她开始头晕，嗓子发不出任何声音，身体绵软地躺下去，只能感到路面的颠簸。

恐惧支撑她保持清醒，她得想法自救。她稍有小动作，手脚上的锁链就缩小一圈，她疼得几乎不能动弹。

模糊的意识使她不能准确地辨别时间，也就无法预估路程的远近。等她被带到室内，摘掉身上的束缚，男人突然诡异地笑起来，凑到凌香身边，手指一根根细细抚摸她的脸。“我真佩服我自己，真是完美的杰作。”

凌香这才发现，这是一双女人的手，手指修长纤细，左手上有深深的戒痕。男子脱去衣裤，露出女人姣好的身子。她一手抬着下巴，一手握住头部，把脸上的面具慢慢撕掉。

速度很缓慢，她似乎非常享受这个过程，像饿极的人品尝一道美味的糕点。

凌香从立体镜中看到这一幕，后背隐隐发凉。墙上的面具装饰物她还记得，这里就是她杀死自己，变成程小米的地方。

希达褪去伪装，得意地笑笑，“请坐。”

凌香一动不动，“我不知道你的目的是什么，从今天起，我不会与你合作。我只想做回自己。”

“哦？看来没有抓住男人的心。我可不对你的失败负责，男人嘛，只要给他想要的，就会乖顺得像猫一样。”

“不是这样，我错看了自己，也错看了爱。我不是程小米，我是凌香，我现在很痛苦。我不该这么做的。”

希达妩媚地转身倒了杯香槟，“想迷途知返？恐怕没机会了。你不仅是程小米，还将永远是她。”

第十二章　疯狂的爱情

“什么？”凌香愣在原地，简直不敢相信自己的耳朵。

希达仍然保持着她那令人捉摸不透的微笑和优雅的身姿，把一个牛皮纸袋扔在桌上。

凌香解开缠线，里面是几份文件，首页的几个大字特别醒目，“死亡证明”，而下面的名字却清清楚楚地写着“凌香”。

“这……这是……”

“你没看错，这是你自己的死亡证明，凌香已经从这个世界上彻底消失了。你会怀念她的，对吗？”

凌香紧紧握住手中的文件，几乎把嘴唇咬破。

“关于你的所有资料已经删除，我打赌警方找不到任何线索。在这个时代，每个人就像电脑上的一个程序，只要让程序消失，谁会在乎这些编码？”

“我只和你约定了七天的时间，你就不怕我把真相说出去吗？”

“哦，七天，你不说我还忘了。前两天你的脸发生异变，我收到了信号。本以为这次试验大获成功，没想到也会出现不稳定，抱歉，我临时决定延长观察期。至于你说的七天，我并不在意。你不是已经得到梦寐以求的爱情了吗？原来你还在贪心，现在我帮你永远成为程小米，和你的林俊逸厮守终身，你应该感谢我才对。还有，我不怕你说出去，因为你不会。”希达从凌香手中夺回死亡证明，“如果你表现好，让我满意的话，或许我会考虑一下要不要这个东西。”

凌香瞥见左前方的椅子上，有把手枪藏在口袋中。她几个跨步，迅速地抄起衣服下的枪支，瞄准希达的头颅。

“威胁我？”希达淡然一笑，她躺在温软的天鹅绒床上，蕾丝衣裙勾勒出撩人的起伏线条，她舒缓地点燃香烟，完全无视面前似乎已经准备好迎接死亡的“顾客”。“你爱的人已经开始怀疑你的身份，他给你和你的情敌做了DNA比对，当然他手中的报告是我的人给他的，目前他还不敢确认。用不了多久，不必我逼你，他对你的恨也会让你生不如死。”

“为什么要这样做？”

“我要让他品尝到欺骗的滋味，让他眼睁睁地看着最爱的女人死去。我还要，让你变成我，让你亲手毁了这一切。”

“不要说了！”凌香激动地扣动扳机，子弹并没有射出来，弹夹是空的。

“唔，今天真冷。”希达披上猩红羊毛披肩，对着镜子装扮起来，“这是最糟糕的情况，我与你做个交易，给你两天时间，林俊逸手上有一个晶片，在他手里没有任何用处，但对我而言，决不能落入别人手中。我们尝试了很多种方式，始终没找到晶片的具体位置。两天后来见我，如果我开心，或许能保你一条命。”

“放我回去？”凌香诧异地问道。

希达端详起凌香的手腕，摘下她腕上的手表，“他倒没我想得那么蠢，不过这点小把戏在我这里是没用的，即使装了追踪器，现在也搜寻不到任何信号。”

凌香看见她掀开表盖，好像往里面放了什么东西，她想趁机偷袭，希达头都没抬，玩弄着指间的钻戒，轻轻一按，凌香的脸像被千万只虫蚁咬噬，每根神经都被强烈地撞击。她捂住脸，痛苦不堪地在地上翻滚，发出骇人的叫声。

“有了这个，你就会乖乖听话了。你说出的每一句话，写下的每一个字，我都知道。万一你泄露让我不开心的东西，我会让你比今天痛苦十倍。”希达温柔地把表环住凌香的手腕，紧紧箍住。

疼痛潮水般退去，凌香挣扎着直立身子，希达抵住她的下巴，“你的脸是我给你的，你的感情也是我给你的，你只有两天的时间，他现在还不能确认你的真实身份。任务完成后，我让你完美地退场，林俊逸什么都不会知道。”

“请你千万不要伤害他，事成之后，我只想做凌香。”

希达的香烟即将熄灭，她吐出最后一团烟雾，有些事情一旦开始，就已经注定无法回头。如果不是她的执念，她也不会变成现在这个样子。她侧身看见凌香孤零零地站着，极力克制身体和灵魂的平衡，这个过程她最清楚不过。

她朝着凌香走过去，凌香步步后退，仿佛笼中的猎物看着猎人走近。希达说道：“你没有错，错的是他们。”凌香尚未明白其中的含义，就感到后颈一阵疼痛，她晕了过去，倒在希达脚下。

“他应该爱你的。”希达抚摸着凌香的脸颊，“你就是我。”

如果不是那个叫林凤鸣的女人，她怎么会变成今天这样?

二十三年前，她和越明的婚姻走入平淡期。他白手起家，终于在海城的商界混得小有名气。婚后为了支持他的事业，希达辞去平面设计师的职位，和越明一起走过最艰难的时日。

等越明的生意好转，两人之间的交流却越来越少，经常争吵不休，最初的心动早就在日复一日的抗争中消耗殆尽，生活表面的光鲜亮丽并不能挽救感情内部的枯朽。希达变得猜忌多疑，她想尽各种办法想要证明自己在越明心中仍然无可取代，她无理取闹，生出诸多事端，考验越明的耐心和爱。然而这样的考验无疑把对方逼到更决绝的地步，要命的是，谁都没想过退让，心甘情愿地做这场战役中的失败者。

剑拔弩张总有弦断的一刻，长时期黑暗情绪的积累夺走了希达的第一个孩子。胎儿已经长出了指甲，小小的身子被裹在襁褓中，他本该幸福地诞生于一个幸福的家庭，却在母腹中夭折。希达把所有的悲伤痛苦根源归结到越明身上，每天夜间她歇斯底里的痛哭把已经千疮百孔的家渐渐粉碎。

他们折磨着自己和对方，像陷入黑色的沼泽，无人拯救。越明推掉大部分生意，试图帮助希达从痛苦中走出，却收效甚微。她为自己建造了一座心灵炼狱，又把钥匙沉入汪洋大海。

更深重的打击袭来，希达的子宫受损，她今生几乎不可能再有自己的孩子。很长一段时间，希达想到过死。她趴在越明的肩膀，说这是她唯一的依靠。

希达的情绪变得反复无常，等到情绪变化影响到她的日常生活时，越明不顾她的反对请来家庭医生，进行封闭治疗。越明走后，她会呆呆地目送他的背影，直到那个不算伟岸的背影消失在目光中。

她也曾为了越明努力让自己好起来，重新做回一个值得被爱的女人。她不再抗拒医生的药物治疗，反而积极配合，并寻求心理协助。她重新对婚姻进行审视，发现自己仍然深爱着越明。

她终于做好准备回到从前，准备一切从头开始，越明却不像以往那样亲密，他好像有什么事情瞒着她。思忖良久，他已经无力修复这段婚姻，提出协议离婚。希达当着他的面把协议书撕毁，不停地问为什么，越明的回答始终只有一句话，“我不爱了。”和希达的一场感情像沙漠中的井，干涸之后再也没有水源补充，他累极了，倦极了。

一段痛苦的感情换来的是彼此的身心俱疲，他努力过也付出过，看到面前的女人，更多的却是怜悯。

越明的拒绝使两人的感情苟延残喘，感情像风中飘摇的风筝，一个想断了线，让风筝往更自由高远的方向飞去，一个却心甘情愿地被线牵牢。越明的坚持令希达失望，她从三楼的窗户跳了下去，摔断了肋骨。

从此越明再未提过离婚的事情，对希达无微不至地照顾，却态度恭敬，筑起一道无形的壁垒。他的世界对希达关闭了。两人虽维持着夫妻关系，却早已貌合神离。

“只要还占有他，我就不会输。”

半年之后，越明身上的气味，他的行止举动，他的躲闪态度和对希达过分热情的关切，都触动了希达本就敏感的神经。

她买通私家侦探跟踪越明，终于发现了他的秘密。这个秘密彻底击碎了希达对婚姻的所有幻想，越明爱上了别的女人。

她从侦探交予的照片中，看到了那个女人的样貌。那是一个比她年轻漂亮的女人，温柔典雅，五官精致。她没日没夜地盯着照片上的那张脸，被其中散发出的健康气息撩起了嫉妒心，这个女人，她凭什么那么轻易地夺走了她的一切?

“我要毁了她。”希达的愤怒掺杂着绝望，燃起令她害怕的念头。

她在一个阳光充沛的午后敲响了女人的房门，女人开门的瞬间脸上并没有惊讶，好像在等她。女人客气地请她进屋，希达站在门口，一动不动。

“你该知道我是谁，林凤鸣。”她冷冷地说。

“知道。”

“你该从这里消失，消失得干干净净。”

“他在这儿，我是不会走的。”

“他是谁？”希达逼问道，“他到底爱你什么？这张脸吗？你以为他会丢下我不管吗，我了解他，他是个懦弱的男人，不会做选择。”

“不是你想的那样……”

希达猛地一抬手，林凤鸣的脸颊多了一道鲜红的掌印，“谁也不能爱他，他也不能爱上任何一个女人，你跟我争没有任何意义。”

回家的路上，希达泪流满面，她知道无论如何是她输了，输得一败涂地。阳光刺得她眼睛生疼，她的目光顶着灼热迎上去，仿佛直视即将走到末日的爱情。

没过多久，林凤鸣再也没有出现过，希达的生活恢复平静，和越明愈发陌生。

她折磨自己，也折磨越明。她目睹过越明对着林凤鸣的照片发呆，她能感觉得出来，越明爱上了那个女人，这份爱随着时间的沉淀似乎更加浓厚，甚至连希达都开始羡慕，如果越明爱的是她。

希达常常无意间在纸上画出林凤鸣的样子，那张脸在她的脑海中挥之不去，越想忘记却越发清晰。她画下每一笔想到的细节，等林凤鸣的脸惟妙惟肖地出现在纸上，希达便急切地想成为她。

她绘制了一张张脸谱，像被诅咒一般做着面具实验，直到收到一封奇怪的信件。来信只有几个字，“为你的欲望服务”，她突然被吸引，按照信上的说明找到地址。接应的人将她的眼睛蒙住，兜兜转转来到一间小屋，里面坐着各式各样奇怪的人。

他们无论美丑都对自身不满，诉说着想成为别人的痛苦。这个世界有时很简单，只要换一张脸，好像就能改变一切。希达毫不犹豫地加入了这个叫 SDM 的组织，组织来源于三个英文单词，skin，design 和 master，他们相信皮肤是人体的第一层服装。组织中的人自称“换装师”，集会时头上戴着黑斗篷，口中安装变声器。

他们会不定时吸收新会员，所掌握的资料和人脉超乎希达的想象，希达目睹过很多地下交易，也看到人性最黑暗的一面。她天分极高，被组织收纳为“换装师”，为顾客实施变脸“手术”。她总能找到人们的弱点，说服他们改变容貌。这当然也为她带来大量的财富，手术对象主要集中在上层阶级，尤其是那些找不到人生目标却坐拥钱财和权力的人。有人会无聊到为单纯地寻找刺激而选择变换容貌。拥有第二或多重“面具”的人数超乎想象。

她曾改变过“顾客”的容貌，但都无法做到尽善尽美，因此变成林凤鸣的计划一再推迟，直到组织中“蠕虫计划”的出现。

这项计划利用先进的医疗和科技手段，运用纳米材料改变骨骼和皮肤。“蠕虫”一代和二代均出现瑕疵，使用者面部出现不同程度的毁容。这个市场其实比希达预想的要大得多，人们总是那么轻易地否定自己，以为别人的人生会更精彩，或者达到别有用心的目的。

组织的庞大和技术先进程度远超希达的预估，上至商界精英、政要，下至街头地痞，按照某个“顾客”的说法，他们都是“这个时代的病人”，被爱情、金钱、名誉等各种欲望折磨，有的人甚至身兼几种身份，有不同的相貌。这个不公的世界需要这样的新新人类，对上帝所预先设定的命运进行反抗，体验多样的人生。

对于希达而言，她的目的更加单纯，她只要一个人的爱。“蠕虫计划”未研发时，希达曾拿自己身体做过试验，却没有达到预期的效果。她曾用肋骨处的一块皮肤做成人皮面具，面具就是林凤鸣的样子，她望着镜中的脸，狠狠地将面具剪碎。

她以为林凤鸣从她的世界销声匿迹，多年后却意外得知，林凤鸣从未搬离过海城。不仅如此，她和越明还有一个即将年满十八岁的儿子。这些年越明一直在偷偷地照顾他们母子。

早在她知道之前，他们就有了孩子！希达愤怒地质问过越明，“你到底选择谁？”

越明坦然地说道：“你明明知道答案，希达，我已经受够了这一切。”

越明的忍耐到了极限，和林凤鸣商议一起离开海城，他们的计划被希达知晓，希达终于按捺不住。她买通私家侦探，在林凤鸣的房中安置了微型摄像机，林凤鸣的一举一动都被希达记录。

她常常对着摄像机传来的影像一看就是一整天，林凤鸣的表情，说话的方式等等细枝末节希达都仔细地观看，以致模仿。这种拙劣的模仿作用在越明身上并没有预期的效果，越明对希达不寻常的改变极度厌恶，这加快了希达动手的计划。

一想到她将会代替林凤鸣，完完全全地得到越明，这种快感更加催促希达的疯狂。尽管“蠕虫计划”未成熟，她还是请求SDM为其实施手术。揭开绷带的时候她望着镜中的自己欣喜若狂。

希达望向凌香，她确实太像曾经的自己，然而一想到林俊逸的存在，她几乎马上要失去理智。“你们欠我的，我会让你们加倍奉还。”

她命人把凌香完好地送回林俊逸处，晶片内有“蠕虫计划”的内容，在被破译密码前，她一定要得到。只是一开始她没有料到，林俊逸会卷入这个案子。他当初出国时逃过一劫，没想到回国后自己送上门来。

希达揉了揉额头，她瞥见镜中的自己，却恍惚觉得是死去的林凤鸣。她慢慢移步走近她，看着那张脸，“我最恨你这副模样。”

她拿起匕首，划伤了脸部，鲜血顺着脸颊流下时她感到莫名的快感，“我恨你，我要毁了你。”

这几年她一直保留着这张脸，时时刻刻提醒自己曾受到的屈辱，她们的战争远远没有结束。她几乎每天都会在脸上划出伤痕，宣告自己的胜利，这场游戏折磨着她却又令她欲罢不能，“为什么，越明最后选择的是你？”

“你还不肯放过自己吗？”

“谁，谁在说话？”

希达仿佛听到了越明的声音，那是他生前的最后一句话。

第十三章　地下室的秘密

林俊逸飞奔回局子，见到老陶时大汗淋漓，喘得几乎说不上来一个字，他端起老陶的水杯往肚里猛灌。

“慢点慢点。”老陶边拍他的背边埋怨道，“头儿今天开会点名批评我们两个，说我俩整天无所事事，今天稽查队去康特街突击检查，你我巡查任务没完成，一个月的工资没了。还说了，下次再出现这种情况，让我们趁早滚蛋。”

“我不是请假了吗？”林俊逸挤出几个字。

“大哥，你以为警察有多少假？你请假的事我没往上面打报告。”

“我来不是听你唠叨的，老陶，跟你说一件很严重的事，你仔细听。”林俊逸随手拉了一把椅子，示意老陶向前靠近。

老陶被林俊逸的一本正经吓坏了，“什么事搞得这么紧张，又出人命了？”

“我觉得，程小米被人调了包。”

老陶的眼睛瞪得像铜铃，“开玩笑呢，这大活人怎么能调包？你是不是受什么刺激了？”

“不，我虽不能确定，但是我觉得小米自从彻夜未归后就不对劲。一开始我也没多想，你知道她的身心状况不好，夜游也是有可能的，但不知怎么，我跟她相处起来和以前不一样。我能感到面前的这个女孩在努力假扮她……”

“别别。”老陶摆摆手，“别讲那么快，我没听明白，你这样就断定？”

“不，她不记得小米最重要的回忆，每次提到过去的事她总是闪烁其词。这么说吧，如果突然有一天，一个跟我长得一模一样的人出现在你面前，而他跟你却没有共同的经历，你想想他会怎么做？”

老陶的手来回摩擦着下巴，“掩饰，制造新的事件？可是如果你说的都是真的，谁要假扮弟妹，对方的目的是什么？”

“我猜，是你刚刚调查的那个人，具体目的我不知道。希望她是被人利用，我现在心很乱。我不敢确定，也不愿相信。假如我猜得没错，小米又去哪儿了？她可能遇到危险，也可能遭受折磨，而我却干坐在这里什么也不能做。”林俊逸双手捂着脸，他觉得自己极其失败，老陶从没见过如此慌乱的林俊逸。

“你先别慌，我们把所有的线索再梳理一遍。”老陶拿出纸笔，按照他们经历的时间顺序，把疑点事件全部列成条目。不管事件之间有没有联系，或许最不相干的事情恰恰是最不可思议的突破口。

先是林俊逸母亲的猝然死亡，再是出国遇到程小米，父亲越明离世，无脸死尸，程小米失踪后又返回，康特大街的奇异集会，母亲房间的监视器，程小米的异常，凌香失踪，DNA 报告。

林俊逸突然问道：“指纹识别系统现在能不能用？”

“早就过了查询时间，也没有重大案件，现在没办法使用。”

林俊逸进入局子系统，惊讶地发现凌香的所有资料都已经删除，仿佛从没存在过。他的手不禁有些发抖，手心里满是汗。

“假如，我是说假如啊，有个秘密组织，不管用什么方法，医疗也好巫术也罢……”林俊逸瞪了老陶一眼，老陶咳嗽两声，继续说道，“总而言之呢是用某种手段能使人变换样貌，他们要做什么呢？”

“如果根本就没有目的呢？”林俊逸冷冰冰地说，“纯粹是为了释放欲望，或许这样说有些极端，但你不能否认这种人或组织的存在。他们有大量的资金，掌握先进的技术，不服从于任何政府机关，表面上打着民间的噱头，实际上和多方勾结，可不可能？就像电子爱好者协会或异装癖联盟那样平常。”

老陶陷入沉默，林俊逸又说道，“这个案件跟我一定有关系，不仅跟我，或许还跟我的父母有关。”

“你的父母有没有仇人，那个人恰好是你说的这个人或和这个组织有关？”

“目前还不清楚，不过我们还有这个。”林俊逸拿起水杯，倒满三分之二的水，水不再上升，接近杯口的边缘处浮上一层白色的薄膜，林俊逸用镊子夹出，“当时发现的晶片，我以为自己已经破解，但是我想再试一次。老陶，我知道你是破译程序的高手，我需要你帮忙。”

两人在一堆乱码中奋战了半天，除了之前的“美丽新世界”几个电码之外一无所获，林俊逸之前说的有人远程控制似乎是天方夜谭。林俊逸一直没搞明白为什么死尸中藏着晶片，直到意识到面貌改变，才惊觉这或许就是核心工具，而死尸就是失败的试验品。

晶片内部的程序在被入侵时自动启动防御功能，老陶和林俊逸每尝试一次编码，晶片就像人工智能一样重新进行程序编排，数字、号码在两人的眼前跳动得眼花缭乱，他们在电子迷宫中谨慎地摸索爬行，却无计可施，只能焦急地等待对手的一点失误。

突然晶片的一串编码发生异常，老陶和林俊逸尽管没有成功捕获信息，但他们都意识到，晶片和其他的程序一定有密切的关联，所以一方发生反应时，另一方也会接收到信号，就像共处一个感应磁场。

那一刻，正好是希达摁下钻戒的机关，凌香脸部变形的准确时间。

老陶倒了一杯水，和林俊逸各自喝了一半，“现在怎么办？”

林俊逸小心地把晶片包好，塞到老陶手中，“放在我这里不安全，老陶，我唯一信任的只有你了。”

老陶拍拍胸脯，“兄弟你放心。”

林俊逸把外套扔给老陶，“兄弟再跟我走一趟。”

既然林俊逸的父母也牵涉其中，林俊逸决定以此为突破口。母亲的故居他已经勘察过，越明的家他却从未进入，那个地方对他而言陌生得令人惧怕。他提醒老陶带好枪，随时提防异常情况发生，或许现在就有人跟踪他们。

两人来到别墅前，野生的荆棘划破了林俊逸的手，他们把手电的光圈和亮度调到最小，林俊逸用专业工具撬开了铁锈大门。房屋的门窗都被封死，老陶说：“让我来。”

他拿出一丝细细的铁线，塞入锁洞中，耳朵贴上去仔细地辨别声音的细微变化，手部的青筋凸起，适时地转动，门啪的一声打开，灰尘呛得两人直咳嗽。屋内透着侵骨的寒气，家具装饰依然没有变更。两人没有在房间找到任何可疑的迹象。

越明的房间简洁空旷，床头的相框倒放着，像是怕被谁发现似的，林俊逸拿起来，上面是小时候的他和母亲。相框的玻璃散落一地，林俊逸低头时突然发现床头木桌上深深的刻痕。

“老陶，你快来看，这是什么？”他抚摸着木头的凹槽，上面的形状对于两人而言非常熟悉。

“这是……锁链的痕迹。”老陶瞅瞅印痕说道。

林俊逸心中一惊，“一定还有。”他躺在床上，模拟越明当时的情景，手靠近桌子，尽量还原最真实可靠的姿势，他的眼光顺着手臂上移，墙壁上凹下去的部分正是手指能伸到的最远距离，显然那里已经被掩饰一番，重新刷了白色的涂料。他一定经历过痛苦的挣扎，林俊逸当时不在国内，无法知道具体的情况，甚至缺席越明的葬礼，没有看他最后一眼。

他从枕头下面找到几根稀疏的头发和几点模糊的血迹，而另半边床，比越明这边稍微偏低，床垫已经往下塌陷了几分。

林俊逸把手放在床单上摩挲，“有人来过。”老陶脊背后一阵发凉，“小子你可别吓我。”

林俊逸想象着当时的越明，他被人囚禁，日复一日，从现场留下的痕迹来看，他几乎没有挣扎，绝望地等待死亡的来临。他对这个男人产生了不同以往的同情和怜悯。屋内的设置被精心布置过，立体穿衣镜和梳妆台显示出女人活动的痕迹，花瓶里的花朵早已凋落，只剩下枯枝，上面蒙了细细的尘土。他打开旁边高大的衣橱，里面满满放着的都是母亲的衣服。

款式和花纹他都记忆犹新，甚至还有林俊逸小时候林凤鸣的着装。这间房屋本该是爱情撑起的温暖空间，此时却异常诡秘。

康特大街上那抹像极了母亲的身影闪现在林俊逸的脑海，他突然明白了什么。

“是她。”他喃喃说道。

“谁？”

林俊逸没有应答，他查看房间有没有其他的异样，老陶跟在后面，摸不着头脑。

“她是我父亲的妻子，在母亲之前，他就有一场婚姻。母亲从未获得应有的名分，这件事她瞒到我十八岁。之前她一直告诉我父亲忙于生意，不能看望我们也是身不由己，可是每次来他总是偷偷摸摸的样子。中学以前我们频繁地搬家，估计也是为了躲避那个女人。”

“你父亲的桃花债……”林俊逸瞪了老陶一眼，老陶自知说错话，吐了下舌头，“啊呸呸，那个女人现在在哪儿？有没有她的信息？”

“没有，母亲没有跟我提过，我曾在康特大街见到过一个容貌跟母亲相似的女人，现在想想，应该不只是巧合。”

“这么重要的线索你怎么不早说！”老陶埋怨道。

“我当时还没弄清其中的联系，现在倒是明白了八九分。”他们试图在房间找到关于女人的线索，然而除了一根紫色的头发外，并没有得到更有价值的信息，所有带有女性气质的物品看起来都极其平常。

林俊逸回想起父亲的死亡，律师当时说父亲的心脏病发作，没有得到及时抢救，也没有任何目击者。法医鉴定结果出来后，没有人对此产生质疑。父亲的心脏不好，林俊逸听母亲说过，还以此为借口劝告他不要惹父亲生气。他倒是见过顶撞父亲时，父亲捂住胸口发出痛苦的呻吟，母亲吓坏了，端来热水，将父亲西装口袋中的药片拿出，喂他吞下。

“现在科室谁在值班？”林俊逸问。

“今天应该是小林，有什么事？”

林俊逸拨通小林的电话，让他帮忙查询越明的资料，不到一分钟对方就回了电，说关于越明的资料全被删除。

她竟然能攻入局子系统，任意删改资料，凌香的是，越明的也是，连同那个女人的信息也全部归零。老陶问道，“会不会我们中有对方的人？”

“说不定，我猜这绝对不是一个人能完成的，这个组织比我们想得更难对付。”

“照目前的情况来看，向上级汇报也会被驳下来，我们没有足够的证据。现在怎么办？怎么才能找到那个女人？”

“有一个人知道。”林俊逸幽幽地说道，“并不是完全没有办法，老陶，我们有筹码，晶片就是我们的武器，只要它还在我们手上，对方就会想方设法夺走。我猜她的下一步行动要开始了。”

“谁知道？”

林俊逸没有出声，两人来到地下室，轻敲墙壁，墙壁有一块后面的响声异样，空空荡荡。林俊逸使劲一推，是一道暗门，往里望一片漆黑。林俊逸用手电照明，光束打进去，里面是冗长的巷道，刚好容下两人并排行走。

暗门的设计并不高明，看样子是几年前建的，林俊逸猜想这道门的使用者一定极其自负，因为没有人想到在这里会有这样的秘密通道，只要这个宅邸不出现事故，没有人会前来查找。事实上自父亲离世后也确实没有人出入这里，房屋之所以还在，是因为那个女人还会时不时地来到这里，回味一下两人之间的甜蜜。

林俊逸和老陶走进去，道路弯曲，他们转了好几道弯，没过多久他们的路就被堵死，拦路的是一些生锈的铁管，横七竖八地躺在面前。

“老陶，看看这些铁管，你想起什么没有？”

“这不是我们在康特大街的时候……怎么会在这里？”

“所以，如果我猜的没错，这条道路最终通向的就是我们没找到的康特大街 108 号。”

老陶蹲下身子，两手握住铁管，青筋暴露，使出浑身气力搬起一块铁管，他还没挪动位置就不堪重负，铁管哐当一声落在地上，他摇摇头，“不行，过不去。”

“我记下了大致方位，地下室的门朝北，我们大概朝东转了几次，接着向南。等到上去应该能找到地面的入口，即使不准确，但也八九不离十。现在只能上去找。”

林俊逸的谨慎和冷静令老陶佩服，这小子是块当警察的好材料，沦落到跟他搭档真是可惜得很。不过越明房间的地下室直通康特大街 108 号倒真的让两人既震惊又振奋。

两人又重新搜查了一遍，确定没有纰漏后离开屋子。房屋后面是一座红砖砌成的围墙，他们翻过围墙，顺着地下室的方位往东走，街道和周边建筑的排列走向和地下空间不同，在地上要绕道更远。他们只能判断出大致的方向，顺着歪歪扭扭的街道尽量找到准确的位置。铁管的上面是几栋普通的废弃民居，附近街区挨着的却是康特大街 1 号，而他们之前完全找成相反的方向。

老陶扔给林俊逸一支烟，自己点燃一支，今天终于有了一些能安慰人心的东西。他们现在要做的，并不是盲目出动打草惊蛇，而是耐心地等待最后一击。

斜对面楼房的露台上，一个女人目不转睛地注视着他们，嘴角翘起好看的弧度，“你们未免把我想得太简单，林俊逸，很快你就会尝到你父亲的滋味，真相你恐怕承受不起。不过我们的秘密你永远不会知道。”

林俊逸和老陶决定在附近盘查，他们走进巷道时，听见嘟嘟的声音，一点红光闪得厉害，老陶拉住林俊逸就跑。

“那是什么？”

“快跑！”

老陶话音未落，砰的一声巨响，刚才的房屋被炸得粉碎，震动从地下传来，地面坍塌了一块。自从上次林俊逸追踪后，地下大厅早就被拆除，“假面人”重新找到集会地点，现在这个已被废弃。

两人护住头趴在地上，耳朵被震得嗡嗡响。老陶一边骂骂咧咧，一边扶起林俊逸，“没事吧？”

附近的居民鱼贯而出，很快挤满了狭窄的街道，所幸没有人员伤亡，有人拿起手机报警。

“看来我们被人盯上了，赶快趁机离开这里。”林俊逸和老陶相互搀扶，借着人群的掩护走了出去。

"这次的情况我一定向头儿汇报。"老陶愤怒地说道。

"他会相信你吗？"

"不试怎么知道？"

两人还没走出街区就听到由远及近的警笛声，老陶纳闷地说道："我们的办案速度什么时候这么快了？"

林俊逸没空理会老陶贫嘴，他在查看程小米手上的追踪器，当然他没有忽视今天追踪器的信号一度消失。他看见程小米躺在床上熟睡，灯光照得她的脸安然柔和，老陶凑过来，"怎么看也不像是你说的那样。"

"这是我们目前唯一的线索。"

"你打算怎么做？"

"她现在还不能确信我是否真的认定她不是小米，接下来就是心理战了。"

"你要继续假装她是弟妹？"

林俊逸说道："不仅假装，我还要按照约定如期举行婚礼，不能露出一点破绽。老陶，到时候一定要加强戒备。我现在最大的困扰是不能确定她到底是不是凌香，取得她的信任是我的首要任务。我现在要回去了，你自己小心。"林俊逸拦了一辆出租车疾驰而去，留下老陶一个人孤零零地在背后咒骂。减少和老陶的共处时间，对他有好处，既然那个女人的目标是林俊逸。

他调整呼吸，尽量先把今天的一切存储在记忆中，回到生活的正常状态。他暗示自己在下班后回去的路上，而程小米像往常一样在家等他。

他没有坐电梯，一步步往上挪移的时候他告诉自己要表现得和平常相似。是的，即使他做出最大的努力，也只能做到相似而已。真相快要浮出水面，抽丝剥茧之后他一定要全力出击。

第十四章　未完成的清单

林俊逸没有掏出钥匙直接开门，他摁响了门铃，踌躇不安地等待。

凌香被门铃声吵醒时发现自己安然无恙地躺在床上，她的脖颈酸疼，手腕处有红色的勒痕。她定了定神，想起在希达处的遭遇。铃声一阵紧似一阵，逼迫她不得不面对还站在外面的林俊逸。

她心慌意乱，不知道如何面对他。他还是对自己疑虑重重吗，他可曾知道自己的真实身份？凌香的手握住门把手却又退回来。她这次并不打算完成希达的任务，如果有可能，她想把程小米还给他。

几天的接触后她终于知晓，靠这种方式迎来的爱没什么尊严可言，这是自私的占有，这不是她的本意。她勉强挤出一点笑容，打开了门。

“回来得这么晚？”

“是，局子有几件小案子要处理。”林俊逸没有看凌香，径直进屋坐到沙发上。凌香为他倒了水，他犹豫着不知该不该接。

“再见到你真好。”凌香坐在他旁边，拿出一张字条，“你看。”

两人的愿望清单上“婚礼”一项特别醒目，凌香依照原来的字迹描了几遍。她说：“我想回到我们最初相识的地方。”

林俊逸之前想到道歉或用各种方式取得“程小米”信任，却被对方短短的几句话给压了下来，她完全地信任并且爱着他。

“再给我讲讲以前的事情吧，我们的故事，我想听。”她坐在地毯上，背靠着沙发，眼神诚挚而热烈。

“不，今天我想给你讲一个人，她叫凌香。”林俊逸和凌香并排坐下，凌香诧异地盯着他。

“我们很久之前相识，她是一个乐观善良的女孩，如果后来没有遇见你，或许我跟她会在一起。只是后来我发生了很多事，对感情的理解也开始不同，我没想到有一天能再回来。至于她，肯定也有自己的生活，如果在我没有承诺的情况下她在等我，我会告诉她放下。我和你都是受尽千疮百孔的人，到了得到幸福的时候。”他接着说道，“一个人不该拥有的幸福，她就不该有得到的念头。”

“可是你永远不知道一个人为了爱会做出什么事情？”

“什么事情？像我父亲的妻子对我母亲那样吗？”凌香愣在原地，她想起希达说过她曾靠变换面容获得过一场爱情和婚姻的双重胜利，而希达的脸，怎么会那么巧？林俊逸到底都知道些什么，他今天为什么要跟她说这番话？

她想理清事情的来龙去脉，难道，难道希达是……

“小米，我只有你。”林俊逸说道，“父母离世后，我一直一个人，直到遇见你，我才发现上苍对我还是眷顾的。可是最近我怀疑，父母的死另有原因。”

“什么？”凌香震惊得张大嘴巴。

“嫌疑人是我父亲从未离婚的妻子，可是我却找不到她的任何信息，她的姓名，住址，局子系统里父亲的资料一无所有。不说这个了，我今天好累。”他脱去外衣，口袋里掉出一张名片，是一家私家侦探事务所。凌香看到，本想还给林俊逸，转念一想，偷偷塞进手中。这些举动都被林俊逸看在眼里。

林俊逸躺在床上，不一会儿就打起了鼾，凌香在床的另一边却辗转反侧，无论如何都不能进入梦乡。她在想当初希达为什么会找到她，一夜未眠。

早上出门时，林俊逸装作不经意地把凌香的手表摘下，说到了保修的时期，他看见凌香手腕处的印痕，凌香缩缩手用衣袖遮掩。

从昨天信号忽好忽坏开始，林俊逸就怀疑他的追踪器被人动了手脚，他干脆冒一次险，做好玉石俱焚的准备，毁掉追踪器，谁都无法利用。

凌香出门后，他悄悄跟在后面。凌香的步履匆忙，好几次闯红灯差点被车撞到。她果然按照林俊逸透露的信息找到一处侦探事务所。

她着急地上楼，把一张名片递给对面的私家侦探，对方是一名肥硕的中年男人，“请务必帮我尽快找到这个人的信息，尤其是她的过去。”

“小姐，我们可不随便兜售女士的隐私。”

凌香把厚厚的钞票放在桌上，“请尽快。”

对方收过，堆起一脸笑容，“小姐您什么时候要？”

“今天就要，能查到多少是多少。”

对方的脸色瞬间转变，“这也太快了，我们可办不到。”

凌香又把一沓同等厚度的钞票放在桌上，“只有这些，不行的话我找其他人了。”

“哎，别呀，请相信我们的实力。”对方重现笑脸，默默把钱挪到怀里。

“紫色短发，四十岁左右，身高大概 167cm，体重 57kg，曾有一个住所，这是地址。只有这些信息，一定要尽快。”

凌香走后，林俊逸推门而入。中年男人满面笑容，“哎哟，林警官，稀客稀客。”

林俊逸大手一摊，“刚才那位小姐给的你什么？”

“一个女人的信息。”男人毕恭毕敬地递给林俊逸。

“这个案子转交给我，我替你办，费用我也替你拿了。”他把桌上还没来得及收的钞票拿在手上。

“这……林警官不好吧，您这不是抢我们的饭碗么？”

“这件案子关系重大，你担不起。还有，提醒你一句，我记得你的营业执照已经过期，尚未补办。如果不想被带到局子，你就当什么都没发生过。那位女士还跟你说了什么？”

“说今天就要结果，再没有什么了。”

林俊逸看见名片上写着：希达，S公司设计总监，没有地址和电话号码。

他去了趟S公司，以警官的身份介入调查，公司的人事聘用记录中没有她的名字，看来也被人为消除，她由S公司海外总部直接任命，资料也在总部。他再想彻查的时候，却接到上司的电话，让他十分钟内到局子。

他一路狂奔结果还是迟到了三分钟，老陶正在科长办公室垂头站着，看见林俊逸进来示意他不要说话。科长的神情严肃，“局长找你们，现在就去。”

三人走向局长办公室，林俊逸悄悄问老陶究竟发生了什么事，老陶摇摇头，一脸纳闷。科长敲敲门，得到许可后让两人进入。

“听说昨天康特大街爆炸的时候你们在现场？”

“您听谁说的？”林俊逸问道，老陶吓得闭上眼睛，这小子胆子越来越大，竟然敢顶撞局长了。

“你们都看见什么了？”

“没……没什么。”老陶笑嘻嘻地回答。

“爆炸是由小型炸弹引起的，爆炸地附近有地下空间，我申请……”

局长摆摆手，“这个案子你们不要管，最近所有的案子你们两个都不能接手。”

“为什么？请给我们一个理由。”林俊逸挺直胸膛。

“我们正在调查一个非法组织，和你们发现的无脸死尸也有关，头目隐藏很深，刑侦组已经接手调查，你们两个不要做出什么事情来添乱。这个案件涉及的范围不是你们能想象的，不要逞强。”局长重重拍了下两人的肩膀，“出去吧。”

“要想调查这案子，彻底孤立无援喽。”老陶一屁股坐在椅子上。

林俊逸生气地问道：“刚才为什么不汇报我们的发现？”

“汇报有用吗？他们不帮忙，我跟你两个人强强联手，还怕比不过他们刑侦组，有什么了不起的？等我们破了案，让他们啪啪打脸。”

林俊逸把希达的名片递给老陶，“诺，就是这个女人。目前我只得到一些基本信息。”

“地址呢？”

“有一个，但肯定是假的。”

“不过我们可以把她引出来。”

“怎么引？”

“用晶片。既然我曾接收过对方的信息，就有回传的可能，经过上次我们的破译，你觉得用多久我们才能向对方输送信息，扰乱他们的程序？”

“最快得到明天。”

“只能等了。”

老陶挠挠头，“明天是你大喜的日子，牧师我都替你约好了，婚礼还举办？”

“对，我想知道她到底在想什么，也许这是最终的目的，或者不是。”

凌香从侦探事务所出来后，径直走向以前的家。行动之前她突然想再看看母亲和幼弟，这是她在人世最后的牵挂。

这栋筒子楼住了很多户人家，凌香走上三楼，在环形走廊上看见母亲正在晾衣物，身后用布带背着幼弟。凌香走过去，母亲当然不会认出，她上下打量了一下这个美丽的陌生人，低头拧被单的水。

凌香蹲下，帮助母亲一起拧，就像小时候那样，母亲狐疑地看了她一眼，轻轻道了声“谢谢”。

母亲佝偻着腰，两鬓长出几丝白发，一边做着粗重的家务一边拍打哭闹的幼弟，看到凌香还没走，问道：“小姐，你是哪位？我不记得。”

“我是凌香的同事。”凌香匆忙说道，“今天来串门，就想到您了，请您不要见怪。”

母亲热情地邀请凌香进屋坐坐，凌香问道：“我可以去她的房间看看吗？”

“哪儿还有房间，都改成育婴室了。你随便看，不碍事。”

凌香的房间和走之前变化不大，到处摆满了玩具和婴儿用品，弥漫着刺鼻的尿骚味。她却觉得这才是实实在在的生活，她的眼眶湿润，流下几滴泪来。

“小姐，你没事吧？”

“没事。”凌香转身告辞，她曾经抗拒的家庭此刻却是温馨而鲜活的，她戴着程小米的面具，追逐他人的生活，爱情也好亲情也罢，从未找到真正的自己。不仅如此，她亲手终结了凌香的生活。

“姐姐。”她听到幼弟嘴中发出模糊的喊叫，她没敢回头，大步向前走去，走到人群中她突然蹲下号啕大哭，人们的脸一张张在她眼前掠过，她望着真实的肌肤和容颜，忍不住地嫉妒起来。选择本来有很多种，她明明可以有更好的选择，如果当时程小米出事时，她在电话里直接告诉林俊逸真相。

傍晚时分，她找到那家侦探社，大门却紧紧关闭，其实她心中早已有了答案，只不过想寻求外界的佐证。

她回到家中，拿出偷偷藏起的结婚礼服设计手稿和未完成的礼服，一针一针地把白纱缝合，一层又一层，覆盖起她所有的秘密。礼服的尺寸全部按照程小米的身材，她缝完最后一颗钻，咬断最后一根丝线，轻轻呢喃道："对不起。"

她把一个长方形的礼盒和一封信放在床头，"程小米，我终于可以不用再做你，我把林俊逸还给你，谢谢你把他借给我几天，已经足够了。"

林俊逸和老陶忙着使晶片能够和对方的程序发生反应，回到家时已接近黎明，他推门而入，房间却空空荡荡，他惊觉大事不妙，冲进卧室发现床上的礼盒和信件。

他打开礼盒，里面是一套崭新的新娘和新郎结婚礼服，他拆开黄色信封，掉出一片百合花瓣和一张新的愿望清单，上面只有一项：好好生活，是我最后的愿望。信中写道：

林：无论我做出什么事，请你首先要相信，我是爱你的。这份感情被我保存得很好，依然像我们初见时一样纯粹干净，值得我用全部的生命去守候。遇见你后无论命运如何我从不曾抱怨，你无法想象对你的爱给了我多少坚强和勇气。可也正是这份固执的爱，我做出了错误的决定，将其玷污。我不敢祈求你的原谅，只希望你能理解这颗动荡不安的心。和你一起实现清单上的愿望是我感到最快乐的事，可是抱歉我要缺席婚礼，因为正如你猜测的那样，我不是她。

我亲眼目睹小米七天前意外掉落悬崖，她留下的愿望清单一度令我动容，我怕你接受不了打击，也出于对你自私的占有和对感情不公的抱怨，通过某种手段获得了她的容貌，本来想等你慢慢接受她离去的事实，我再退场，然而我做不到。走入歧途后我发现自己没有办法全身而退，林，对不起，我骗了你，利用了你和小米的感情，更对不起小米。现在，我要去赎我的罪。

没有落款，信纸上有明显泪水打湿的痕迹。林俊逸呆立在原地，程小米已经死了？

他绝对不相信。突如其来的打击使林俊逸一动不动地站在原地，他脑子里一片空白，过了很长时间才反应过来，重新看一遍信的内容，确定真实后狠狠抽了自己一巴掌。

他的眼睛落到“意外掉落悬崖”几个字上，如果希达早就针对他，程小米的事故又怎么可能是意外，还有凌香，某种程度上而言她也是受害者，尽管他现在还无法原谅她。

他马上联系老陶，“来不及了，必须立刻找到希达的地址，这个疯女人！我现在就开车赶过来。”

晶片还在破译中，老陶在车上坐得快要吐了，不停地嘱咐林俊逸把车开得慢些。

此时，凌香正孤身一人站在希达面前，镇静地说道：“我带来了你想要的东西。”

希达伸出手接过她手中的盒子，随手扔在地上，“你以为我会信吗？林俊逸就在来的路上，不过要看看他究竟够不够资格来到我这里。”

“你让我做什么都可以，千万不要伤害他。”

“伤害他？我要让他痛苦十倍，百倍！”

“你真可怜。”凌香说道。

“你说什么？”啪的一声，凌香的脸上多了几道红印，血从嘴角流下，她被希达逼到墙角。

“我终于知道为什么你得不到爱。”凌香一字一顿地说。

“这么说，你知道我是谁？”

“你是越伯父的妻子，你恨林俊逸，恨她的母亲！”

希达的嘴角微扬，“你比我预想的聪明，你是什么时候发现的？”

“林俊逸提到过一些疑点，而且刚刚你靠近我的时候，我看到你脸上有划痕，不仔细看很难分辨，你的修复技术实在高明。可是伤痕太多太深，新的伤疤还没有完全和皮肤相融。我猜你实际上恨透了这张脸，你想毁了它，却又想拥有它。”

“是又怎样，你不也一样么？一样是别人的替代品。”

“回头吧，我理解你的感受，活在别人的皮囊下你安心吗？”

“你可没资格说这话，你看看自己的样子。”希达把凌香的脸贴在镜子上，“你看你是谁？你相信你是谁？”

“我是凌香！我永远记得自己的名字！”

“执迷不悟！”希达握住戒指，凌香的脸却毫无反应，程序发生了紊乱。

“好了！”林俊逸喊道，他和老陶已经成功扰乱了对方的程序。

“现在游戏开始变得有意思了，林俊逸，我等了你很久。”希达趁机为凌香注入镇静剂，凌香瘫坐在椅子上，希达说道：“好孩子，是他们辜负了我们，你以为你的林俊逸会原谅你吗，他不会，他会恨死了你。”

林俊逸的手机来电显示，是程小米。他猛地一踩刹车，老陶的头撞到门上。

一个陌生女人的声音。“你竟然能扰乱我们的程序。我和你终于要见面了。我在一个你终生难忘的地方，你母亲一辈子都进不来的地方。”

林俊逸踩足油门，风从两旁呼啸而过，他迎着初升的太阳奔向前方，空气中有海水冷冷的咸腥味，他想到程小米的死讯，泪流满面。无论如何，他一定要找到她。

第十五章　赎罪与重生

老陶紧紧扶住林俊逸的肩膀，生怕他出什么事，“一定要保持冷静，千万不要冲动。这次除了为你的父母报仇，我们还要找到关于那个组织的关键信息。”

林俊逸面色凝重地点点头，他此刻恨极了自己，小米出事的时候他不在她身边，她那时一定绝望极了。他瞥见蔚蓝海岸的悬崖，仿佛看见曾经的程小米冲他招手，灿烂地微笑。海风吹得他双眼发涩，耳旁的呜咽声像极了程小米的啜泣，他再也忍不住，泪水决堤似的流下来，心一阵阵的疼痛，像针刺。

两人再次来到越明房屋的地下室，昨晚发生的爆炸对这里并没有太大的影响，前方的铁管依旧挡住去路。林俊逸双手敲打着墙壁，寻找有没有其他的路径，他朝老陶摇摇头，“没有别的路。”

他们合力挪移面前的铁管，掏出一个能容纳单人的通道，奇怪的是这次比上次容易许多，这些铁管已经被人动过手脚。林俊逸率先钻过去，里面的空间开阔很多，四处散落着锈迹斑斑的铁制品。老陶紧随其后，他的双腿还没迈出，铁管发生剧烈的震动，林俊逸大惊，拉住老陶的手拼命往里拖拽。老陶的脚被卡住，急出一头热汗，他满脸通红，使出浑身气力往前一跃。重物坠落的危急关头，他的整个身子终于扑了进来。刚才的巧合让人很难相信是单纯的意外。

等面前的飞尘沉淀，他们的眼睛适应了黑暗，看见正中央有人戴着黑色斗篷被绑在一张椅子上，身上隐约有血迹。林俊逸大步向前迈去，那人拼命地摇头，好像在提醒他不要接近。

林俊逸还没走到就听见一阵耳熟的声音，“你确定要救她吗？”

希达款款地走来，她刻意修饰了一番，容貌和林凤鸣更加相似。林俊逸几乎有一瞬间认为走来的就是梦里的母亲，他定定神，眼前的女人像一条危险的眼镜蛇，却戴着一张最能蛊惑人心的面具。

“希达，你终于出现了。”林俊逸举起手枪，“你对我母亲做了什么？”

“你怎么不问她对我做了什么？她夺走了我最爱的人，我每天都像生活在地狱。你父亲不是最爱这张脸吗？我只是借来用一用，没有谁比我更爱你父亲。”

“所以你就杀了她？”

“林凤鸣只有一个，既然我成了她，她就没有存在的必要了。”

“我的父亲呢？你爱他，却苦苦地折磨他。”林俊逸咬咬牙，他的情绪几近失控，老陶紧张地看着他。

“我只是找到一个让他永远不会离开我的方法，他只要肯听我的话，我会好好对待他，可他偏偏只想着你们母子。我以为自己伪装得足够好，还是被他发现了破绽，为了他，我已经杀死了自己，他还是不肯接受。我得不到的，宁愿毁了也不可能让别人占有。”

“你这个疯子！”林俊逸歇斯底里地喊道。

“没错，我就是疯了！你不知道我有多爱他！如果没有你们，他的全部都是属于我的，是你们破坏了我的幸福，要不是你父亲被囚禁时还千方百计把你送出国，我一时心软，否则你怎么可能现在还能完好无损地站在我面前？”

“所以我一回国你就开始对我报复。”

希达不屑地看了他一眼，“我原本想放过你，谁让你坏了我的好事，我知道晶片在哪儿，交出来，或许我能饶了你们的命。”

“休想。”林俊逸一字一顿地说道。他和老陶两人拿枪抵着希达，希达微微一笑，“别忘了，我手里还有人质。”她把那人的黑斗篷撩开，是“程小米”。希达把她嘴里的布条拿掉，她哽咽地说：“林，快走，不要留在这里。”

希达掐住她的脖子，望向林俊逸，“你们警察不是最喜欢解救人质么？我现在勾勾手指就能要她的命。怎么，现在不在乎了？还是你根本就没把她放在心上？”

凌香恳求道：“林，对不起，我……”

“不要再说了，我不会原谅你的。”林俊逸硬生生地把凌香的话堵了回去，“我不敢相信，你竟然会做出这种事。凌香。”最后两个字林俊逸的声调说得很重，透着无限的失望。凌香的眼泪簌簌而落，林俊逸的身影在她的瞳孔中渐渐模糊。

“我再问一次，晶片到底在哪儿？”

“既然你这么在乎，我不妨告诉你，我拼死也不会把它交给你。你，或者你背后的组织，究竟有什么目的？”

希达沉默着，手中摆弄着什么东西，老陶示意林俊逸退后，两人的心情高度紧张，随时准备射出子弹，老陶出发前对林俊逸下了命令，一定要留活口。

希达幽幽地问道：“不想知道程小米的故事吗？我把真正的程小米还给你。”她扔过去一个丑陋的面具，“这才是她本来的样子。”

面具上的五官极不协调，有的还变了形，旁边的白墙上出现那个丑女孩的影像。“曾经有一个面貌丑陋的女孩找到我，说她想有一张美丽的脸，人见人爱。她拿出所有积蓄请求我为她换一张天使般的面孔，我答应了她。后来这个女孩凭借这张脸成了小有名气的明星，可是她害怕，因为那张脸的主人，成了无脸死尸的一员。负罪感无时无刻不在折磨着她，她夜里常做噩梦，那人来讨她的脸。她一度罹患抑郁症，在风光无限的时候销声匿迹，谁知她后来竟遇到了你。林俊逸，你以为你爱的是谁？是一个骗子。”

“不要再说了！”林俊逸扣动扳机，子弹射穿希达身旁的立柱，“你说的这些都是假的！”

“假的？你跟程小米在一起的时候没有发现什么蹊跷吗，或者是你不敢承认罢了。”

林俊逸脑海中立刻闪过很多回忆片段，程小米害怕照镜子，也曾说过脸和面具之类的话，只是现在他实在难以相信这一切都是真的。程小米完全可以告诉他，何必要隐瞒呢？可是告诉他，他看到那些尸体的时候难道就会毫无芥蒂地释怀，就像他面对凌香？他不能确定自己的答案，这种事情不是简单的欺骗，是以他人的生活甚至生命为代价，去复刻自己的人生。

“如果不是你发现我失败的试验对象，程小米或许现在还活着。”

“那些死者只是你的试验对象？你杀了他们，也杀了小米？”

“当然不是，他们是我的朋友，我出于一片真诚帮助他们，可是在无法使容貌保持稳定的时候，他们不小心成了失败者，还有一部分是告密者，企图使我们公之于众，受到你们所谓的正义人士的谴责和迫害。我们正在改变历史，而那些尸体是最好的献祭。程小米的身体素质已经无法承受新的试验，我找到比她更好的。”希达的眼神令凌香战栗，她俯身对凌香说道，“我一开始接近你就别有用心，可是我切实地感到你的痛苦，你按照我说的做，我保证面前的这个男人属于你一个人。”

“不。”凌香望着她，“我跟你不一样，我跟你的爱也不一样，我从没想过占有他。”

“没有吗？你已经在这样做了。”她转向林俊逸，“程小米的脸发生了异变，是她自己选择的死亡。我只为她设定好了死亡程序，否则就把她的事告诉你。为了维持她在你心中的形象，她可真听话。不过我没有杀死程小米，我给了你一个更好的，她同样深爱着你，你该感激我。”

当时程小米脸部的晶片对大脑发出指令信号，她摘下手表，昏沉沉地来到海边悬崖，海风吹得她脸生疼，海浪翻滚无常。悬崖异常幽静，月光照下来，仿佛天地之间只有她一个人。她一个人出生，一个人奔赴死亡。她的脸已经完全变形，手指都不敢触碰肌肤。远处的城市像海市蜃楼，她想起自己曾在其中生活过，爱过，感到无限凄凉。她不可能让林俊逸见到她的真实面目，她是个凭借面具窃取爱情的小偷，为了维护这份谎言，她已经付出过很多沉重的代价，现在赌上的是她的生命。

她不敢想象林俊逸得知她死亡时的表情，她幻想自己像个美丽的传说，从人间消失。希达的信号传来，她凄婉地看了看身后的城市，迷茫地纵身一跃。

坠落的瞬间她想起七天后的婚礼，出于求生的本能，她把手提包往上一扔，试图勾住峭壁上的岩石，然而坠落的速度太快，她滑下去被海浪裹住，急速地淹没在水中，离海面越来越远。

她想起林俊逸，挣扎着往上游，可是海浪太大，水从四面八方冲击她的身体，强有力的涡流卷住她，往黑暗处坠去。

希达以凌香为挡箭牌，林俊逸和老陶一时无可奈何。警笛声突然从远方响起，越来越近，声音盘旋在众人的头顶，没有停歇。

“警察已经包围了这里，不多久就会进来，今天你逃不掉。”老陶对希达说道，他看起来满怀信心。

“老陶，你报的警？”

“把真实情况汇报，请求支援而已。”

“可是你不是说上级对这件事不表态吗？”

“我可是刑侦组的，上级对我的请求不会置之不理。”

“老陶，你……”林俊逸不敢相信自己的耳朵。

老陶略带歉意地说道：“小林，对不起，我是刑侦组的副组长。很早之前我们就把线索锁定在你身上，想从你这里找到突破口，上级要求对你保密，你知道我不能违抗命令。”

“所以你也在利用我？”林俊逸愤愤地说道。

“我也是迫不得已，以后再跟你解释。希达，你的‘蠕虫计划’最终目的是什么？我和你做桩交易，只要你提供重要线索，我保你一条命。”老陶觉察出希达瞬间的讶异，她没有想到，局子的刑侦组对她如此了解。

“和我做交易？我可不做赔本的买卖，你的条件听起来不是很划算。”

“你还要什么？”

“你走近些，我只说给你一个人，另一个人我不相信。”

林俊逸想劝阻老陶，希达说不定又在耍什么鬼，老陶悄悄说：“现在没有更好的办法，只能先稳住她再说。还有……”他凑近林俊逸的耳朵，“算了。”

老陶悄悄地靠近，走过几步后，希达突然朝斜上方的管道开了一枪，巨大的铁块重重砸下来，老陶来不及躲，腿被压住，“啊”的一声大叫，血流到地上。林俊逸的视角恰好被遮挡。希达挟持凌香朝更深处走去。

林俊逸朝希达开了几枪，因顾虑到凌香，子弹没射中要害部位，被希达躲过。他试着移动铁块，然而但凡移动一丝，老陶就痛苦加倍，鲜血染红了他的衣物。老陶推着林俊逸，“快追，她一定有防备，你快去，多加小心。”

“不行，我不能走。”林俊逸找来几个铁块，垫在下面，分散上部的重量，老陶的腿却没有腾挪的空间。老陶抓住他的衣领，“外面根本没有警察，我也不是刑侦组成员，刚才说的话都是谎言。我进来之前安放了自动报警器，调整了声音，我们离地面远，听起来像是真的。本来想关键时刻能用到，没想到把我自己搭了进去。你快走，不要管我。”老陶一把推开林俊逸，林俊逸这才起身飞奔。

前面的路曲曲折折，拐了几个道口后视线渐渐明朗，他看见凌香披着斗篷朝他走来。

凌香的手被宽大的衣袖遮挡，她手中拿着一把锐利的匕首。刚才凌香被希达拖拽着跑动时，感到希达的嘴凑近她的脖子，将一根针状的东西刺进来，她还没来得及喊痛感就消失了，接着是液体般的冰凉。

凌香的自我意识被希达操控，迷幻剂是希达最喜欢用的武器，它可以让人产生幻觉，是操控对方的有效工具。希达在凌香耳边说道：“去吧，他恨你欺骗了他，去杀了他。”

凌香的身体僵硬，希达的话无比清晰地传来，像是穿越云雾的钟声，带着某种神秘的旨意，令她无法抗拒。

“杀了他。”凌香的内心强烈反抗，身体却不由自主，她颤抖着接过希达手中的刀，朝林俊逸走去。

“我骗了你，你不会原谅我。”凌香口中呢喃，神志模糊。

林俊逸看到凌香走来，转身把她护在身后，凌香缓缓举起了匕首。

她的手颤抖着，她要杀的是最爱的人，她的眼中满含泪水，极力控制自己的动作，“他恨极了你，你取代了他的爱人，他一辈子都恨你。快呀，杀了他。”

凌香的泪水夺眶而出，匕首直直刺入林俊逸的肩膀。

林俊逸捂住伤口，把凌香推开。凌香往后踉跄几步，被一双手接住，希达得意地站在她身边。“做得好。”

“不，不。”凌香不敢相信，她的眼神涣散，拼命敲打自己的头，“不是我，不是我。”

林俊逸举起枪，希达站在凌香身后，同样举枪对着林俊逸，双方僵持不下。

“获得别人的身份，真的会心安吗？”林俊逸像是在自言自语，“你每天照镜子的时候，难道不会想到这根本不属于你？你从来没有赢过我母亲。”

希达狂怒地吼道：“闭嘴！”

“你囚禁了我父亲，你可以控制他的身体，可他还是选择不爱你。你只不过是个可怜的、拙劣的模仿者。”

“别再说了！”

“我还要说，你以为我会像父亲一样痛苦，可我不会，不管是小米还是凌香，她们即使欺骗了我，却从来没想到伤害我。可是你对父亲却百般折磨，我跟父亲不一样，你跟她们也不一样。别想把凌香变成你的复制品，我不会允许这件事发生。无论从哪方面来说，你都输了，输得彻彻底底。”

“找死！”希达控制凌香的手稍有松懈，林俊逸在千钧一发之际迅速扣动扳机，打中了希达的肩膀。

希达倒地，林俊逸把她手中的枪踢远，“你太自负，并且太小看敌人。”林俊逸的脚踩住她的肩膀，“你们究竟是一群什么人？由谁组织？”

“我们为别人的欲望服务，组织者你永远也不会知道。我们会生生不息，改写人类的历史，每个人都可以成为他人。凌香身上的试验证明我们计划已经成功了，用不了多久，所有人都能自由选择面孔。上帝只赋予我们一张面具，远远不够。”她苦笑一声，“我输了，你以为你就赢了吗？这么长时间，为什么只有你们两个调查这个案子？所谓的刑侦组根本没有介入，这件案子早就被压了下来。”

林俊逸愣在原地，“你说什么？”

希达的身体突然抽搐起来，蜷缩成一团，发出痛苦的非人似的呻吟。林俊逸握住她的手腕，“怎么会这样，发生了什么？”

希达颤抖着说道：“他知道我在哪里，他怕我泄露秘密。我为他卖命了这么多年，不惜把自己当成实验对象，他竟然不相信我。”希达剧烈地咳嗽起来，开始咯血，“我不会让你们任何一个人得逞。”

“他是谁？”林俊逸喊道。

“V。我没有错，我只是太爱他。你的母亲是我杀的，父亲也是我杀的，你的女人也是听命于我，你说我是不是赢了？”

“你们的目的是什么？”

希达望望凌香，“‘蠕虫计划’成功了，用不了多久，我们的技术就会强迫你们使用。我体内被载入控制程序，他们让我死，我不会善罢甘休。”她的手在地上写出歪歪扭扭的 SDM 三个英文字母，抽搐得更厉害。

“像，真像你父亲。”希达看着林俊逸，她的身体瞬间像被掏空，仿佛灵魂被牵引而去，她躺在地上一动不动。

一旁的凌香用手感受她的鼻息，却没有任何反应。“她死了。”

林俊逸颓废地坐在地上，无边的黑暗漫涌上来。凌香撕下衣裙，为林俊逸包扎伤口，小声说道：“对不起。”泪水落在林俊逸肩膀上，林俊逸却是说不出的绝望。

他起身往外走，凌香在后面跟随，她觉察到身后有微弱的动静，回头时希达的眼睛盯着林俊逸，缓缓举起了枪。

“小心！”

凌香扑在林俊逸身后，子弹穿透了她的肋骨，她倒了下去。希达的手落在地上，眼睛半睁，似乎有所不甘，又似乎不敢相信什么。

“凌香，凌香！”林俊逸呼唤她，她眼神里的光彩在逐渐黯淡下去。

“别睡，凌香，睁开眼。”林俊逸大声喊道。

凌香仿佛用尽所有力气，口中说着什么，林俊逸把耳朵凑过去，听见她说：“我已经赎……赎了我的罪，可不可以……原……原谅我。”她握住林俊逸的手，朝他惨然一笑，合上了眼睛。她看见光，看见程小米朝她走来，她摘下脸上的面具还给小米，她看见了自己，穿着十七岁时的校服大步走在街道上，追逐前面的一个背影。那个人不用回头，她就知道是林俊逸……

警笛声再次响起，林俊逸听到密集的脚步声，这一次，真的是老陶报了警。

老陶已经意识模糊，被救援人员抬上救护车，嘴里仍旧喊着林俊逸的名字。凌香直接被送入手术室，林俊逸紧紧跟随着手术车奔跑，他紧紧握住凌香的手，“答应我，一定要醒过来。我等你。”

子弹射入很深，手术进行了整整十个小时，林俊逸在病房外焦急地等待。如果凌香以这种方式赎罪，他无法去恨她。然而，他却永远地失去了程小米。

凌香的手术结束，暂时脱离生命危险，林俊逸望着她的脸，突然痛哭流涕。他压抑了太久的悲伤全面爆发，他何以需要两个女人用命来爱。他曾被两个生命的温情包裹，却同时失去了它们。他跪在地上，凌香微弱的脉搏回应着他的哭泣。一切都终究会过去。

一个星期后，老陶拄着拐杖来到局子向刑侦组汇报情况，此次组成的刑侦组非常特别，他们可以越级查询甚至不用向上级汇报。他和林俊逸根据掌握的情况，推测出局子内部可能有鬼。案件被压下密不上报，这件事本身就足够说明问题，他们没有隐瞒这一带有争议的推测。

老陶大呼一口新鲜空气，“还是活着好啊。这个案子从此就与咱俩无缘了。”林俊逸笑着拍拍他的肩膀，“你没听说这次刑侦组特别成员的名字吗？有我。”

“哎哟，你小子！”老陶举起手要打。

内鬼很快被揪出，是他们从未想到过的一个人，整个局子都为之震惊，事情一时间传得沸沸扬扬。上级指示好不容易控制住了舆论，所有的媒体都不能报道此次事件，局子里从上到下却被一种怪异的气氛笼罩。

“我说呢，为什么不让我们接受案子。”老陶抱怨道。

“可是，他真的是V，SDM的头目？”

“看来是真的，万万没想到哇。”老陶吹吹手里的热茶，如释重负。

“有件事我一直想问你，你从哪里知道的‘蠕虫计划’？”

“我偷看的那人的文件。”

“真的？”

“真的，骗你干吗？”老陶的笑让林俊逸觉得异常神秘，浑身一个激灵。

“我没空跟你胡闹，我还得去看一个人。”

来到蔚蓝海岸时，凌香已经等了很久，她站在悬崖边，像一块沉默的岩石。死里逃生后，她积极配合警方调查，将所知的情况悉数汇报。她的病历资料被医疗界当作特殊案例加以研究。医生为她的脸部实施了手术，尽管伤口还未痊愈，脸上的疤痕仍在提醒过往的沉痛，她依然为不完美的重生感到幸运。

林俊逸来到她身边，“为什么约我到这里来？”

“我该来看看她，也应该看看自己。”她俯身把几束百合放在悬崖边上，海风把花束吹向大海，海水携带着它们向更远的海岸漂流，遥远的无法触及的彼岸世界。活在这珍贵的人间，爱是唯一的救赎之路。

“我永远不会放弃寻找她。”海浪拍打礁石的声音在耳际轰鸣，犹如林俊逸久久无法平静的心绪。

凌香眼神复杂地望着林俊逸，脸色苍白，凄然而笑，转身缓慢地离去。林俊逸在她身后说：“我想回答你一直问我的那个问题。”他停顿了一下，坚定地说，“是的。”

凌香停住了脚步，仿佛想要说什么，却没有回头，她继续走开，越走越快，就像是一次新的逃离，眼泪像雨滴一样掉落下来。

处决内鬼的时候，局子一片欢腾，林俊逸却心情沉重。内部的监控影像传来真实场景播放，警员挤得密密麻麻，几乎阻挡了大半个屏幕。

那人抬起头，无奈却极度镇静地说道：“我只不过是个替罪羊。”每一个字都深深地撞击现场人员的每一根神经，人群突然静默得像一潭死水。每双眼睛都清楚地看到，画面出现黑白噪点，狂躁地跳动，但在画面中间，却清晰地凸显出一个符号。那是一个大写的 V 字。

林俊逸知道，故事才刚刚拉开序幕。

复仇的飞花

第一章　关于幻觉

（一）

容器打碎的锐利声响，混合着女人惊恐的尖叫，回荡在走廊里，恰巧经过的清洁工愣在原地，仔细确认它们是从紧闭的A1707房里传出的。

而一墙之隔的A1707房里，周安安的右脚正尴尬地悬在半空。她一直都有用脚踩瘪易拉罐的习惯，不过这次不知是谁把一堆气球放在了边上，她没在意，“砰”地一下，就一起踩爆了。

整个房间里的人都掉了魂，目光齐刷刷地望向苏可。没人相信刚刚那么失态的尖叫，是这个头戴纱巾、面戴口罩，浑身上下裹得密不透风，只露出一双琥珀色大眼睛的女人发出的。往日里，她沉默得像棵树，淡漠得像片湖。

“没事吧，苏可？”秦雯走过去想安慰下她，却被对方一口回绝了。

“我没事。”苏可一边说着，一边迅速往后退。好像秦雯再近一尺，她就准备好了玉石俱焚。

秦雯知趣地回去了。

苏可把脸埋下去，过了很久，才小心翼翼地走到墙角拿起扫帚，把自己失手打碎的烧杯一点点扫起来。把碎物倒进垃圾桶的时候，她想跟大家说句“对不起”，梗在喉中许久，还是没能发出声响。

为什么那一声“砰”，为什么那如爆破般的响动，会让自己这么惊恐，仿佛曾亲身经历过某次爆炸？可她并没有经历过爆炸。她见过簌簌燃起的大火，汹涌、恐怖，荒蛮如野鬼，却无声。

那她的恐惧源于哪里？

源于刚刚听到声响的那刻，脑海里迅速闪回的陌生片段么？那个连滚带爬逃出房间的女人，那个不敢坐电梯，只能沿着安全通道狂奔而下，三四级台阶并作一步的女人。那个感受不到被仓皇和惊恐合力撞击带来的剧烈疼痛麻痹，只想逃的女人。她的身后有着隆隆巨响，抬起头的时候，却是苏可自己的模样。

想到这里，苏可使劲地甩了甩脑袋。她命令自己即刻恢复镇定，然后走回座位拿起了手机。

“今晚我去找你吧。”对着屏幕，苏可打下这一行字。

下班后，秦雯把东西简单地一收，背起包就出了门，周安安跟在她后面，一步三回头地望着还留在原地的苏可。

“她好奇怪。”周安安对秦雯说。

“天才都奇怪。”秦雯继续挎着包往前赶。

“她为什么每天都穿得那么奇怪？”周安安继续问。

这一次，秦雯没打算再回应周安安。成年人有权利保护自己的隐私，也有责任对他人的隐私守口如瓶。更何况，她也根本不知事情真相到底如何。或者早上她就不该心血来潮地告诉周晓安有关 S.U.N. 一些过去的事，虽然无关大碍。最近她总是想起那个人，想起不管曾怎样惊天动地、死里逃生过，都没能错开一个悲悯的结局。是因为苏可让她想到了那个人么？

“我先走了，”秦雯在停车场前对周安安挥挥手，“有些事情你还是不知道的好，这样才能活得安全。”

医院旁边这片新建的小区里没有路灯，到了晚上便是漆黑一片。但苏可很喜欢这种漆黑，她把双手紧紧地插进口袋，在无边的盲视中获得安全感与坦然。

“嘿。”一个声音猛地响起。

苏可望着前方拎着复古马灯为自己照明的男人。他站在 7 栋楼前的岔路口，体贴而稳重。

“我不怕黑。”苏可直接略过顾小鹤进了楼。

“你应该学着对自己的主治医生好点，”顾小鹤紧跟着苏可上了电梯，“至少应该说声谢谢吧。”

“对不起，”苏可深吸一口气，“可能我太焦虑了。”

“不走心。”顾小鹤较着劲。

“是真的，”苏可认真地望着顾小鹤，“我好像出现了幻觉。”

“把你看到的告诉我。”顾小鹤等待苏可缓缓睁开眼后，递给了她一杯水。

当双脚完全触到温厚且完整的大地时，比痛觉恢复的迅速得多的，是女孩对数字和时间的警觉。“大概是三分半钟，16 层楼。”事后她说。据她回忆，那是她 22 年人生中最漫长的三分半钟。

她捂着胸口，大口大口地喘着气，浑身绵软地瘫坐在小区的平地上，和周围所有惊慌失措的夜奔人一样。远方还能看见浓烟滚滚和不停蹿升的明亮火光，整个城市仿佛末日，陷入绵延不尽的火海中。周围充斥着各种哭泣和尖叫的声音，她一点也不觉得他们刺耳。这是活着的标志，对吧？她望向那烈焰明光，再也构想不出任何浪漫的辞藻去比拟它火龙般的恢弘。

是可怖。她微张着嘴，神情呆滞。就在刚刚，她洗完澡站在客厅的落地窗前，正观望着夜色里的万家灯火，不远处某工厂上空突然一阵硝烟，像小学课本的图片上，原子弹爆炸后的蘑菇云。随后是剧烈的爆炸声响，火光腾空而起，照亮了她的整间屋子，映出窗玻璃上她惊诧的面容。整栋大楼在微微颤动，她看见墙壁上开始出现裂缝，像爬山虎般摇曳蜿蜒的纹路。

什么叫亡命之徒，她现在算是明白了一点。她不确定自己算不算是死里逃生，因为下来后才发现，这里只能算是波及地带，真正的事故现场离小区尚有十公里左右。但那恐惧是真的，仿佛死神追在后面，再慢一步就会被抓住衣角。

她用手摸了摸脸，才发现自己还涂着厚厚的泥浆面膜。跑下来的一批人中，有些陆续开车走了，有些确认安全后又折了回去。她除了一脸干掉的泥膜，什么都没有带在身上。但她不敢回去，就借了旁边正在刷微博的年轻男人的手机，打了个电话。

原本平静的她，打完电话就哭起来。仿佛刚刚所有的惊慌、疲惫、麻木、无助，都瞬间有了出口。她好像终于卸下了所有的担子，可以坦然地跟一个人分享自己的脆弱。《倾城之恋》里，白流苏和范柳原是因着香港的陷落而得到成全，而她也可以借着一场烈火，烧掉之前那么多的冲突与不满。

“结束了？”

“嗯。”

“说真的，我觉得你要不要考虑转行去写小说。那么多内心戏。”顾小鹤望着苏可，似笑非笑。

“这是幻觉么？”苏可没有理会对方的打趣。

“暂时还不清楚，”顾小鹤皱了皱眉，“不过既然都有火，很可能是知觉倒错——因为不愿面对的原因，你把当年失火的场景在潜意识里重新架构了。”

“我哪里不愿面对了！”苏可嗤笑道，“你不会是打着幌子的江湖郎中吧？”

顾小鹤摊摊手，转身从冰箱里掏出可乐，咕咚两口就灌完了。“天越来越热了，”他说，“这才四月份呢。”

苏可的眼睛突然暗淡下来。“我还有事，先走了。”她说着就匆匆站起身，顾小鹤追上去的时候，她已经站在电梯口了。

“苏可，”顾小鹤的声音突然变得温柔而忧愁，“你还记得她打的那个电话号码是多少么？”

苏可看了他一眼，漠然地摇了摇头。

“那她对他说了什么？”顾小鹤好像有些急了。

“叮”一声响，电梯门开了。苏可一脚跨了进去。

“我不记得了。”门关上的时候，她轻轻说。

（二）

在 T 市生化领域最顶尖的科研机构 S.U.N. 里，苏可引人注目的，除了那身密不透风的行头，还有令人倍感神秘的来历——一个没有任何学历背景和学术成果的野丫头，突然就被学术界泰斗、S.U.N. 的创始人兼站长密先生带进来，直接介入最前沿的“再生实验”。要知道，除了极具流动性的博士后研究员外，S.U.N. 已经有三年没进过新人了。

不过，从苏可进来到现在，仅仅过去了三个多月，搁置已久的“再生实验”就取得了突破性的进展——她激发了柳絮顽强的再生能力，并提取出了重要物质甘核。关于她和密先生间的桃色联想，终于渐渐终止。

密先生在课题组组会上当众给了苏可“天才”的评价，为了奖励她，他许诺苏可单独使用实验室的权利，无需再走繁琐的报备程序。

这个奖励让苏可又兴奋又顾虑，以至于下午在办公室里频频走神，连秦雯喊她发邮件都没听见。旁边的周安安只好用手碰了碰她，尽管知道这样的身体接触会招致对方直接的反感。

“刚才对不起啊。”苏可从秦雯那回来后，周安安赶紧说道。

“没事。”苏可的声音低低的。

周安安暗自松了口气，瞬间又态度欢欣地跟苏可聊起天来，“天越来越热啦，”她说，“你还裹得这么严实干吗？刚刚秦雯喊你，你都听不见。”

“屋里面不都是恒温吗？”苏可不温不火地反击回去，“外面是冷是热有什么关系。”

“你总要出去吧？还有上下班呢，”周安安嘟囔着嘴，“又不是住在实验室里。”

苏可没说话，整个房间又霎时一片寂静，好像都在等着这场对话的答案。周安安问出了每个人心底的困惑，也勾起了每个人心底的好奇：苏可为什么要遮住自己呢？她面纱下的脸，会和那双琥珀色的大眼睛一样美丽吗？

“那是我自己的事，你就管好你自己吧。”苏可起身朝门口走去。人多就意味着压抑，因为总在目光中心。所以，她决定告别叨扰，去享受她的私人奖励。独自使用实验室，这听起来多么美妙啊，要知道，两年前，苏可正是因为偷偷潜入实验室研发试剂，而被 T 大研究所除名。

“恶作剧开始了。”面对着宽敞空大的实验室，苏可罕见地露出微笑。

第二章　一场春天的疾病

（一）

几乎一夜之间，漫天的飞絮就占领了整个T市。它们疯狂涌进地铁、学校、医院、民宅等各个地方，几乎无孔不入。城市与植物间的平衡被打破，人们的正常生活也被扰乱，那些过敏人群更是苦不堪言，严重者到了快休克的地步。这种情况持续到了第三天也没有好转，人们走上街头抗议，要求政府尽快对目前的情况采取措施。

S.U.N.里，密先生办公室的电话已经快要被打爆。从政府高层到学界同僚，甚至媒体也在催促和询问这种局势要如何控制。他只好让助理Lisa陈中断来电接收信号，起身亲自给自己和苏可倒了两杯清茶。

“这是前年春天，我一位隐居的朋友从山里托人捎给我的野茶。你尝尝看。”他盯着杯中盘旋而上的腾腾热气，表情和语气都很平缓。

“老师，我们现在该怎么办？”苏可握着杯子的手来回摩挲着，半天也没喝一口。

“怎么办？”密先生讪笑着重复苏可的话，“每个人都在问我这个问题。我也想找个人问一问。”

苏可把杯子放下来，重重地叹了口气。看上去，她比密先生还要紧张和急迫。密先生当然也观察到了这一点，他拍了拍苏可的肩，耐心地安慰她：“就算我们一时拿不出对策，上面怪罪下来，也是我失职，怎么都不会追究到你的。”

但这种宽慰似乎并没有用，苏可把桌上的杯子拿起又放下，眼神复杂地望向密先生，打算把事情的真相和盘托出——“可是老师，其实这是……”

“我知道！”密先生赶紧打断了她。他用双手死死按住苏可的肩膀，企图让她镇定下来，然后俯下身在她耳边低语，“咬紧牙关，跟谁都不要说。”他轻声道，“记住，无论事情发生到哪一步，你都是局外人。”

“我不害怕被追究。”苏可扬起脸望着密先生，“我是……”

“内疚，对么？”密先生站起来，朝玻璃门外望过去，“你所有的感受我都明白。所以现在最重要的，是去想该怎么办，而不是自责。自责是弱者的自我逃避。”

苏可点点头，开始渐渐缓过神来。“既然柳絮是源头，那就把这个源头遏制住。”她开始冷静地分析局势。

“怎么遏制？”密先生转过身来。

“阉割，”苏可下了很大决心才吐出这两个字，“阻止柳树通过飞絮的方式受精。这是最快最有效的方式了。”

“的确如此。”密先生深吸一口气，严肃的表情却并未有一丝松懈，反而更加凝重起来，“可是人们是不会答应的，你知道柳树这种植物对这个城市的价值和意义。”

“我当然知道，我曾经也最爱柳絮漫天的景象，”苏可辩驳道，“可人类首先要生存下去啊。”

外面响起了敲门声，Lisa陈正站在玻璃门外。密先生点头示意她进来。

“电话信号都被拦截了，”Lisa陈瞥了一眼苏可，直接走向了密先生，“但是大厅已经被媒体记者围得水泄不通，门口也有很多集会的群众，他们都说，是因为S.U.N.一些自主项目的开发，导致了这次事故。”

隔着层层伪装，苏可才得以没有在 Lisa 陈说完后，即刻暴露自己的慌乱。

“这么快就把剑指向自己的同类了！”密先生叹息一声，“有时候真不知自己为什么要造福他们。”

“那我们现在要怎么应对？”Lisa 陈挺了挺身子，背部线条更显欣长了。

“通知他们，十分钟后在一楼大厅召开发布会。”密先生理了理西装的领子，大步疾走出去。

苏可也不知道自己怎么会走到顾小鹤家的楼下，大概是之前养成了有问题就来找他的习惯，久而久之，就连哪些是“身体问题”哪些是“其他问题”都分不清了。

借着月色，苏可在花池前的长椅上坐了下来。太热了，她不停地扯着面纱和衣领，所有积累的烦躁瞬间涌来。

为什么要活着啊？她悲观地想，就应该在那场大火里死掉。即使她现在坐在顾小鹤家楼下又能怎样呢？当初下了那么大决心才走到现在，七个月的时间稍纵即逝，她想要的还未得到，却可能因为一次事故，把已拥有的全部葬送掉。幻想的未来，还不知道是怎样的遥遥无期。

小区里半天也没有一个行人，大家都躲在屋子里，躲鬼一样躲着飞絮。苏可抬起头望着十一层最东边的那扇黑着的窗户，心也跟着坠入深不可测的暗夜。她站起来拍拍身上的白絮，步履沉重地往回走。

电话突然恰合时宜地响起来，屏幕上亮起的“顾小鹤”三个字，照亮了苏可精疲力竭的无助。

“我看今天的发布会了，”顾小鹤开门见山地说，“这几天你一直没来，我有点儿事想找你问问。”

“现在吗？”苏可转过身，重新望向十一层那扇黑着的窗户。

“嗯，你在哪儿？”

“就在你家楼下呢。”

顾小鹤打开灯，从窗户那里探身出去，果然看见苏可正拿着电话，仰着脸朝自己这个方向望。他冲她挥挥手：“等着，我下去接你。”

他一定又会提着那盏微弱的马灯，苏可笑着想。但这一次，她打算在原地安静地等待他。而刚刚窗内那盏骤然亮起的灯火，已经使她过山车般的心重又落了地，逐渐安稳起来。

“你在家怎么不开灯呢？”苏可把包往旁边一丢，整个人都陷在沙发上。

“睡着了，刚刚才醒。”顾小鹤给苏可倒了杯水，对方顺手接了过来。

“生物钟可真够颠倒的。”她说。但她并没有要喝一口的打算，虽然她很渴，虽然顾小鹤很贴心地附上了吸管。在苏可的处事教条里，决不能让任何不完美袒露人前。

虽然伪装背后的她已经满目疮痍。

“是啊。不过习惯了。”顾小鹤勉强地笑笑，伴随一声轻微的叹息。他又想起薇妮了，想起那天他从夕阳将逝的昏暗中醒来，整个人陷入某种绝望的瘫软中。然后他就接到了那个电话，密先生低沉的声音陈述着薇妮的死讯，像一个荒诞而遥远的咒语。从那以后，他就害怕黄昏，害怕太阳重重坠落之前那最后一抹忧愁的光亮。他选择用睡眠去封印那个时段，仿佛这样，薇妮就不会从时间的卷轴中流逝。

“我把事情搞砸了。”苏可没太注意顾小鹤情绪的反常，一心一意地自我检讨着，“他让我用实验室，我就用了。我只是想让婚礼出些状况，给他找点堵。凭什么只有我一个人活在地狱里，背负着过去沉重前进，他们还依然幸福快乐呢？我甚至连唐陌那个招人烦的丫头都考虑进去了。她容易过敏，对所有靠近她爸的女人都有敌意，所以根本不会去参加婚礼，那她就不会遭罪……可是，怎么会变成现在这样呢？整个城市都是柳絮，那么多的人进了医院……怎么会呢？”

“发布会上密先生不是已经给出解决方案了么？还是说你对他的方案不够满意？”顾小鹤背倚着书架，话里有话。

“怎么会呢？”苏可苦笑道，“要是真能攻克过敏症这个大难题，也算因祸得福了。”

“那你内疚什么？反正春天很快就过去了，再多的飞絮，到时都会消失的。”

“可这些都是我一手造成的，这是事实吧？密先生虽然说要替我保密，可我还是担心他接下来不会再信任我，那样我想恢复……”苏可有些说不下去了。顾小鹤无所谓的语气让她十分失落，他根本不明白她真正担心的是什么。

“他怎么会不信任你？”顾小鹤冷笑道，“他以后要用到你的时候还多着呢。”

“是真的，”苏可沮丧地说，“这次针对患者的康复治疗，他只让我打打杂，连患者本人都见不着。”

“估计是有见不得人的东西吧。”顾小鹤挺挺身子，走到沙发对面的茶几上坐下来，神情严肃。

“苏可，”他认真地盯着那面纱下的脸，“你确信那个‘恶作剧’，没有被人利用么？”

“你说谁？”苏可一惊。

“你知道我在说谁。”顾小鹤并没打算糊弄过去，“好好去查一查出事前几天再生实验室的出入记录，如果可以的话，最好去考察下唐古家的那两棵柳树。”

"有必要么？"苏可在尽量地控制语气。

"难道你还爱他？"顾小鹤漫不经心地擦亮一根火柴，烟雾瞬间缭绕狭小的空间。

"没有！"苏可猛地站起来，身体向前微倾，一副质问的姿态，那双露在面纱外的大眼睛里像着了火，充斥着被揭穿后的愤懑。

顾小鹤冷静地迎着苏可目光里的敌意，隔着一个拳头的距离，他能清楚地看见那眼睛里隐藏的泪光，"干吗要自欺欺人？"他的语气稍微软了下来，"爱本身并不可耻。"

这句话突然让苏可感到绝望。"不可耻么？"她一下子瘫倒在沙发上，喃喃自语，"我都已经变成这样了。"

"去他家看看吧。"顾小鹤把手轻轻搭在苏可的肩上，"我总觉得事情不会那么简单。"

苏可没有吭声，她把手机打开，直接切到了前天发布会的现场视频。密先生表情沉痛地向公众致歉，他说，我们 S.U.N. 确实已经有了相关的解决方案，但最后的决定，还是要交到公民自己手里。通过化学手段对感染柳树实施阉割，或者将过敏严重的患者聚集起来进行集中看护和治疗。即刻起，我们将开启为期 24 小时的投票通道，力求尊重到每一位公民的意见。闪光灯下，他的言辞恳切，让屏幕这边的苏可都觉得要感动得落下泪来。

"到昨天投票最后一刻截止，两个提案的票数比是 1 ∶ 4，"苏可说着把视频关掉，恢复了以往的冷静，"我不太明白，难道你觉得针对过敏患者的集中治疗中，会有猫腻？"

"你说那天下午，你鼓起勇气想向他坦白被制止，他还暗示你说他会保你？"顾小鹤没有接苏可的话茬，而是直接反问回去。

"嗯，"苏可仔细回忆当天的情景，"因为我觉得那太像'再生实验’才能引发的大规模繁殖了，而我就是这个实验的直接负责人，还刚刚获得了独自使用实验室的特权。别人也许不会多想，密先生肯定能猜到，还不如……”

“等一下，”顾小鹤直接打断了苏可，“你说密先生肯定能猜到？为什么？你是不是把你跟唐古的事情全都告诉他了？”

苏可一愣，这才意识到自己说错话，被抓住了把柄，“我……唉，”她懊恼地叹了口气，“我没忍住。每一次当他用那种特别关怀的语气问我康复得怎么样，让我再耐心地等一等时，我就会特别感恩。我也说不清楚为什么会那样，可就是会不知不觉把自己的过去全部交代。”

“看来我当初对你的告诫，你一点也没放在心上啊。”顾小鹤苦笑道。不知为什么，听见苏可那么描述她与密先生的日常，他心里竟涌上莫名的不快与苦涩。

“可是为什么呢？”苏可疑惑地望着顾小鹤，“你为什么对他有那么多戒备？”

“还是先弄清楚柳絮泛滥的原因吧，然后你就知道了。嗯，如果我猜得没错的话。”顾小鹤说。趁着苏可还没有反应，他又马上补充了一句，“你不想一个人的话，我陪你一起。”

“好。”停顿了半晌，苏可答道。

“你最近有再出现那种幻觉么？”送苏可进电梯的时候，顾小鹤问她。

“哪有空啊？”苏可摇摇头。

“哦。”顾小鹤点点头，“那明天见吧。”

（二）

整个城市就像座钢铁和玻璃支撑起来的空城，苏可坐在寥寥无几的地铁上，直直地盯着对面玻璃上反射的自己看。这样的场景曾经也出现过，而且不止一次，只是那时候她不是孤身一人，也没有裹紧面纱。那时候，她的身边还坐着唐古，末班车的地铁跟现在一样空空荡荡，她挽着他的手臂，笑容里是少女般的甜蜜和满足。

刚刚顾小鹤问她有没有再出现幻觉时，苏可撒谎了。只是这一次，她看见的不是爆炸，而是色彩斑斓的燃料，像泼水一样泼在洁白而宽大的画布上。画布前站着一个中年男人，而她站在男人身后，只有八九岁的模样。“画画好玩吧？”男人问她，仍是背对着脸。“这样也算画画么？”她则似懂非懂。后来苏可就什么也听不见了，只能看到幻觉里的自己不停张合的嘴角。她的脑袋越来越疼，几乎要炸掉，可她不想停止。她想坚持等到男人转身，看一看他的脸。

可她没有控制幻觉的能力，脑中的画面“噌”的黑了屏，所有记忆骤然消失。

那不是她，她没有过那样其乐融融的童年；她学画的初衷，也不是那样轻巧自然。从出生起，母亲就空缺，自己甚至不知道她的模样；而父亲呢？永远专注于自己的事业，常年奔波在外，一年也只会回来一两次；除了提供丰厚的钱财外，他根本没有尽到做父亲的责任，后来干脆不知所终。她不爱学习，也不想成为父亲事业的接班人，便投入绘画，希望成为自由写意的艺术家，却被一再打击，艺考都没有过线。不情不愿地上了大学进了研究所，却因为私自研发试剂被除名，个人 ID 被彻底注销，成了名副其实的黑户。她的生活一直是一条灰线，直到遇见唐古。

“为什么地铁玻璃会把人照得那么好看呢？”她拉着唐古的胳膊，

指着对面玻璃窗上反射的年轻的脸。

“没有啊，”唐古一脸宠溺地转过头，伸出胳膊将苏可一把搂住，“你平时也这么好看。”

情话当时越动听，再想时便越残忍。

遇见唐古的时候，苏可正从春日潋滟的曦光中醒来。晨起微寒，又是经过了一夜的更深露重，苏可穿着单薄的开衫外套，忍不住连着打了好几个喷嚏。等到她终于狼狈地睁开眼，发现面前的男人正神色复杂地上下打量着她。

“你昨天晚上睡在这？”他惊讶地指了指苏可身下的台阶。

“大概吧，”苏可一边挠头一边站起来，“不记得了。”

“为什么？”男人费解地笑道，“不会是为了清早排队看画展，就睡在门口吧？这展览一点儿也不火啊。”

“这里面有画展？”苏可好奇地转过身去望着身后的庞大建筑，“原来是美术馆啊，怪不得觉得这台阶有些熟悉。”她抬脚踢了踢脚下，脑袋还是懵懵的。自己昨天刚被 T 大某生化研究所除名，实在无处可去，才在美术馆门口歇了脚；但具体细节早已经忘得一干二净，像喝酒喝断片儿了。

“给。”台阶下的男人伸出手指轻轻点了下苏可，递给她一包纸巾。

“干吗？”苏可的身体本能地往后倒，一脸莫名地望着他。

“脸，脏了。”男人拿手比划了下。看见苏可两只手在脸上抓瞎般乱蹭，他又掏出手机递过去，“自己照照吧！”他好笑地摇摇头，像面对一只莽撞而无邪的小鹿，“不会连手机都没带吧？”

“不是没带，”苏可拍了拍口袋，瘪着嘴道，“好像没有了。”

她接过对方的手机，对着自拍摄像头一看，脸上果然脏兮兮的，额上还有积灰。见了鬼了，她心想，难不成昨天睡着后从台阶上滚掉了？

“我看你还是进去，找个洗手间洗一下吧，纸擦不干净。”男人说着就上了台阶，示意苏可一起进去。

“大叔，没开门呢。”苏可将手机还了回去。

“我来就开了呀。”男人说着便用指纹解锁了密码。

苏可第一次看见美术馆空无一人时的样子，连轻微的脚步声都会有恒久的回音。她轻轻地脱下了鞋子。

男人在一旁静静地注视着。阳光从女孩琥珀色的长发上倾泻而下，映照出侧脸完美的轮廓；她的脸还是脏脏的，微光落在扬起的嘴角上，光着脚的样子像个出逃的天使。

“你叫什么啊？”女孩突然转过脸来，笑吟吟地望着他，清亮的声音回荡在整个展厅。

“唐古。”他说，“你呢？”

“苏可。”女孩眨了眨眼睛，“很好记的。”

苏可就那样恋爱了，后来再想想，她总觉得一切都有些不真实。唐古是“虹”美术馆影像杂志编辑部主任，经常会采访些知名艺术家，接触和认识的人多，自己也搞些艺术品投资。他喜欢复古的行头，日常也穿得像个绅士，对苏可更是极尽体贴。如果他们中间不夹着一个唐陌，一切简直太完美了。

唐陌是唐古和去世前妻的女儿，当唐古有些不安地把这个消息告诉苏可时，苏可也有些诧异。唐古虽然处事稳重老道，长得还是挺年轻的，她根本没看出他结过婚，还有一个七岁大的女儿。

但是她还是喜欢他啊，那如父亲般的耐心与呵护，是她从未获得的体验。而他与女儿唐陌间的亲密，更是让她非常羡慕。她想要跟他在一起，即使中间隔着一个唐陌——她在努力练习跟她做朋友。但同时在内心深处，苏可又隐隐地自卑，她不知道自己靠什么吸引了唐古——在她的记忆里，自己没有家人，喜欢画画又从来没有画出过什么名堂，遇见他的时候刚因为违规被T大某生化研究所连夜除名，诡异的是，也不知道为什么，个人ID被永久消除——她甚至连个身份都没有，唐古为什么会喜欢她呢？

“大概是因为我年轻漂亮吧，有着罕见的琥珀色眼睛和头发。”找不到理由的时候，苏可总这么自嘲。但她真的十分美丽，即使唐古并没有直接这么说。琥珀色的眼睛和头发让她在人群中尤其出挑。

回忆到这里，玻璃窗上那双琥珀色的眼睛突然一闪而过一丝光亮，却又随即黯淡下去。

再也不会有那样的青春和美貌了。苏可望着对面头上裹满纱巾的自己，悲伤地想。

（三）

“你不是T市本地人吧？”顾小鹤把手套摘下来，背倚着篱笆栅栏。他的表情永远都那样，几分刻意的引而不发，再配上几分明显的戛然而止。

“你是打算开始地域歧视模式了么？”苏可白了对方一眼，“有话就直说。”

顾小鹤只好干笑了一声，“T市的水资源十分匮乏，所以出于科学考虑，它的地下结构被改造了，所有植物都共用着一套水源系统。所以，一旦被再生实验改造后的柳树产生柳絮，随风飘散，落进水源地，就会感染所有其他地区的柳树。把这些带回去检验吧。”顾小鹤说着，把提取到的柳絮样本递给苏可。

“只要能证明它们是被‘再生实验’改造过后产生的。”苏可接过来说。两个人又从针锋相对变得默契十足。

“嗯，你那被动过手脚的原始试剂肯定是找不到了，”顾小鹤说，“反正也不指望拿到证据去曝光他，我只是希望你搞清楚真相，做到心中有数。”

“可密先生为什么要这么做呢？”苏可不禁皱紧了眉头。

“你很快就会知道了吧，”顾小鹤也若有所思，“不过我更好奇的是，你是怎么跟他说唐古的事的。你一早就把想用柳絮报复的想法告诉密先生了？”

“也没有一早。那天我接到唐陌的电话，说她爸爸要跟别人结婚了……我问她，你干吗要把这个消息告诉我呢，你知道她怎么说么？”苏可别过脸去，又露出那种熟悉的自嘲式的冷笑，“她说因为你是个蠢女人啊。”

顾小鹤一时不知道该怎么接才好。

“可你当时并没有告诉我，”他说，“所以你是告诉了密先生？”

“对啊，我还哭了，很蠢吧？”苏可摇摇头，“说不让他们那么轻易得逞，说要让他们被飞絮搞得苦不堪言。也真是巧，怎么就有这两棵大柳树呢？”苏可抬起头瞅了瞅柳树细密的枝叶，“记得第一次来这里，就被它们吸引，想起小时候自己家门前也有那么一棵大柳树。你说得没错，我不是T市人，我的家乡在离T市不远的一个小镇上，人很少，道路很干净，漂亮极了。”

风吹起来，空中满是繁密的柳絮，落在苏可身上，像银装素裹的雪人。

“他来了。”顾小鹤低声提醒苏可。他远远便看见唐古从房子里出来，朝他和苏可这边走。真是有钱人啊，一个人坐拥这么大的别墅庄园。

“要见主人了。”苏可佯装镇定。

顾小鹤看出了她的紧张，“不想说就不要说，”他说，“交给我对付。”

唐古没有带他的新婚妻子来。他跟顾小鹤打了个招呼，眼睛却一直望向苏可。

“查得怎么样了？”他问。

“差不多了，我们正准备回去，”顾小鹤礼貌地回应道，“今天麻烦你了。”

“客气了，留下一起吃晚饭吧。”

“谢谢。不过来的时候我们已经说好了，要带她去我读大学时常去的那家比萨店，就在前面东洋路上。”顾小鹤说着，一把把苏可揽进怀里，紧紧握住她戴着手套的手。

苏可不可置信地睁大了眼睛，心也跟着扑腾直跳。看见唐古的眼神也有些黯然后，她强令自己恢复淡定。

“是啊，今天就不打扰了。”她说着握紧了顾小鹤的手。

唐古一直送他们到庄园门口，告别的时候，他恳切地请求苏可多照顾照顾唐陌。

“她怎么了？”苏可很是费解。

“你不知道么？”唐古诧异地问道，“她作为严重的过敏患者，正在密先生手下接受治疗啊。”

苏可和顾小鹤对视了一眼，彼此面面相觑。

可能的确是有事发生了。

第三章　魔鬼的契约

（一）

从密先生代表 S.U.N. 接受过敏患者的治疗开始，所有同事都整日忙得不可开交，倒是苏可，意外地没被派太多活。从唐古那里回来后，她连办公室都没回就直接去了实验室，而检测的结果，也的确在顾小鹤的预料之中。

她赶紧把结果通知了顾小鹤。

“他怎么能利用我？枉我还不愿相信，一直为他开脱，”苏可感觉自己受到了巨大的蒙骗，“我要去找他，听他亲口解释。”

“千万不要！”即使隔着电话，苏可也能听出顾小鹤的声音有多严肃，她决定先耐下心来。

“你先冷静下来，仔细分析下前因后果。”顾小鹤说，“密先生这么做的原因已经很明显了。你仔细想想，这件事之后，他最终到底得到了什么？”

“人，”苏可喃喃道，“包括唐陌在内的，那批过敏患者。”

电话两端忽然都沉默起来。苏可感到有一座无形的大山，正慢慢靠近，并试图压倒每一个人。

“可他要让他们做什么呢？”她在问顾小鹤，也是在问自己。

“这恐怕谁都说不清楚，”顾小鹤思忖道，“当务之急，是你要尽快介入。”

“我会去找他的。”苏可说。“毕竟唐陌还在里面。”

“沉住气！”顾小鹤嘱咐道，“他会告诉你的，如果他真要有什么动作的话，一定需要你的协助。”

“可你为什么在一开始就坚定不移地怀疑他呢？”苏可突然话锋一转，“你已经对我了如指掌了，我还对你一无所知呢。不管怎么说，我们应该彼此坦诚一点，不是么？”

电话那头的顾小鹤笑了，“医生对病人多了解些，才能帮助她更快地恢复啊。”

“病人对医生多知道些，才能信任他，从而更好地治疗啊。”苏可说，“何况你并不是专业的心理医生，对吧？江海医院最年轻的心内科大夫。”

“好吧，”顾小鹤无奈地缴械，“为什么突然想要了解我？喜欢上我了？”

这种时候还想着调情，苏可真想翻个大大的白眼，可奇怪的是，她竟然有几分被戳破般的慌张。

“我只是觉得你有事瞒着我，”苏可仔细地回忆她跟顾小鹤认识以来发生的一切，愈发坚定了这种认知，“可能不只是现在，”她说，“也许从你把我引荐给密先生时就开始了。你一直都有自己的打算的，对不对？你跟他之间到底有什么过节？我是你故意安排在他身边的棋子么？”

“这个时候你不去调查行动最可疑的密先生，反而要在电话里猜忌我？”顾小鹤的语气有些不悦。

“我当然会去调查他，”苏可说，“我只是突然看清了周围，你们每个人都好像在操纵着什么，只有我一直在被牵着走。但从现在开始不会了，顾医生，我们不再是医生和病人的从属关系了。我们现在是合作者，对么？”

“有些事情我不说，是为了保护你。”顾小鹤忍不住叹了口气。

“好吧，”苏可站起来关掉仪器，把样本和检测图小心地藏在柜子里，“这话现在我信。但追究到一开始，就未必了。”

“你要去找他了？”顾小鹤听见电话那端传来的乒乓声响，知道苏可要走了。

“嗯，见完之后的事要不要告诉你，就看你的表现了，”苏可顿了顿，“如果没记错的话，我们第一次见面那会儿，最后的时候，你问了我一个问题。”

电话那头的顾小鹤没有吱声。

“你问我：‘你真的不认识薇妮么？’”

实验室的门被苏可轻轻地带上了。

吸气，呼气。吸气，呼气。吸气，呼气。

如此三次深呼吸后，苏可才按了密先生办公室的门。视频里涂着深紫色眼影的 Lisa 陈微微笑着，显出公事公办的态度：不好意思，密先生今天很忙，不见外人。

“我是苏可。”苏可提高了音量。

“我知道。”Lisa 陈的脸僵了一下。

“我是说给老师听的。”苏可一字一顿，“帮我转告他。”

Lisa 陈转过脸去。没几秒钟，门就开了。

密先生坐在他的大藤椅上，看上去很是疲惫，一副连夜操劳的样子。看见苏可走进来，他招招手，让她坐在自己身边。

“你怎么好像瘦了？”他说。

“密先生的眼力真是厉害，隔着这么多层也能看出来。”Lisa 陈的声音不高，仔细辨听，还带着笑意。

“有些事不光靠眼的，要靠心。”密先生拖长了尾音，特意又看了苏可两眼。“来找我有什么事么？”他说。

“老师，我最近闲得都有些发慌了。”苏可叹息了一声，特意放大了自己的不满，“全站就我一个没事做了。”

“怎么没事了？”密先生慢悠悠地喝了口茶，“处理数据很费神的。”

“您知道我想做什么。”看见密先生故意不点破，苏可也懒得迂回了。

“Lisa，给我加点水，再帮苏可泡杯茶，”密先生把手上的杯子放回桌上，“然后去楼下帮我盯一会儿项目进展吧。”

“好的。”Lisa 陈毕恭毕敬地忙完密先生交代的一切，然后轻手轻脚地退出了房间。确定那扇密码门完全关上后三分钟，密先生才重新张开口。

“在 S.U.N. 里，从来都是我说了算。一般来说，我让谁做什么，谁就做什么。”

“我知道。”苏可答得轻巧，倒也没有被密先生的气势吓住。

“那你还敢在这提要求？”密先生把眼睛闭上，整个身子靠在椅背上。

“因为你会答应的，”苏可笑了，露出的眼睛里闪着自信的光芒，“就像你当初答应把我带来 S.U.N. 一样。不是你说的么？我是天才。天才怎么能不参与这么大的项目呢？何况你知道我一定会尽全力，因为内疚。”

“可有些事情的成功，靠的不只是天资，还有绝对的忠诚与信任。”密先生重新坐起来，深邃的目光盯着苏可，像是要把她看穿，“你懂么？”

“当然！”苏可试图让自己眸中也迸出虔诚的光芒，“誓死保密！”

“好吧，既然你这么迫切地想参与，我也阻止不了了。”密先生站起来，“其实我也一直在等你。只是这个项目危险系数极高，你一定要做好心理准备。”

“我什么都不怕。”苏可说着便站起来，跟着密先生走出了房间。

他们在同层最东边，密先生的私人实验站 1717 门口停下。尽管已经在刚刚暗流汹涌的对话中做足了心理建设，自动门打开的那一刻，苏可还是忍不住叫出了声。

100 多平方米的实验大厅里，三十几张床整齐地排列着，人们穿着清一色的病号服躺在上面，一动不动。一切是那样地空旷和死寂，仿若医院里的太平间。

（二）

从 S.U.N. 里走出来时，天气已近黄昏。顾小鹤发了很多信息来，都是苏可还跟密先生在 1717 的时候。

她逐个地看下去，在回复栏里删删改改，最后打出了一行字：

你信任我么？

拇指久久犹豫徘徊，迟迟按不下去“发送”。

反正这时候你也是在睡觉，对吧？苏可抬头望了一眼西边天空的云彩。

下决心。撤销，返回，关机。一口气把以上一系列动作做完后，苏可把手机丢进了包里。

坐公交的时候，苏可看见车里每个人都戴着口罩，一副戒备森严的样子。只有她不用。所以没人看得出她是异类，平日里奇怪繁琐的武装，此刻太正常不过，大家只把她当作众多同甘共苦的友人之一，目光里充满了对同类的深切慰问。

太无趣了。苏可坐了两站路就下了车。

她其实很喜欢走路的，那种双脚触到土地的感觉，总让她踏实。而当初她深深吸引唐古的一瞬，也就是她脱下鞋子，赤着脚站立的样子吧。可这些以往唾手可得的东西，现在都显得那么遥远。意外和明天谁先来临，真是一个无法预料的命题。而兜兜转转这么久，她差一点都忘记了自己当初拼命进S.U.N.的初衷，如果不是下午时候密先生一再提醒的话。

“你不会忘了自己当初进来的目的吧？”密先生如是说。

是啊，怎么会鬼迷心窍地忘记？因为顾小鹤偶尔给的错觉么？他提着马灯站在黑暗的楼梯口前等她；担心她不能面对唐古而陪她一起，在唐古面前牵起她的手假扮情侣，告诉对方她现在依然有人陪伴……可她不相信啊。他只是知道她烧伤了，却从未见过她烧伤后真实的模样。隔岸观火的时候，谁都能指点江山；而身临其境后的窘迫，只会让双方难堪。

她怎么能忘了自己当初的目的呢。

快到家的时候，苏可像往常一样走上那座长长的石桥。夕阳横亘在宽阔的马路尽头，杨花和柳絮越过高楼、行人和晚风，在空中肆意飞舞。苏可把手套摘下来，伸出手，看着它们从指间轻盈地穿过，温柔而漫不经心。那丑陋的布满疤痕的手，迎着漫天飞絮，迎着血色霞光，竟有了些疲惫的静美，仿佛旷野上燃尽的一枝玫瑰。

她想起昨天晚上做的一个梦。那个梦她做了好久好久，从入睡起直至今天清晨。梦里面，她看见一个面容模糊的年轻女人在抱着一堆新买的颜料，准备画画。苏可走上前去想要抓住她，她微微侧过脸，突然又消失了。然后卧室里突然长出嫩柳，嫩绿、明亮，充满生命力。她惊讶地走到树前，用手轻轻抚摸它的叶子，手臂突然一阵刺痛，她把睡衣的袖子卷起来，看见自己原本布满疤痕的手臂，变得光洁如新。然后她兴奋地跑去镜子前，想看看自己的脸，就在她照见镜子的那刻，梦结束了。

醒来的时候，苏可第一时间望向自己的手臂。它们丑陋、干枯、布满伤疤，一如既往。

这个世界的一切都不会改变，当时的她想。何况家里也根本就没有镜子。她的眼泪一滴一滴地往下掉，又陷入到绝望的死循环中。

那种无力感，她每感受一次，就痛不欲生。不管她如何掩饰，如何看上去冷淡而理性，密先生下午时候的一句话，就能即刻把她打回原形，提醒她现在的人生目的只有一个——

"你想要恢复自己的容貌吗？"

"当然。"

"这是什么情况，不是说要集中看护治疗么？"在确认了眼前的一切不是假象后，苏可震惊地冲上前质问密先生。

"是在治疗啊。"密先生不紧不慢地回应道。

"那他们怎么都一动不动？"

"药效过了，自然就会动了。"密先生说着转过身来，似笑非笑地望着苏可。

"你知道，我非常欣赏你在科研上的天赋，但是出于对你的考虑，我确实不想你参与进来，"他说，"虽然你刚刚在办公室跟我立下了军令状，我还是可以不带你进来的。"

"所以，您到底是想说什么呢？"

"我想说我为什么还是把你带了进来；我想说这其实根本不是一次治疗，而是一次人体试验；我想说这一切都跟'再生实验'息息相关，可以完成你一直以来的夙愿。"

苏可惊讶地瞪大了眼睛。"人体试验？"她喃喃，"你欺骗了民众！"

"有些谎言是善意的，"密先生并不认可苏可的指责，"他们不允许我这么做，我只能暗地里来，因为只有这样我才可能成功，科学才可能成功！我要让所有的器官都能在破损后再生！你知道这对人类意味着什么？意味着不死，意味着他们也能像柳树一样，年复一年地分叉发芽。”

密先生像个演说家一样站在大厅中央，站在整齐排列的病床中间，慷慨激昂地向苏可宣告了他要造福人类的伟大野心和愿景。说到最激动的地方，他甚至还张开了手臂。他的表情是那么兴奋，眼球向外凸出，嘴角颤抖，脸颊涨得通红，与平日里理性、克制的形象差之千里。苏可远远地站着，隔着三十多具静止的人体，她感觉到某种狂热带来的恐惧。

接下来的一分多钟里，密先生保持着最后双手打开的姿势僵在原地，像是与那些躺着的人们融为一体。寂静让人窒息。

“老师。”苏可忍不住喊了一声。不知为什么，密先生那样子又让她有些心疼。这种莫名的情愫，她自己也不懂。

密先生像是突然从梦中醒过来，浑身一个激灵。

“苏可，”意识到刚刚的失态，密先生迅速恢复了以往的样子。“你不会忘了自己当初进来的目的吧？”

“当然没有。”苏可默默地咬紧嘴唇。但密先生的这句提醒，还是像适时的警钟唤醒了她最近渐渐忽略的心结。

“那就好！”密先生满意地点点头，“这也正是我下定决心让你参与进来的原因。你可要把握住这唯一的机会。”

“老师，”沉默半晌，苏可才缓缓张开口，“您这是什么意思？”

“之前承诺你的，我做到了，”密先生嘴角浮出一丝微笑，“多亏你之前在‘再生实验’上帮助我取得的突破，以及这次又帮我贡献了这么多实验对象。”他弯下身子，用手轻轻抚摸旁边病床上昏迷的患者，“就在昨天，我成功地使烧伤的皮肤痊愈了！”

“是真的么？”苏可也激动地睁大眼睛，不自觉地朝前进了好几步。

密先生没有正面回答她。“你真的是运气太好了，”他说，“因为考虑到你，我才先从皮肤入手。很快我们还会有别的突破的。现在，你认可我的做法了吧？”

“可是……”

“不要可是了，”密先生直接地打断了苏可，“你只要回答一个问题。”

苏可的内心在不断挣扎。她似乎能听见那根弦马上要崩断的声音。

“你想要恢复自己的容貌吗？”

“当然。”

“扑哧”一声，弦断了。

苏可自责地闭上了眼睛。怀着最后一丝侥幸，和对对方直觉的信任，她问密先生：“真的不会伤害到他们吗？”

“放心吧。”密先生朝苏可走过来，右手体贴地搭在她的肩膀上，眼神中透出的正直与磊落，让她无从疑虑。

他说：“时间会证明我们是对的。”

第四章　假如流水能回头

试剂注射到体内时，苏可竟然有了疼痛的反应，并且剧烈，以至于她忍不住“啊”出了声。她不知道这仅仅是生理上的，还是心理作用。那时候，她本能地想起了顾小鹤，一个兼职她心理医生的心内科大夫。但她很快就为想起他而羞愧了。

或者说，即使只是想一想，她都觉得对他有些无法面对。

“体内反应时间大概需要八小时，也就是说，凌晨以前，你就可以看见自己最美的样子了。”密先生的话还回响在耳边，苏可打开房门，直接窝进了沙发里。黯淡的光透过窗户照进来，落在地板上变成细碎的影子，然后越来越模糊，直至暮色完全地陷落。房间终于变得漆黑一片，看不见任何光亮。

苏可就大睁着眼睛，巡视着这黑暗，并且没有任何阻止的打算。时间真的会让人长成截然相反的样子啊，曾经的她可是那么怕黑，睡觉时都要留一盏灯。

苏可记得，跟唐古相遇的当天，她就搬进了他的家里——因为无它处可归。唐古的房子很大，很多房间都在闲置。苏可就住在东边朝南的卧房里，挨着花房和书房。晚上临睡前，唐古敲了敲她的门，问她是否习惯。

“你进来吧，门没锁。”苏可说。

唐古推开门，手上还端了杯牛奶。

“巧了，你怎么知道我爱喝牛奶。”苏可笑道。

“安神，睡得好。”见苏可并没有把杯子接下来的打算，唐古主动递了过去，“不喝么？”

“这么着急？”苏可故意拧紧了眉头，“我怎么知道你没在里面放东西？类似，那啥的……”

“对哦，我怎么没想起来，多亏你提醒我。”唐古拍了拍脑袋，转身走到门口，做出要走的样子。

苏可抱着手臂看着他，没有任何反应。

“你都不阻止我一下吗？”见苏可半天没动静，唐古只好悻悻地转过身来。

“万一你以为我欲擒故纵呢？”苏可挑了挑眉毛。

“好吧，”唐古笑着摊开手，“不过，你似乎一开始就引狼入室了。”

春风蹭着未关合的窗子吹进来，撩起了四目相对里的温热，稍有不慎，就有心意荡漾出来。

“我要睡了。”还是苏可先打破沉默。她走回床边，转身时发梢擦过盛放的蔷薇，徒留香气醉人。

“好好休息。”唐古说着便绅士地往门口退，“要帮你关灯么？”他轻声问。

“不要，”苏可连忙摇头，“一直开着吧。”

“怕黑？”

“嗯。”

“明天给你拿个台灯来吧。”

当时的苏可满身倦怠，根本没有留意唐古当时的语气和表情，所以现在也回忆不出来。他对她曾悉心照顾、无微不至，但也能在她离开后，迅速与别人结婚厮守。她对他说过的，他都能记得住，但她没有说的，他也不会提前过问。不像顾小鹤那样，即使她什么都不说，也会提着灯守在那里。

虽然她已经习惯了黑暗。

虽然顾小鹤也许只是生性体贴，并无差别对待。

不过苏可相信，那些话如果换做顾小鹤来讲，表情和语气，一定不同于唐古。但也只能确定不同而已。

真讨厌啊，为什么今天晚上总是想起顾小鹤来？苏可无奈地翻了个身。是因为愧疚么？可有什么好愧疚，说到底，她才是被生活压得喘不过气的那个吧，终于得到了自己梦寐以求的，有什么好惶恐不安？

等等，还没有得到吧。苏可又猛地坐起来，躁动地抚摸着粗糙的手臂。“还有三个小时。”她在劝自己冷静下来。虽然没有看表，但凭借对时间精准预估的自信，她确定现在是八点五十分左右。

“闭上眼吧，什么都不要想。密先生不会骗自己，再过三个小时，一切就会不同了。”

一个激灵。苏可瞬间清醒过来。

竟然睡着了啊。她挠挠头，无奈地叹息一声。手指顺着头皮往下，然后是耳后、下巴、脖颈，畅通无阻。那些曾干瘪、粗粝的触感，似乎没了。

苏可的心咯噔了一下。

没错，时间好像已经到了。

她把睡衣的袖子卷起来，看见自己原本布满疤痕的手臂，竟真的变得光洁如新。

苏可浑身忍不住颤抖起来。她把衣服脱下来，用手指细细地探查着身上的每一处肌肤——那是一具光洁如新的身体，皮肤紧致细腻，即使在黑暗中，也能看见它们发出的柔软透亮的光泽。她又颤抖地举起手，在脸上试探性地开始抚摸——同样的柔嫩平滑。

她几乎是从沙发上滚下来，跌跌撞撞地跑去墙边，打开了屋里所有的灯。终于，她看见了自己新生的完美的身体，肉眼可见的范围里，嫩白如婴孩。

可是脸呢？还要看脸！

苏可又开始发疯一样寻找房间里一切反光的东西，但是她什么也没有找到。她早就没有镜子了，新房子里也没有任何反光的东西。谁愿意面对自己一张满目疮痍的脸呢？

最后，她想到了被自己扔在包里的手机。她直接奔了过去，拉链几乎都要扯坏，才终于掏了出来。为什么要关机啊？等待复位时，她崩溃地想。

终于，她从相机里看见了自己的脸，曾经无比熟悉的，年轻的，美丽的脸。

“好久不见。”她颤颤地对着手机呢喃。

这一整晚，苏可都以蜷缩的姿态，令四肢相互缠绕着抱紧。她赤裸着身子，像一只扭曲的冰冷青蛙。她不敢睡，也不敢动，她太害怕这是一场残酷的美梦，像曾经无数次那样，她在面对重生的自己时欣喜若狂，不停确认以为地久天长，几经周折却还是梦中的虚妄。

不能睡啊。她不停地提醒自己，即使困倦已在无孔不入地侵蚀。仿佛不等到天亮，一切就还会被打回原形。

凌晨三点，手机突然冒出新消息提醒，惊动了打盹的苏可。她忍不住跳起来，第一反应是抚摸自己赤裸的手臂。

还好，依旧光洁如新。她又看了一眼以便确认。

摸了摸脸，一样新鲜，像刚采摘下的浆果，能闻到欲望的香气。

“为什么一直关机？”顾小鹤的信息，时间最后显示是 22:17 。

延迟了这么久啊。苏可一边想着一边往上翻记录，才发现这并不是刚刚最新的一条。

最新的一条是：我失眠了，总感觉今晚有事发生。你还好么？一直没有回音，我很担心。

苏可把脑袋塞在枕头下面，整个人趴在了床上。

第五章 双生花

（一）

清晨醒来的时候，苏可还是先摸了摸自己的脸，那触感依旧顺滑细腻。果然，密先生没有骗她。

她又转过头去看了眼墙上的挂钟，显示的时间是七点十三分。

十三这个数字让苏可十分焦躁。她强迫自己深呼吸，以便快些冷静下来。顾小鹤在凌晨发来的短信还萦绕在脑海，她思前想后，还是发短信约了他晚上见面，却并没有对昨天失联的事作出解释。苏可知道，接下来还会有更多更忙乱的事情发生，等待她从容地应对。就比如，一个多小时后的实验室里，同事们会如何面对她这张首次袒露的陌生的面孔呢？

想到这里，苏可打开了衣柜——清一色的黑灰色长衫长裙。她想了想，又移步到最里面，踮着脚从柜子顶层挪出了一个大箱子。上面积着薄薄的一层灰，苏可直接用手狠狠拂去，然后轻巧地打开了它。

琳琅满目的各式衣衫，堆叠在一起变成彩虹般斑斓的色调。好像又看见了原本二十几岁正好的时光。

苏可一件件拿出来看，一件件爱不释手地抚摸，然后把它们扔到床上，像建设一个奢侈光鲜的垃圾场。最后她挑了件低调的大地色中袖 V 领 T 恤和米色背带七分裤，露出白皙的手腕、脚踝以及纤细的锁骨。出门的时候，她又瞥了眼挂钟，已经快九点了。

“要迟到了。”她想。但有什么关系呢，今天，就算不迟到，她应该也会是最受瞩目的那一个吧。

就算只有三天。即使只有三天。很多年前，不是有个叫海伦凯勒的女作家写过《假如给我三天光明》么？父亲曾告诉她说，在他读初中的那个年代，它是中学语文课本里的名篇。但苏可也只是这么听说，从来没想过去阅读。现在的人们已经很少读书了，特别是出版年限超过50年以上的那些书籍。认为前人的智慧和思维已太不值得一提，他们根本不了解现在的人是多么厌倦思索，就像父亲提到这些迂腐而陈旧的情感体验时，根本不了解当时的苏可有多么厌倦他的郑重其事。但那也是她能记起的，与父亲间为数不多的一次交流。

而现在，她竟然怀念起了那个书名带来的模糊指引。她甚至有些怀念，跟她讲述这些琐事时，一本正经而又忧心忡忡的父亲。

苏可到实验室后，不出所料，所有人都被惊得半天缓不过神来。本来苏可是欣然接受这种讶异的，直到角落里传出了一声“薇妮”。

不是周安安，也不是秦雯，是另一个平日里不太说话的男同事李燃。他和其他几个同事聚在一起，瞪大眼睛望着揭下面纱后的苏可，除了惊讶，更多的是不可置信。

他们说，你难道不是薇妮么？他们说，你怎么跟薇妮长得一模一样？

连一直沉默的秦雯，惊诧的眼神里，也全是相同的疑问。

苏可的情绪霎时间糟糕透了。她走到周安安的桌子前，一把拿起椭圆形状的化妆镜——这个她平日里最厌倦的东西，瞪着眼仔细望着那里面的自己。没错，这是她的脸，被烧毁之前的脸，陪伴了她20多年的脸。她确信，它属于苏可。

苏可走到秦雯面前：“你们怎么了？”

“没事，”秦雯努力显得镇静，“只是你长得……实在是太像了。”

“像谁？”苏可皱紧了眉头，“薇妮？”

秦雯点点头，又摇摇头，“但她已经死了。对不起。我知道你不可能是她。”

薇妮，竟然是薇妮。这个名字，苏可记在心上良久，简直再熟悉不过。最开始的时候顾小鹤问她，然后第一次见密先生，密先生也问过她，现在又轮到秦雯和李燃他们了。跟一个死去的人如此密不可分，苏可也是觉得糟心透了。

但她还是好奇薇妮跟自己是怎样一个相像法。之前她跟顾小鹤就“坦诚”一事针锋相对时，她就上网查过薇妮，但却一无所获。后来她偷偷向秦雯打探，秦雯说他们这种特殊机构的人就是这样，没完成任务前突然离世，为了机密不外泄，所有的个人信息会被全部注销，仿佛根本不曾存在过。

也是，这种手段苏可应该很清楚。她当初被研究所开除后，不也是这样被对待的么？也仿佛从来没有在世界上存在过。

“秦雯姐，可以让我看下薇妮学姐的照片么？到底是有多像啊？”一直在一旁观望的周安安突然跳出来，她笑得有些小心，像个为了得到糖果而腆着脸的孩子。她猜，苏可现在一定也很想看到。

苏可默契地朝她看了一眼。她第一次觉得这个话多的女生也没那么讨厌。但这样似乎很不礼貌，显出对逝者的不尊重。

“该干活了。”对面一直沉默的Lisa陈突然开口。所有人的目光又转向她那里，而她只是低着头，早早地把眼神从苏可身上撤下，回到一贯的冷静之中。

苏可也回到位置坐下。她慢吞吞地打开电脑，收件箱里显示有封新邮件。她点开，竟然是秦雯的，送达时间显示的是10点11分。

就在刚刚。

秦雯在邮件里说，下班后要和苏可商量点实验的事儿，请她在停车场等她。

苏可思忖了一下，回复对方一个“好”。秦雯没有当面跟她说这个事，而是用邮件，一定有她的理由。而她要跟苏可说的，也一定不是实验的事儿。

邮件刚发送出去，工作台上的电子屏就跳出了密先生传唤的界面。苏可关掉电脑，跟大家打了声招呼就出去了。

这破天荒的友好举动，让屋里的人在这个不平淡的早晨，再次受到了惊吓。

天气好像在一天天地热起来，苏可觉得自己跟之前比已经穿得太过轻薄，一路走到停车场时，还是捂出了一身黏腻的汗。

秦雯站在原地看着苏可走过来，她把车门打开，示意苏可上车，苏可没多想就坐进去了。

不知道为什么，苏可觉得自己跟秦雯之间的关系一直都很微妙。她总是对苏可表现出理解和照顾的样子，总能冷静地维护苏可，必要时给出善意的指导和提醒。但又不会有任何情感上的亲昵。就像现在，她们同坐在一辆车上，秦雯却都没有微笑一下，跟她聊一聊生活里的无聊谈资。

“我们去哪？”还是苏可先打破的沉默。

“去我家。”秦雯说。她的眼睛直直地盯着前方，不曾有丝毫的分心。坐她的车真安全，苏可想。

秦雯的家在城西，跟苏可家正好是两个相反方向，离 S.U.N. 实验站有着不近的距离。苏可没有问她为什么不住得近一点，因为走进去后会发现，房间里根本没有生活的痕迹。

“你不住这里？”苏可问秦雯。

“嗯，”秦雯点点头，“我跟我男朋友住。这边一直闲着。”

她带着苏可朝卧室走，从床底下翻出一个小匣子，打开里面是一些看不懂意义的杂物。秦雯从最下面抽出了一个相框递给苏可，“你看看。”她说。

苏可看了眼相框里的照片，不由得深吸了口气，“这是薇妮？”她轻声地问。

秦雯应了一声。

“怎么可能？”苏可不可置信地睁大眼睛，“这怎么可能？”

“很像是不是？”秦雯看着苏可，语气还是淡淡的。

“嗯，”震惊之余，苏可只能无奈地笑笑，“确实，挺像的。”

“她死了，是车祸，据说现场很惨烈，我连尸体都没见到，就被烧成灰了。”秦雯直直地盯着照片。“对不起，”怕苏可介意，她又赶紧道歉，“我只是想给你看看，让你也能理解下，我跟李燃他们为什么都那么惊讶。她从这个世界消失了那么久，一点踪迹也没有，网上所有的资料都删得干干净净，我只能带你到这里来看。”

“我知道，”苏可说，“之前我向你问过她，记得么？不过那时候你可没给我看她的照片。”

“如果不是因为今天你……我也不会带你来这里的。”秦雯倒也坦荡，“我不希望她死后还受无端的人干扰。”

“干这一行是很残酷。”苏可联想到自己，表情竟也变得十分黯然。

“嗯，所以希望你以后也不要憎恨她。”秦雯突然认真地看着苏可。

“憎恨？为什么要憎恨她？”苏可一时有些反应不过来。

“因为你们太像了，”秦雯说，“慢慢地你就会发现，越来越多的人会比较你们，会在你面前提起她……你不知道吧？她跟你一样聪明，也曾是学术界的传奇呢。”

苏可被秦雯这样的直接搞得有点窘迫。不过她说得对，最可怕的事，是活在一个人的影子里，那样，你会永远看不见自己在阳光下行走的样子。

“谢谢你的提醒，我会调整自己的心态的。”苏可说，“不过你能告诉我，薇妮出事时的具体情况么？”苏可想了想，还是决定直接问出来。她其实早就想知道了。不知为何，顾小鹤第一次提起薇妮时，苏可就在心里埋下了一颗未知的种子。只是之前，她怀疑顾小鹤是否是在利用自己，而原因就跟薇妮有关。而现在她露出了自己的脸，周围把她和薇妮联系在一起的舆论像大山般压过来，让她本身忍不住好奇。而且就像秦雯说的，大家已经把她俩逼到了两相比较的风口浪尖。

“我说过了啊，车祸。”秦雯说，“一个意外。我当时也没在现场。”

“就这样？”苏可的语气明显表达了怀疑。

“你很聪明的，苏可。”秦雯说。“但我不确定你值不值得信任，所以我只把我知道的事实告诉你。”

“你之前跟我说，薇妮生前有个未完成的实验。你知道是什么吗？再生实验吗？”

“不是，”秦雯肯定地摇摇头，“‘再生实验’这个项目你不也知道还参与了么？并不是机密。不过可能跟植物有关吧。她一直很喜欢大自然，喜欢植物。要是她知道现在飞絮漫天给大家造成那么多困扰，一定会很难过的。她最喜欢看飞絮漫天了。”

是挺讽刺的，苏可心想。秦雯大概不知道她也很爱飞絮吧。

“所以她还是幸运的，对吧？至少眼不见心不烦。”苏可站起来跟秦雯告辞。“对了，”走到门口的时候，她突然又把身子转回来，“你认识顾小鹤么？他跟薇妮，是什么关系？”

猛地听到顾小鹤的名字，秦雯还是懵了一下。

“你们认识？”

“嗯，之前在医院里。”苏可笑笑，“你还没回答我呢。”

“没去世前，她是他的未婚妻。”

“看来我不仅学术上是她的替身，生活中也是啊。到底生活对谁更残忍些呢？”苏可黯然地笑笑。不过秦雯肯定不会知道她说这话的本意。

“我走了。”她冲秦雯摆摆手。

“我送你吧。”秦雯说。

“不用。”苏可笑着把门带上了。

本来生活应该就此平静下去，我早已接受你离开的事实。可她刚来的时候，虽然隔着层层面纱，我还是觉得似曾相识。你们的思维方式那么相像，我明知道不可能，也想多善待她一点，就好像善待这世界上的另一个你。现在，我看见了她的脸，与你几乎一模一样的脸，我又开始害怕你真的会被她取代掉，被彻底地遗忘。毕竟，除了顾小鹤和我，你已经被他人遗忘了。现在呢？他恐怕也要离我们而去了。

秦雯倚在阳台上，目送苏可的背影渐行渐远。她在小区门口停了一会儿，然后上了一辆黑色的车。

秦雯认得，那是顾小鹤的。

（二）

“你还真知道这里啊？”苏可的语气很微妙，“看来秦雯跟我说的不是假话。”

真有意思，她想。这意义特别的第一天，就有这么多人迫不及待地参与到自己的生活里。

顾小鹤当然察觉到了苏可的异样，他转过脸去看了她一眼，问道："什么意思？她跟你说什么了？"

"该说的都说了，"苏可故意咳了一声，"主要是你跟薇妮。"

一个急刹车，苏可差点撞上了车前方的挡风玻璃。

"你干吗？疯了？"苏可生气了，直接打开车门要出去。

"别走。"顾小鹤一把拉住她的手臂。

苏可被对方突如其来的举动愣住了，"放手！"她说，"你不知道这衣服下的手臂上全是丑陋的疤么？"

"我不在乎。"顾小鹤死死地拽着，根本没有放手的意思。"你身上有多少道疤我又不是今天才知道，你一早就把一切告诉我了不是吗？那就是你说的，对我的坦诚。"

"可是你根本没看过……"

"我要说的不是这个，"顾小鹤苦笑道，"不是嫌我不坦诚么？所以跟着她跑到这样的鬼地方来，打听我的过去。可是你坦诚过么？你跟密先生，你跟唐古。你有真的对我坦诚过么？"

苏可没有说话。她的身上还像之前那般裹得严严实实，是刚刚从秦雯家出来后换的。早上她发短信给顾小鹤的时候，就把这身旧行头顺手塞进了包里。她根本没打算让顾小鹤知道她容貌复原的事情。本来刚刚还占着上风的自己，被顾小鹤"坦诚"二字那么一逼，竟然忍不住羞愧起来。

"你是不是有些搞错了，"苏可平静下来，缓缓答道，"刚刚那些问题，不是我们这种合作关系该考虑的，是不是有点过了。"

"那你干吗要去调查我？"顾小鹤的语气也缓下来。

“因为，我不想被你利用，为了那个女孩。”苏可重新坐回到车里，“现在可以放下了吧。”她对顾小鹤说。

“对不起！”顾小鹤说着松开手，“不过我真没想到秦雯会带你来这儿。”

“是我不该跟你说，还让你来接我。”苏可说，“本来是想着正好晚上聊一聊的。干吗要你来接我呢？可是一想到这边这么偏僻，能让我觉得放心的，只有你了。”

顾小鹤的眼神又变得柔和起来，“那先回去吧，”他说，“希望刚才的急刹车，没有损害我在你心中最安心驾驶员的形象。”

“已经损害啦。”苏可偷偷笑道。

“你很容易掉头发吧？”快到苏可家的时候，顾小鹤突然冒出了那么一句。

苏可条件反射地用手捂着头，用指甲拨弄着蓬勃的短发。她曾经是长发的，但它们都随着那场大火消失了，相同的是它们都很容易掉落，就像飞絮轻飘飘地就可以离开母体一样。苏可曾经提溜着一大屡长发问唐古，她是不是要秃了，他笑着把她抱起来，说，那你也是世界上最美的秃子。

情话多可怕。苏可禁不住打了个冷战。

“是。怎么了？”她转过脸去望着顾小鹤。

“你知道今天有人给你做了 DNA 身份鉴定了么？用的就是你的头发。”

“谁？为什么要鉴定？”苏可觉察到了一丝紧张的气息。

“鉴定你是不是，薇妮。”顾小鹤把车停在路边，正好邻着护城河，可以看见夜晚的月亮。下弦月，发着微光。

“什么薇妮？”苏可有些心虚，“我跟薇妮有什么关系。”

“是啊，谁知道呢。”顾小鹤似笑非笑。“我也觉得奇怪。”

“你看到我昨晚发给你的短信了么？”他又问。

“嗯，早上刚看到。昨天手机坏了。”

“唉，就是觉得有事情发生。你呢？做鉴定这事不觉得很奇怪吗？”

“是，挺奇怪的。”苏可说，“看来明天要去问问了。”

顾小鹤听出了她语气里还有犹豫的隐情。

“苏可，你没有什么事要对我说么？”

“有啊！”苏可笑笑，“不过我今天有点累了，想回去休息了。你刚刚这个消息，让我一时来不及消化。”

“嗯。休息吧。”顾小鹤点点头，跟苏可一起下了车。

“你不用送我的，我自己上去就行。”苏可说，“我们这个小区有灯。”

“要送的，不然你一个人搬不上去。”顾小鹤说着往车的后备箱走去。“过来看看吧，”他朝苏可招手，“我送你的礼物。”

苏可将信将疑地走过去，“干吗突然送我礼物？”她疑惑地问。

顾小鹤笑笑，利落地打开了车的后备箱——一个平躺着的实木雕花置地穿衣镜。

“那么美的身体回来了，不打算仔细欣赏下么？”

顾小鹤说着，轻轻扯掉了苏可的面纱。

第六章　三天后的约定

（一）

现在，苏可想的问题是：复原是暂时的，还是永恒的呢？

密先生并没有跟她仔细交代这个细节，苏可也没有问。虽然从准备注入试剂前她就在心里疑惑，但是对未知的不确定，阻止了她发声。密先生手上握的筹码足以驱使她做任何事，她无力与他谈条件，只能把万分之一的可能抓住。

墙上的挂钟在走，苏可听着时钟滴滴答答的声音，心中自然地摆放进一个用来倒计时的沙漏。

她把身上的衣服脱掉，像只轻盈的小鹿般钻进了浴室。她轻轻地关上门，在硕大的全身镜前肆意地观望着自己的身体。穿衣镜是顾小鹤送的，即使她十二万分不情愿。但最后她还是拒绝了他要帮忙搬进来的好意，自己吭哧吭哧把它挪上了楼。

她确实需要它，就像此刻。

是的，顾小鹤说得对，她还没来得及好好看一看自己重生的身体呢。如果不是彼此之间有着太多的难填的沟壑，他的体贴行为看上去简直完美——即使什么都没说，他也总能提前把一切为她考虑妥当，哪怕是这样的小事。

多么像完美恋情啊！苏可自嘲。可是顾小鹤送来的镜子，根本不是献殷勤的礼物，而是一记打脸的耳光，狠狠地扇在苏可脸上，不动声色，却耀武扬威。

她还记得自己被揭下面纱后的狼狈，被揭穿的感觉像被扒去衣衫后的被迫裸奔。

“所以昨天玩消失，就是因为这个？”对方也在愣了许久之后，才开始不满地质问。

但是苏可立即敏锐地捕捉到顾小鹤语气中的飘忽。他原先准备好的态度不是这样，他原先一定做足了让她难堪的准备，却在看见她的脸之后，态度突然起了转变。虽然他在努力掩饰，但苏可察觉得到。

奇怪，他们就是这样地彼此了解。

“像薇妮么？”苏可突然有了底气。她扬起脸盯着对方，语气绵软却直接。

顾小鹤被问住了，原先必胜的气势被打压了大半。

“是……挺像的……”顾小鹤说。他觉得没什么必要跟苏可兜圈子，她问出来的每一句，都布好了前兵后阵。

“原来让我做好思想准备，是这个意思。”说完，顾小鹤又补充了一句。他笑得有些勉强，勉强里掩饰不住苦涩。

“是谁呢？”苏可也假装懊恼地歪着脑袋，“那个通风报信的人么？看来她也没告诉你全部啊，害得你没准备充分。”

“你以为是谁？”

“我以为是谁不重要。”苏可摇摇头，“是啊，我怎么忘记了呢，你顾小鹤也曾是 S.U.N. 的人呐，发生了这么大的事，又跟薇妮有关，他们怎么能不让你这个曾经的未婚夫知道呢？”

顾小鹤没有说话。

“所以啊，反正话已经说开了。”苏可把手一摊，“告诉我，做鉴定那个，到底是怎么回事？”

“你不是很聪明么？”顾小鹤说，“难道猜不到？”

“猜不到！”苏可赌气似的把脸转到一边。

顾小鹤倚着车门，索性也抱起手臂不吭声。

“为什么呢？”过了很久，苏可终于开口了。只是听起来疲惫而感伤。“难道他是在怀疑，我是某个谁吗？”

“不是怀疑，是害怕。”顾小鹤转过来望着苏可，毕竟她的脸让他都觉得恍惚。

“结果呢？”苏可冷笑，“结果是他可以高枕无忧，放心自己只是想多了吧。不过，Lisa 陈最后告诉你说，我不是薇妮的时候，你有没有失望？”

“你竟然会猜到她？我还以为你会猜秦雯……”顾小鹤避开了苏可最后那个问题。

“一开始我的确以为是秦雯告诉你的，毕竟她今天也很反常。可是你连密先生对我 DNA 鉴定这事都知道……只能是他身边的人。除了 Lisa 陈还有谁。”苏可笑道。“何况你们几个人，可都是同门师兄妹，当年威震学术界的三驾小马车。”

“你什么时候开始，这么了解我的过去了？”顾小鹤略微惊讶。

“我也会反击的，”苏可轻轻地哼了一声，“总不能一直人为刀俎我为鱼肉吧。”

对方的神情让顾小鹤又从一种迷乱的状态中清醒过来。跟薇妮完全不同，他对自己说。

“确实聪明。”他说，“不过也没有你说的那么严重吧？难道在你心中，我就那么差，嗯？”说到这里，顾小鹤想不到什么合适的话来形容，只能无奈地摊开手。

“谁知道呢，哪方明哪方暗？”苏可微微地眯起眼睛，“不过有一点，我现在就可以很清楚地告诉你：这是我的脸，从我出生，从我被那个不知道去哪了的母亲和从未履行过抚养义务的父亲生下来，被叫作苏可起，就有了这么一张脸。是苏可，不是薇妮。”

突然又听到薇妮的名字，顾小鹤忍不住心头一颤。

“不知道去哪了的母亲，从未履行抚养义务的父亲。”顾小鹤重复着苏可的话，“所以你获得了想要的以后，又恢复会咬人的状态了？”

“是啊，”苏可答得坦然，“一点儿也不像你的薇妮吧。”

“嗯，不像。”顾小鹤笑得黯然。

她看见顾小鹤点了点头，随即把脸转向窗外。自己并不是薇妮，他也许会觉得这个结果有些残酷。

“其实我很好奇，你和密先生之间，到底有什么过节呢？”苏可把话题一转，“从一开始我找到你并请你带我去找密先生时，你对他的描述里，就处处充满了怀疑和防备。那为什么还要让我去呢？你那时候就提到薇妮……还有今天，秦雯跟我说起薇妮的时候，也是一副欲说还休的样子。我很好奇，薇妮到底怎么了？”

顾小鹤眉头紧锁，好像还不知道如何去回答苏可一连串的发问。苏可笑了笑，即兴冒出一句：“难不成你们是情敌关系？有意思，一个导师和两个爱徒之间的三角关系。”

“他是薇妮的养父，”顾小鹤立马打断了苏可，“薇妮说，他们情同亲生父女。”

“而你并不这么认为。”苏可也觉得自己刚才的猜测太过冒失和恶毒，现下终于安静下来，回到正常的交流频道里。而且她怎么突然觉得，刚刚脱口而出的三角关系，细想下来，好像更适合这个局面里的自己。

“也许有天我可以跟你讲讲薇妮，但我现在还不知道该从何说起，”

顾小鹤说，“而且我也想知道，你跟唐古过去的事情。就当是两个失恋人的疗伤回忆吧。”

“过两天吧！”苏可对顾小鹤说，“给我点时间消化，我应该可以跟你讲讲自己。”

“那我也同时好了。”顾小鹤说。

“回忆不会更伤心么？像重走了一次当时的路。”苏可扬起下巴。

“总不能一辈子不面对，何况有同路人陪，总会好些。不过说了这么多题外话，扯了那么远，我最想知道的，是你拿什么跟密先生交换的？我们一开始的计划，好像不是这样吧？”

“嗯，”苏可默认，“今天瞒着你，也是因为还没想好怎么说。不如都等三天后吧，等我这两天把事情处理完了，就都告诉你。”

顾小鹤帮苏可把穿衣镜从后备箱里搬出来，自己回去重新启动了车子。苏可看着他驾着车越走越远，沿途驶过的荒郊楼房里灯光零星，在广袤的夜色里被包裹得像座荒无人烟的孤岛。一天就要过完了，她想。而沉重的穿衣镜，还在等待她搬往驻地。

现在她站在好不容易搬进来的穿衣镜前，一边想着晚上发生的事，一边用手一寸寸地来回摩挲着腰腹。那是她自己最喜欢的部分，像柔滑的蛇，可以悄无声息地缠绕在爱欲里。

但现在的她已经没有爱了，所有的剔透与光洁，都像碎裂的帛锦般，惨淡地映射出旧日的荣光。她不得不想起一年以前的自己，二十几岁的自己，还没有从那场大火中死里逃生的自己，还没有被烧得面目全非的自己。而此刻镜子里呈现的，仿佛一切都没有发生。

顾小鹤想，他也对苏可撒谎了。告诉他苏可摘掉面纱的，的确是Lisa陈。但是告诉他做DNA鉴定这事的，却不是她。

收到Lisa陈信息的时候，顾小鹤还是有些意外的。他平时跟她联系不多，只偶尔的会在年节时分，她会叫上他还有秦雯三个老同学一起聚个餐。但是那餐食总是凄惨冷淡的样子，因为薇妮离开的事实横亘在彼此之间，怎么跨都跨不过去。Lisa 陈的小心思，秦雯心知肚明，有时候她提醒顾小鹤，顾小鹤只是摇摇头，说他不会让 Lisa 陈误会的。大概也是从小骄傲的缘故，Lisa 陈也从未紧逼。

但是今天她却告诉顾小鹤说，有事发生了：一向全身武装的苏可，第一次把面纱取下来，以正常的状态示人。

然后她又问：你把她介绍给密先生的时候，难道不知道她为什么戴着面纱么？密先生也不会不知道吧？

这跟你有什么关系？顾小鹤这么回复她。

但是一定跟再生实验有关系。你晚上如果能见到苏可的话，就会明白了。Lisa 陈说得含糊又确定。

其实今天上午密先生让自己把苏可叫过来时，Lisa 陈的心里就起了疑心，虽然在别人看来这举动再正常不过。但今天注定是不普通的，因为这个本就来路不明的苏可揭掉了面纱，面纱后的脸，化成灰 Lisa 陈都认得——那是薇妮啊。密先生第一次把苏可这个野路子带来 S.U.N. 时，Lisa 陈就调查过苏可。当时不是因为预知到她会跟薇妮有关，毕竟薇妮早死了，而是想了解密先生为什么要把她带回来。她想知道苏可到底有什么天大的本事，会不会对自己在 S.U.N. 的地位产生威胁——毕竟在顾小鹤出走、薇妮死掉后，密先生的三大得意门徒中，只剩她这唯一一个，再努努力，总有一天 S.U.N. 的未来是属于她的。何况相比于那两个走掉的人，她又是那么忠诚。至于同样是亲徒弟出身的秦雯，密先生可从来没有把她放在心上。而事实上，薇妮去世后的这两年，密先生的确非常倚重 Lisa 陈，许多机密项目也是由她对接，包括与 R 集团的日常往来。如果不是苏可，Lisa 陈现在还会依然春风得意，而顾小鹤，也迟早会来到她的身边——毕竟她是未来唯一可能洗脱他父亲冤屈的人。

可一切都在苏可到来后变了。她太聪明，太天才，让 Lisa 陈根本无力对抗。在苏可面前，Lisa 陈几乎沦为端茶送水的老妈子。而顾小鹤从把她介绍给密先生，到之后一直跟她保持紧密的联系，Lisa 陈更是全都知道。她只是没有把这些报告给密先生。现在苏可摘下面纱，竟然长着一张跟薇妮一模一样的脸，这不仅让 Lisa 陈震惊，也吓着了密先生。

密先生已经把苏可的头发当作取证，去做 DNA 鉴定，与薇妮的身份秘密比对。看来，密先生虽然清楚苏可来 S.U.N. 的动机，却不曾知道苏可真实的长相。一切跟 Lisa 陈自己的猜测一致——苏可并不是某种宗教的教徒，她把脸和身体遮起来，并没有其他更神秘的原因——她毁容了。而这恰好与再生实验对接得天衣无缝。

Lisa 陈没有把 DNA 鉴定的事告诉顾小鹤，但她不知道的是，还有另一个知情人。

看似消极避世的秦雯，一双眼睛其实一直在盯着密先生——特别是苏可来到 S.U.N. 之后。但秦雯查不到苏可，就像世人查不到薇妮一样。苏可的过去，是一张白纸，连身份信息都没有，还终日裹着头巾面纱。但是顾小鹤又跟她走得亲近，这很奇怪。直到今天，她看见了苏可的脸。

虽然她努力镇定，那一刻，她还是以为薇妮回来了。她甚至觉得，碰巧也没身份的苏可就是薇妮，薇妮没有死，她只是因为某种原因忘记了自己是谁，或者说，她在伪装。

但后者的可能性随后就被否定了，苏可不可能是在伪装，否则，她不会露出薇妮的脸引发怀疑。那最大的可能就是前者了，而密先生更不可能对目前的状况视而不见。

果然，密先生刚一听见风声就把苏可叫过去了，他必须亲眼见一见。于是，下午的时候，趁着密先生和 Lisa 陈都不在，秦雯溜进他的办公室找到了想要的东西。密先生果然在秘密核对苏可的身份，不需要提取其他的，一根头发就足够了。

而 DNA 身份核对显示，苏可不是薇妮。她们完完全全，是两个人。

幻灭感又临幸了秦雯一次。好在，她已经有免疫了。

同顾小鹤一样。

（二）

“明天就是阳平大火三周年祭了。”从苏可那里回到家后，顾小鹤收到了秦雯的信息。

“我知道。”他简短地回复道。

到阳平的时候，天已经快黑了。秦雯把车停在路边，隔着车窗远远地望着那片已被围起来的废墟。无数的鲜花堆积在封锁起来的铁围墙边，有人在烧纸，微弱的火光映亮悲伤的面容，所有的往事就此缄默。

三年前那场世人震惊的大火，把阳平区几乎烧尽了大半。存储易燃化学物的仓库起火，数次爆炸殃及了方圆数十里的工厂和房屋。那时候薇妮就住在不远处某小区，还好只有震感和间断掉落的碎玻璃，和小部分人员的受伤报告。事后薇妮说，那场大火烧得太蹊跷了，不应该就那么平白无故地爆炸了。

“都已经定性了，就是物流公司没储存好。”秦雯说。

薇妮最后搬离了那个小区，搬家那天，秦雯和顾小鹤一起去帮她打包，房间彻底空掉的时候，薇妮站在裂成蜘蛛网状的落地窗前，轻轻地叹了口气。

“我刚搬进来的时候也是春天，站在这里朝外面望过去，漫天都是飘扬的飞絮。特别美，真的。”

她就是喜欢那些虚无且无谓的东西，却不让人讨厌，秦雯想。也不知道她若还活着，看到现在柳絮肆虐给民众的生活带来了那么多不好的影响，心里又会是什么滋味。

秦雯望了一眼亮起的街灯，把车子重新启动。也好，也好薇妮现在不在了，不再是密先生最得意的学生，不用承担苏可那样的角色，去绞尽脑汁地想怎样解决飞絮漫天带来的诸多问题。她原是那么在意一切微小情感的可人儿。

秦雯把车子掉了个头。就在准备踩上油门扬长而去时，她看见了顾小鹤。

顾小鹤站在北方春夜的干燥大风中，面朝着封锁的铁大门，头发被吹成一副脆弱的模样。秦雯的嗓子像是突然着了火，哑了，发不出声音。她打开车门，沉默地走到了顾小鹤面前。

“好久不见。”秦雯说。这真是老套的开场白，但越老套的又总是越真实。

“嗯。”顾小鹤没有看她，虽然他听出了对方语气里的惊讶。

“是因为我昨天的短信么？其实我也没有一定让你来的意思。”

“你多想了，习惯而已。”

“你该不会也每年都来吧？”秦雯倒是有些意外，“可我好像并没有看见你。”

“一共也就两年吧。”顾小鹤用手抵了抵冰冷的钢铁，“其实也挺不知不觉的。”

他淡漠而平静的语气，一下就把秦雯激怒了。

“你是来告诉她，生活也不过如此地继续么？”

“我怎么告诉她？”顾小鹤苦笑了一下，“我们两个人也挺可笑的，她又不是这场事故的遇难者，干吗要到这里假惺惺地祭奠。”

“你可以不来！”秦雯一把推开他。但是顾小鹤的话还是戳到了她的痛处，不知道怎么，她突然就很想哭。

“她不是遇难者，可她是因为调查这次事故才死的。”秦雯努力控制住自己的情绪，“而我们呢？连她葬在哪里都不知道。”

“其实我是来道别的。”顾小鹤没有接着秦雯的话说下去，他像是突然跳到了另一个平行时空里。“也许我准备好迎接新生活了。”

“是苏可么？”

“嗯。”

“很好，”秦雯说，“那天你来接她，我站在窗前都看到了。恭喜你，终于找到了替代品。”

“何必要伪装得这么恶毒呢？你明明对苏可还是很好的。”顾小鹤叹了口气，“而且我也不是在看见她的脸以后才喜欢她的。”

“你跟她之间到底是怎么认识的？”秦雯终于问出了心中一直以来的疑惑，“你是故意把她送去密先生身边的么？”

“算是吧，只是现在，一切好像在逐步偏离我的预估。也对，可能真的还是那位密先生更高一筹。”顾小鹤自嘲道。

“不然他能让薇妮的死过了这么久都无解么？”秦雯的眼神也忽地黯淡下来。

“你相信吗？有时候，我甚至希望薇妮是死在这场大火里的。”顾小鹤踮着脚，似乎是想看一看铁墙里锁住了什么，“这样，至少她还会跟着灾难一起，被更多的人铭记，而不是像现在，一个凭空消失的孤独木偶，悄无声息地离开，却没有人知道她曾做了什么。”

他告诉秦雯，薇妮说她当初跑下楼，整个人轻飘飘的，像是被一层飞絮托着。“你们都觉得她是太紧张出现幻觉，只有我信她。”

大风突然变得又冷又浩荡，秦雯整个人禁不住哆嗦。

“你相信一切会水落石出么？”她问。

“先回去吧。”顾小鹤说。

（三）

“你最近每天都加班到这么晚？涨工资么？”

苏可从 S.U.N. 里走出来，抬起头便看见顾小鹤端着两杯咖啡站在台阶下面，一副等了很久的样子。她低头看了下表，已经快要到十点半了。

“难道你这两天都在这里站岗么？”苏可笑笑，伸手去接他递过来的咖啡。

“反正我也没别的事，不如多关心关心我的病人。”顾小鹤耸耸肩，“真的没有涨工资么？S.U.N. 还跟以前一样黑啊。”

苏可翻了翻白眼，“你今天怎么来了？还等到这么晚。”

“因为我牢记我们的约定啊，”顾小鹤仔细盯着苏可的脸，把她细微的神情变化全看在眼里，“难道你忘了？”

咖啡在嗓子眼打了几个转才咽下去，苏可把眉眼低下来。“是哦，”她含糊地应道，“这两天太忙了，脑袋有点懵。”

顾小鹤没有理会苏可故意作出的自然，他把自己喝光的咖啡纸杯握在手里，倚在车门前的身体突然转了过去。“你看今晚的月亮，好亮啊。”他说，“实验做累了，就看看夜空吧。”

苏可听话地抬起了头。是很亮啊，她想，很适合思念。

本来就很寂静的深夜里，徒剩两人的沉默。苏可看了一会儿，又把头低下来。她站在原地，上下打量着顾小鹤的背影，心里怎么就觉得有些酸楚。

他是在思念着谁么？她想。在这月色清朗、暖风拂面的春夜里，最适合回忆往事。他们都是失去了爱人而独自苟活的人，不同的是，顾小鹤的梦已经走远后不再回头，还留下一大片旖旎以供缅怀，而自己的梦却是碎落一地后重新组合成的恶灵，夜夜噬心，在恨意与自责之间来回切换，叫人彷徨。

“你也喝这么甜的咖啡么？”苏可对着顾小鹤的背影问道。

“还习惯么？”他转过身来，看着苏可把将空的纸杯托在手上，“糖和奶我都加了两份。”

“挺好的，”苏可笑了笑，“我喜欢把咖啡喝成咖啡奶茶，你的习惯对我正好。不过你这样根据自己习惯加东西，很多人会不喜欢的。”

“这不是我自己的习惯，”顾小鹤说，“我都喝冰美式的。”

“哦，”苏可有点尴尬，“也对，不是谁都像我这么土。”

“没有，”顾小鹤笑着打圆场，“就是上次一起喝咖啡，恰好记住了。”

上一次？苏可好像有点忘记了。她总是很少关注生活里的细节和其他事。

苏可迷惘的表情让顾小鹤有些怅然。时间并不久远，就在前两天，她从秦雯家出来后上自己车的那次。在送苏可回家的路上，她突然说要去商场买个东西。她在商场里逛，他就在等候区喝咖啡消磨时间，顺便给她也买了一杯。“要双份的糖和奶。”当时她那么跟自己说。

也许她当时一心都扑在了如何掩饰自己已恢复容貌的事实上。顾小鹤想。她去副食区选购东西，自己就等在一旁啜着咖啡，像以前和薇妮在一起逛商场时一样。一模一样的场景，甚至连口味都一模一样，很容易让人产生错觉。而错觉终究是错觉，如果没有有效的证据呈现事实，就要立即清醒过来。

“我送你的那个镜子，好用吗？”顾小鹤想到这里，就闲话了一句。

苏可想到自己站在镜子前自我审视的姿态，觉得都是闺房之事，一下被问到，竟然觉得有些羞涩，不知不觉红了脸。

“镜子嘛，都一样，都照得清楚。”

“哦，”顾小鹤漫不经心地点点头，“你后来一个人搬上楼，顺利么？”

“有电梯，怎么不顺利。”苏可说。她想他是不是在暗示那一天自己没有邀请他帮忙搬。可是之前刚刚唇枪舌剑后，她不敢保证再跟他多相处一会，又会发生什么样的措手不及。至少，他一定会接着追问密先生是如何帮她恢复容貌的。那时她还没想好要怎样解释“人体实验”，也不知道对方是否接受她的解释，不如先干脆地拒绝，不留烦扰的机会。

“其实你对我很戒备，”顾小鹤干笑了两声，“那干吗又要同意此时的约定呢？”

苏可心嘭地往上一提，又簌簌地往下掉。对啊，她都已经忘了几日前的约定，原来顾小鹤绕了这么多弯，就是要提醒她这个。

这样一想，她就有些生气。

“对啊，”她冷笑道，“我为什么要答应呢？那现在反悔来得及么？”

“都行，”顾小鹤倒是淡定得出人意料，“反正你想问我的，是薇妮和密先生之间的事情，你当然随时都可以反悔。这只是说明你不想知道了而已。”

苏可愣了一下。这两天忙着人体实验的秘密计划，她把之前生活中的诸多疑点都暂时遗忘了。顾小鹤的话把她拉回了迷雾重重的现实，她想起秦雯跟她说的那些话，还有顾小鹤针对密先生的不满，以及自己跟薇妮间的种种。

“你觉得，”苏可转换成询问的口气，“密先生利用我，想方设法地得到了那些病患，到底是为什么呢？”

“你问我么？”顾小鹤望着苏可。

“他曾经也算是你的准岳父吧，”苏可回应他，“又是同一个学术圈，你应该很了解他。”

“可是我们之前不是讨论过了？”顾小鹤反问，“我让你想办法介入实验，结果你就恢复了。然后直到现在，还在遮遮掩掩。”

“对，我是已经知道了，”苏可坦言，“但是我想听一下你的猜测。对手的眼睛往往最尖锐，说不定能解开我至今迷惑的部分。”

“那你就随便听听吧！”顾小鹤皱紧眉头，“因为他根本不是为了什么造福人类，而是要淘汰人种。碰巧有你的恶作剧顺水推舟，他便抓住机会。现在，他的步子已经迈出去了，你想让他回头，是不可能的。”

顾小鹤的发言让苏可再一次陷入紧张。

“我并没有想让他回头，”她说，“而且他根本不会回头。”

“哦，这么快就同仇敌忾了。”顾小鹤说。但他丝毫没有进一步咄咄逼人的意思。

“不是的，”苏可没有对顾小鹤话语里的嘲讽感到生气，“我的意思是，我阻止不了他。没有能力去做的事情，当然不用想。”

“你不去试试，怎么知道阻止不了呢。何况他一定非常需要你。”

“需要我么？万一我又弄巧成拙，像飞絮这次的事故一样，被反利用了呢？你要知道，密先生正是利用了我的失察，才顺其自然地引入人体实验。对，就是人体实验，你猜的不错。”苏可终于敢诚实地面对自己心底的内疚。即使恢复了容貌这事让她开心得几乎上了天，内心的忐忑，却一直如影随形。她一想到 1717 房间里那些整齐而沉默的床位，心里就忍不住哆嗦。更何况，那些患者里，还有唐陌。

“没有你上次的事，他自己也会找出下一个。”顾小鹤反过来安慰苏可，“所以现在最重要的，还是我们联手，阻止他的阴谋。”

“阴谋？”苏可喃喃。没有更有力的证据支撑前，她还是抱有侥幸心理的。如果密先生说的都是真的，那人体实验确实没有什么不好，而且他今天上午还保证说那些被试者明天就会醒来。但是，也许是心虚，苏可并没有打算向顾小鹤公布人体试验的细节——比如那些处于昏迷中的被试者。

“人体实验有那么可怕么？”她试探性地问顾小鹤，“毕竟你也只是自己猜测。其实，按照密先生的说法，这只是一次不被伦理接受却在科学研究中有重大意义的试验。如果成功了，整个人类的未来都会被改变。”

“哦，所以你相信了，是吧？”

“从生物学的角度上来说，一切生命本质上都是趋利的，人更不例外。我是个俗人，当密先生给我选择的时候，我当然会选择对自己最有利的。”

“我知道，”顾小鹤叹了口气，“我没有经历过你的痛苦，这个时候站在道德的制高点上去指责你，就太无耻了。你当然可以有自己的选择了。”

“罪恶发生时，我们可以选择不去抵抗，但至少可以保持沉默而不是沦为帮凶。”苏可轻轻地说，“如果‘人体实验’真的有很严重的问题，会威胁到那些患者的生命，我当然会选择退出，即使之后会一辈子与丑陋和伤疤为伍。但是薇妮一直都相信密先生，也一直不太能认同你对他的评价。所以我那天才会问你，薇妮和密先生还有你之间，到底发生了什么事。当初我去医院找你，也正是因为了解到你曾参与过再生实验，也曾在 S.U.N. 任职，但是后来突然中途退出……你和秦雯都对薇妮的死有异议，肯定也和密先生有关……顾小鹤，我对你有太多太多的不了解，你让我怎么确定真相到底是什么呢？”

“所以我来找你，”顾小鹤把车门打开，“时间还很长，来得及授业解惑。”

“那好吧。”苏可说，“这一次，你会对我袒露多少呢？”

“全部，”顾小鹤说，“但是你相信么？”

“我相信啊！”苏可坐下来，“事已至此，还有什么秘密，需要大费周章地隐藏下去呢。”

“那你呢？”

“我也一样。”

（四）

顾小鹤永远也不会忘记 T121 年 4 月 18 号的那个黄昏，当手机铃声把他从睡梦中震醒，他望了眼房间空地上落进的血色暮光，内心忽然有种说不出的绝望。

“天已经快要黑了。”他想，“怎么睡了这么久呢？整整一个下午。”

“薇妮出事了。”电话那头，密先生的声音听起来很克制，而克制的背后，是不忍说出口的沉默。

“她怎么了？”顾小鹤感觉自己握着电话的手正在颤抖。

“车祸。肇事司机已经逃了。”密先生顿了顿，像是在控制情绪，“从昨天开始，我就一直在给你打电话，你为什么现在才接？你去哪了？”

昨天？顾小鹤返回手机的主界面，果然看见屏幕上显示“4 月 18 号，星期日”。

不可能。他明明记得今天是周六，早上薇妮还让他去办公室帮自己看一下实验，还遇见了密先生，跟他攀谈了两句。实验一切正常，他吃完午饭就回家小憩了一下，还约定晚上跟薇妮一起去南街吃东西。她信息里说自己今天会有个重大发现，到时再跟他说，怎么可能一醒来就到周日了。

他睡了快 30 个小时，还有那么多薇妮和密先生的未接来电都听不见！

“她现在在哪儿？”顾小鹤跳起来，连衣服都来不及换，穿着睡衣夺门而出。“你告诉我她现在在哪？一切是怎么回事？”他一边跑一边冲着电话里喊，“哪个医院？我活要见人，死要见尸。”

“已经火化了。”密先生说。

顾小鹤的手指，僵在了电梯里楼层 1 的按钮上。

和薇妮真正以男女朋友的身份公开在一起的时间，不过刚刚一年。但是顾小鹤知道，他们已经相爱很久了。

他第一次见到她，是在密先生的家里。那时候他还在读高中科技班，密先生是他们班的校外导师。一次周末，密先生组织他们班上成绩最好的几个同学去科技馆看展览，晚上的时候，顺带邀请他们去家里吃饭。薇妮系着小围裙，很开心地站在门口迎接他们，她说自己跟做饭阿姨一起为大家准备了甜点，是覆盆子冰淇淋。

当时是九月，初秋的天气，到了晚上就会有丝丝凉意。她穿着薄薄的米色开衫，扎着两个马尾辫，笑起来像暮春般温暖。

“这是我女儿，薇妮。”密先生这样介绍她。

薇妮比他们都小，却跟他们同级，在另一所同样有名的中学。密先生说她刚转学来这座城市，想多认识些朋友。

吃完饭，大家坐在一起闲聊。顾小鹤就坐在薇妮旁边，他轻轻扯了扯她的衣服，说：“我听说密先生不是没有结过婚么？而且，你长得也并不怎么像他呢。”

薇妮刚刚还笑容洋溢的脸上一闪而过一丝忧愁，“你观察得真仔细，”她说，“其他人都没说呢。”

“他们可能心里也这么想，然后想完就忘了。”顾小鹤说，“但科学家要有实证精神。”他摆出严肃而老成的样子，逗得薇妮又乐了起来。

他们逐渐变得亲密而熟悉，无话不谈。薇妮告诉顾小鹤，密先生并不是自己的亲生父亲，而是养父。她离开家来到密先生身边，是因为自己的父亲因公罹难了。密先生跟父亲是多年的老友，又是至交，受父亲所托，便把自己带到了这座城市——自己的身边。

“我们以前的家，是个小城，不像这里这么繁华，但很安逸。”薇妮说，“家门口有条河，院子里还有棵大杨柳，每年春天，柳絮纷飞的时节，父亲就会结束他一年的工作回到家里来看我。那是我每年最快乐的时候。”

“你妈妈呢？”顾小鹤问。

“不知道，”薇妮摇摇头，“我爸说她去了个很遥远的地方。后来我爸最后一次离家的时候，也说自己去了很遥远的地方。密叔叔说他死了，可我觉得，他只是去和我妈团聚。他们一定还在某个我不知道的角落里，等着我。”

薇妮的话让顾小鹤很难过。看上去那么鲜亮明媚的女孩，背后竟然有那么多酸楚。

其实那时候的顾小鹤根本谈不上什么观察或推理能力，他只是喜欢薇妮，却不太喜欢密先生，隐隐觉得这两人不会是一类。如果非要定义，也只能说是眼缘了。

父亲是科学家，养父也是，薇妮有得天独厚的天分，又有后天的平台，将来的成功几乎是轻而易举的。这让顾小鹤跟薇妮之间的关系，常常呈现出微妙的态势。他们一起参加比赛，一起申报课题，考同一所大学和研究所，在学术竞争中不相上下，在情义试探中彼此猜测。就那样过了一年又一年，直到那场震惊世人的仓库爆炸案，他和她终于在面对生死的时候，彼此坦诚，彼此和解。

也都来不及告诉薇妮，自己有多爱她，她就仓促地离开了。等到顾小鹤恢复理智，前去找密先生质问，但一切已经太迟了。

“我通知了你，”密先生说，“可是你不接电话，我根本找不到你。”

“我怎么会睡那么久的？”顾小鹤说，“那天我见完你，就直接回去了。”

“你还去吃了个饭，”密先生站起来，走过去拍拍顾小鹤肩膀，像每一个迟暮的长辈面对生猛的后辈那样，“我们不要再自相残杀了。薇妮打了你那么多电话，一定是有话跟你说，可惜你也没能听到，不然，也可以讲给我听听。”

“她都好久没有给我打过电话了。”说到这里，密先生深深地叹了口气。

“为什么那么着急要火化？”顾小鹤不想被对方似真似假的悲伤扰了神智。

“尸检做过了，程序也走完了，没有哪一步违规。”密先生转过身去，声音又恢复成往常理智的样子，“不需要解释‘为什么’。”

“那骨灰盒呢？”顾小鹤已经感觉到了自己的无力，“葬礼你打算什么时候举行？”

“骨灰我会带回她家乡，没有葬礼。”密先生望着顾小鹤，“你不会忘了薇妮的身份有多特殊吧？特别是在现在这种局势下。”

“那就意味着，薇妮从此在这个世界中消失了。”顾小鹤也直视着密先生。

密先生没说话，算是默认了。

“你们一起生活多少年了？”顾小鹤突然笑了，“我第一次和薇妮认识的时候，她刚被你收养吧。我们认识十年，你们也是十年。这时间也不短了，你真挺大义灭亲的。”

密先生的嘴巴动了动，最终还是什么也没说。顾小鹤转身离开了办公室，在那之后的两年时间里，他几乎销声匿迹，只在跟 Lisa 陈和秦雯的聚餐上偶尔露个面，却话少得可怜。时间把一切都封锁起来，他甘愿做一个凝固的标本。

因为他知道自己的使命。他只是在等待。

（五）

“你对薇妮的死因，到底抱有什么怀疑？”苏可问顾小鹤，“还有薇妮经历的那次爆炸……欸，等一下。”苏可突然停下来，像是想起了什么，“你跟我描述的那个爆炸案，怎么跟我当初出现幻觉时的场景，那么像？”

“是有点。”顾小鹤说。但他并没有打算往下深究，神情里都是回忆往事时，掩不住的悲伤和落寞。

“不只是有点吧。”苏可对顾小鹤的表现有些不解，这么重要的信息，他这么无所谓地就放过去了。或者说，既然他把一切都记得如此清楚，自己当初跟他描述那个幻觉的时候，他怎么没有提起。

“不对，他提起了。”苏可想。进电梯的时候，他问过自己，记不记得那个女孩电话里说了什么。

这到底是怎么回事？苏可一下子全乱了。那不是幻觉啊，那是发生在薇妮身上的，真真切切的事情，可是怎么会出现在自己的脑中？

“现在轮到你了。”顾小鹤说。

他的话打断了苏可一连串的思虑，让她忍不住有点恍神。

“啊，什么？”苏可使劲地摇晃着脑袋，“可是你好像并没有说完啊。”

“有来有往，方能善终。”顾小鹤说，“何况我说了这么久，嘴巴都干了，想歇一歇。”

“那好吧！”苏可说，“我就不那么矫情，直接说了。”

第七章 追忆似水年华

（一）

春天的时候，苏可决定结婚了。那天从星巴克出来，她就去买了一套胭脂粉的轻奢婚纱礼服。照镜子的时候，她想象着唐古站在身边的情景，不自觉就笑出声来。那套衣服很贵，刷卡的时候，她轻轻蹙了下眉头。

“他不喜欢婚纱，不喜欢戒指，不喜欢一切仪式性的东西。”苏可对古琦说。古琦曾是她的好朋友，为数不多的，甚至是唯一的好朋友。但现在，也快要不是了。唐古不喜欢古琦，她便和古琦越走越远了。古琦说苏可在唐古面前整个人都是魔怔的，说这话的时候俩人正坐在城市最中心的咖啡厅里，苏可对古琦说，我们以后得少见面了，唐古不喜欢。古琦把新买的唇彩涂在嘴上，狠狠啜了口咖啡后就踩着高跟鞋走了。四月的下午，阳光又冷又轻薄，苏可长久地盯着古琦留在杯盖上的橘色唇印，不自觉就坐到了天黑。推开门走出来的时候，她就决定，去买一件轻奢婚纱结婚。仿佛她必须要据此，在古琦和唐古间做出一个非此即彼的决定。

我还是更爱你的，唐古。苏可咬了咬嘴唇，提着硕大的衣袋融进微寒的夜色中。

唐古总是会第一时间看向苏可，就在她推开门，元气满满地喊一声“我回来了”时，尤其当他正坐在门边的小吧台上，百无聊赖地喝着一杯调得乱七八糟的鸡尾酒。

苏可踢掉鞋子，拎着礼服轻手轻脚地走到唐古身边。“阿古。”她弯下身，温柔地蹭着他的脸。

熟悉的古龙水。没有烟味。苏可深深地吸一口气，感受他厚重的冰凉的手撩上她的脖颈。

“怎么这么晚？”他把脸转过来，深邃的目光望向她，像是要看破她所有的秘密。

“唔，”苏可不安地点点头，“有事耽误了一下。”

“你去见古琦了，对么？”看样子，唐古并不打算放过苏可。

“就是一起喝了点东西。”苏可拉过一把椅子坐下。她像是突然累瘫了。

“跟你说了，少和她在一起。”唐古呷了口酒，脸上露出那种熟悉的、让苏可捉摸不透的表情。

为什么呢？苏可想问他。她一直都奇怪这两个她都爱的人，为什么刚一相见就那么憎恶彼此。但她谁也没问。有时候，苏可对这个世界上无法解释的事，都抱着听之任之的态度，直到躲不过了才会被迫做个决定。现在她把礼服拎到唐古面前，就是想告诉说，自己还是选择了他的。虽然她觉得这种选择迂腐而可笑。

“我们结婚吧。”苏可说。

唐古又呷了一口白兰地。这一次，他没有立马转过来看苏可。他先是把手里的书合上，然后把钢笔帽拧上，又关了台灯，最后才缓缓地站起来，很庄重地走到了苏可面前蹲下来。

“好啊！”他把她的手攥在掌心，笑得耐心而温柔，“可这话应该由我来说。你是不是等得着急了，宝贝？为什么今天突然这么说。”

“因为我买了礼服。”苏可站起来，开始脱掉自己身上的线衫和长裙。她光着脚站在地板上，春日的夜晚掩不住寒气，身上的皮肤像一条弓起的蛇，充斥着冰冷的警惕。

她要穿上那件轻奢的胭脂粉的婚纱礼服。刚把拉链拉开，就被一双大手拦腰揽进怀里。

唐古的身体覆过来，一股温暖潮湿的腥气。胡木桌沿硌得苏可生疼，她用手肘努力地撑着，感受撞击震动如山脉坍塌。说不出是漠然还是感激，她仰着脸望天花板，竟然冷笑起来。

你不知道，这下你终于不知道了。她心想。唐古，你匍匐下的这具身体，是多么年轻啊，是刚刚绽开的花朵，是刚刚打开的卷轴，是一张用力皱起来，渴望被你染色的白纸。

她说不清自己的身体是轻盈还是笨重，甚至有一刻还有些厌倦。她又感到一双眼正在盯着自己，从头发到脚趾，像是要把她撕裂。

“停。”她喊道。

唐古没有理会她。她又继续抗争了几次，最后还是放弃了。直到唐古瘫倒在她身上，把她压得几乎窒息，她才确定一切终于结束。

“有人在看。”苏可冷不防地说。

唐古穿好衣服，有些不满地看了苏可一眼，“你想说谁？”

苏可被这句话顶得很不舒服：“我就是觉得不自在。”

“为什么你跟小陌不能好好相处呢？”唐古捧起苏可的下巴，用一种温柔而残酷的声音，像某种警戒。

明明是她不跟我，苏可想争辩。但她不能那么说。在自己和小陌之间，唐古总是更偏袒女儿些。“她回来了么？”苏可理了理头发，“今天的舞蹈课感觉还好么？”

“不要这么勉强自己，”唐古把苏可紧紧拥在怀里，“不要这么早摆出一副母亲的姿态，在我面前，你也只是个孩子，年轻的、新鲜的、充满生命力的孩子。”

多么甜蜜又恼人的情话。苏可依偎着唐古，感受着他身上浓烈的荷尔蒙香气。但是他还是没有回答她，要不要结婚。

“我把礼服穿给你看。”苏可从唐古的臂膀里钻出来，像只轻盈的小鹿，快乐地跳进摆裙里。

“过来，帮我把拉链拉上。”她又转过头来，笑眯眯地招呼唐古。唐古听话地走上前，有力的手指迅速地把叉开的裙缝合二为一，像捏合一朵盛开的花儿。

“好看么？”苏可转过身，期待地看着唐古。

“不好看！”

两个人都惊诧地转过头，看见唐陌正背着书包站在门口，一脸冷漠的神情。她瞪大眼睛盯着苏可，像一只瞳孔发胀的金鱼，令苏可浑身不自在。

“小陌，不能这么没礼貌。”唐古训斥女儿。可是在苏可听来，这训斥是那么温柔，像是摸摸头，揉乱女儿头发后的低语。

“你太瘦了，胸也不够大，撑不起来。不好看。”唐陌不理会父亲，继续盯着苏可，挑衅一般。

“我挑的不是抹胸款。”苏可淡定地回答这个充满敌意的女孩，“这种款式，平胸穿起来才好看。平胸穿什么都好看。”

“真自恋。”唐陌白了苏可一眼，蹬蹬蹬跑上了楼。

“我去给她送杯牛奶，她肯定还没吃饭。”唐古握了握苏可的手，算是慰藉，“小孩子嘛，就别和她计较了。”

苏可叹了口气，还来不及说好还是不好，就看见唐古转身从桌子上拿了盒牛奶，端着就上楼了，剩下她半张着嘴站在原地，像个被抛弃的现场证人。

苏可知道，唐古是偏袒唐陌的，在这一点上，她不需要自欺欺人。有时候她真嫉妒唐陌，她想唐陌也是一样。

这样一来，也算是打平了。苏可嘴角浮起一丝微笑。

“嘭”的一声闷响，令苏可回过神来。察觉到声音是从楼上发出的后，她赶紧跑了上去。

唐陌正一脸痛苦地躺在地板上，刚刚的声响，应该就是她从床上跌下后发出。

“怎么了？”苏可快步走到一脸心疼的唐古旁边，想跟他一起拉起唐陌。

“别碰我！”唐陌愤怒地甩掉苏可的手，“你能不能把那幅画扔掉？”她指着苏可和唐古卧室里的那个巨幅油画，“我看见上面的飞絮就不行，就头晕，就浑身难受。爸爸，你看，我又摔倒了。”

“够了，”唐古严肃地回绝了唐陌的无理要求，“你没有权利规定别人如何处理自己的东西。”

说着，他把唐陌带出了房间。

“要把那幅画扔掉。”经过苏可身边时，唐陌再次重复了这句话。她似笑非笑的脸让苏可有些脊背发凉。

（二）

“你喜欢画画？”顾小鹤问苏可。

“以前喜欢。小时候还想过做漫画家。”苏可笑笑。

“那怎么转行到科学界了？不科学啊。”

“因为画得不够好啊！”苏可叹了口气，“一直没人支持我搞这个，我就偷偷地在课堂上画，搞得所有老师都很讨厌我。高三的时候我还贼心不死，去参加了艺考，结果也是败北。可能终究不是那块料吧，只能去搞科学研究了。”

“我的这部分，比你的长吧？所以平时要多喝水，才能一口气下来嘴巴不干。”苏可把脸转向窗外，手指漫不经心地拨动着头发。她不想让此刻的自己看上去，像刚刚从回忆中苏醒的顾小鹤——那样悲伤。

其实故事讲到这里，旁人也听不出悲伤，顶多是不解。不解这么明显的不合适，她却那么执念。

“但是没有到重点，”顾小鹤笑笑，“所有跟现在有关的问题，里面都没有答案呢。”

“讲故事，娓娓道来不是更动听么？”苏可也笑了，笑容却像后半夜的月亮，因为无人观望而显得凄凉。“你抛出的部分太烧脑了，稍微笨一点的人，就会觉得吃力，抓不住。”

“可能我更拙于情节的描述吧，”顾小鹤说，“一回到那时候，最想表达的，都是合理表面后的疑点重重。我害怕赘述那些情绪化的东西，我一直都在试图摆脱它们。”

“像摆脱薇妮那样吗？”

“不，”顾小鹤摇摇头，“我没有想过摆脱她。她是我生命里，最璀璨的光芒，像星辰一样恒久。美好的东西是不需要摆脱的，我一直努力练习的，是接受她离开的事实。”

苏可“哦”了一声，感觉相比之下自己又太拙了些，便把手从绕起來的头发丝中抽出去。

“我们找个地方吧。”苏可伸了伸脖子，“感觉这样下去要说一个晚上呢。”

“也对，”顾小鹤说，“你想去哪儿？”

“去你家吧。”苏可说。说完后，她觉得不妥，又补充了一句，“你不要想别的啊。纯粹是，为了省钱。而且酒吧一点多就打烊了。”

“原来 S.U.N. 这么穷啊。”顾小鹤摇摇头，“我觉得还是去你家吧，这样一会儿真要发生什么的话，你可以把我赶出来。”

“喂！”苏可瞪了顾小鹤一眼，“再这样不正经的话，不如趁现在就散了吧。”

“我说真的，”顾小鹤深吸了一口气，“而且我说的发生什么，应该不是你想的那个。”他说着，还得意地笑了一下。

“随便你说的是哪个，都不行。”苏可摇摇头。

“那好吧，那就散了吧。你明天还要上班，我也是。”

车子在苏可家楼下停住，顾小鹤下了车，绅士地帮苏可打开车门。

“你不是喜欢绅士么？像唐古那样的。”他说。

苏可笑了笑，下车离开。刚走远几步，顾小鹤突然喊住她，她转过身去，觉得他似乎还有话要讲。

苏可便直直地站在原地，等着他说出什么来。

“那剩下的故事，就下次说了。”像是临时改变了出口的语句，以至于有些不顺嘴，顾小鹤中间还打了个迟钝。

苏可“嗯”了一声，“就这些？”她问。

“嗯，就这些。”

“好吧。”苏可说。她看着他最终把车门带上，心里有些如释重负，又有些怅然若失。

而车里的那个人也是一样。

（三）

“怎么回事！”密先生把杯子狠狠地摔在地上，瞪着眼睛望着液晶屏上显示的新闻报道：

“有人权组织试图介入 S.U.N. 针对过敏患者的集中治疗，并要求 S.U.N. 的负责人密先生通过媒体，向公众公开患者的康复进程；其中更有诸如利用患者秘密进行新药物试验的阴谋论断……”

“国际自然保护协会昨日发表声明，称柳絮泛滥一事或为人祸，自然并未摆出与人类作对的面孔，希望 S.U.N. 等研究机构出面做相关澄清。”

……

“很多志愿者已经开始集会游行。他们认为我们这次的行为背后有利益集团勾结，他们还说……”

说到这里，Lisa 陈故意顿了顿。她朝密先生那边望了望，踌躇着不知该不该继续。

“说什么？”密先生更加怒火中烧。

“说我们是在骗取政府和纳税人的钱财；说我们，监守自盗。”Lisa 陈提着气说完。

“又来了，”密先生双手掐腰，恨恨地长叹一声，“上一次堵在 S.U.N. 门口逼着我拿出解决方案的是他们，现在解决方案他们投票通过了，我们正做得好好的，他们又来推翻。他们到底要我们怎么做？专业的事情交给专业的人，这么简单的道理他们都没学过么？”

“现在不是跟他们讨论这些的时候。”Lisa 陈倒是开始冷静地分析起现状来，“如果再不想办法给他们一个满意的交代，我们的实验，真的可能会被勒令终止。”

“终止？”密先生冷笑一声，“你以为 R 财团的那帮人是吃素的？这个项目停了，还会有新的替代者出现，只要我活着一天，‘人体实验’就会继续做下去。”

“可是您不可能罔顾公众的呼声。现在不想办法疏通，下次这么恰好的机会还不知有没有，什么时候有。时间成本您也该考虑在内啊！”

“这么恰好的机会……”密先生重复着这句话，突然转过身盯着Lisa陈，“看来我没告诉你的事，你也知道得差不多了啊！”

“我不过是想多为您分忧而已。”Lisa陈莞尔一笑，“当然，不该我知道的，我肯定不会知道。”

密先生也笑了。“很好，”他说，“你刚刚说的也确实有些道理。召集大家开会吧，这么大动静，他们心里也该犯嘀咕了。”

“好的，”Lisa陈说，“我先把地上的玻璃碴扫掉。”

“现在的舆论导向很不利于我们。”会议上，秦雯一边浏览着网络上的信息，一边给予密先生回馈。她和Lisa陈考虑的一样：这已经不是件小事了，再这样下去，政府一定会出面，而研究所将会遭遇空前的危机。这是她一直学习和工作的地方，是国内最顶尖的研究团队，她不愿意看见它在谣言中备受攻击，风雨飘摇。这种突然强烈起来的护短心理，本质上，其实还是身为科学研究人员对所从事行业的认同和热爱。

“密先生，您是不是需要出面解释一下？”秦雯边上的李燃也跟着开口了。每个进入S.U.N.的人都不容易，都代表着行业内最高的学术和研究水平。因此，S.U.N.的名誉，就是他们自己的名誉，谁都不想被无端指责。

“问题的关键在于怎样解释。”密先生理了理衣领，慢慢坐下去，语气还是非常镇定的样子，“我们的研究成果都是机密，如果什么都要跟民众公开，那就根本没法继续下去。何况他们也听不懂，根本不清楚其中的利害关系。他们只会以自己的有限认知作为基准，到时候也许会更麻烦。”

“但有些事也算不上机密。”一直沉默的苏可把脸抬起来，看了眼密先生，又迅速低下去，“他们只是想知道，那些过敏患者现在的情况如何。毕竟已经过去一周了，患者跟家属之间一点联系都没有，谁都会起疑心的。”

“你很赞同他们么，苏可？你是不是忘了，在患者被送来之前，我们是同家属签署过协议的，整个治疗过程全部保密，直到结束。”密先生淡淡应道，“也正是因为这个协议，很多患者最终没有选择我们S.U.N. 提供的免费治疗。换句话说，最终选择进了 S.U.N. 的患者及其家属，都是经过慎重考虑的。你现在说的这些话，不是在打我们自己的脸么？做任何事都要有规矩。难道你打算站在大家的对立面上么？”

所有人的眼睛齐刷刷地盯着苏可，像盯着一个马上就要暴露的叛徒。

“‘叛徒’这个词，用得有些严重了吧。”李燃有些听不下去，赶紧上来打圆场，“我觉得苏可说的还是有道理的，至少她道出了问题的关键：这么大阵势的人力物力还有财力投资，大家的目光肯定聚焦在这上面。甚至连我们 S.U.N. 内部的人，都不能保证每天与患者沟通见面，这难道不也有点奇怪么？”

“愚蠢之极！”坐在会议桌另一头的密先生猛拍桌子，与李燃四目相对，“你们是做研究的，不是搞服务！都没去过医院么？看见有医生每天与病人朝夕相处、寸步不离的么？”

“可其实我也理解不了，”周安安端起面前的咖啡，无心地随口来了句。对于苏可来说，她那原本令人不适的无脑性格，此刻简直是恰到好处。

（四）

密先生最终没有跟媒体妥协，他坚持要守住 S.U.N. 的准则，不能让非专业人士参与进来。但他也还是照顾了大家的意见，开完会后，下午他就让所有研究人员亲自见了那三十几个患者，也是为了堵人口实，不过不是在1717房间，而是换在了常规的治疗室里。“我没有骗你吧。”等到苏可去的时候，密先生在她身边轻轻说。

苏可感激地看着密先生，还为了会上的事，夹杂了一丢丢的愧疚。

这一次，苏可终于见到了唐陌。本来她是有些不知如何面对的，在到达唐陌的房间前，还曾一度想打退堂鼓。可是唐古之前特意嘱咐过她，她自己本来也一直担心，只好硬着头皮进去了。让她意外的是，唐陌竟然主动跟她打起了招呼。

“苏可。”唐陌这样喊她。称呼还像以前一样，语气听上去，却似乎没那么刁钻了。

可能是在这里面熬得。苏可想。她冲她点了点头。

“你，好了？”唐陌用手指了指苏可的脸，丝毫没有掩饰眼神里的惊讶。到底还是孩子。

“嗯。”苏可说。她尽量做出话很少的样子，以防自己控制不住情绪，下一句就脱嘴而出类似“你是不是很失望啊”这样的话。

“太好了。”唐陌说。

现在轮到苏可做出惊讶的神情了。她瞪大了眼睛，有些不可置信地望着唐陌：“我没理解错么？你在恭喜我？”

“对啊。”唐陌点点头，扑闪的大眼睛看上去可爱极了。她如果卸掉那种与年龄不相称的诡辩与成熟，单从外表上看来，的确是个可人的小姑娘。

“我之前不知道你在这，”苏可说，“也没来跟你打招呼。”

“我一直都知道你在哪。”唐陌鼓鼓嘴。

“好吧，”苏可耸耸肩，“在这里还习惯么？”

“挺好的啊，”唐陌说，“一直睡啊睡的。”

“不想家？”

“才不呢！”唐陌愤愤地哼了一声，“那个老女人天天待在我家，烦都烦死了。”

苏可的头稍稍往下低了低，“哦，”她冷冷地笑了一下，“看来你也不喜欢这个新妈妈。”

“是啊，还不如你呢。”唐陌把眼一翻。

“你先好好休息吧。”苏可把手中的记录册“啪”地合上，深吸一口气后转身朝外面走。她实在没法跟这个丫头好好相处，更没必要听她在这儿东拉西扯，还时不时地夹枪带棒。

“喂，等一下。”唐陌叫住她。

“还有什么事么？”走到门口的苏可并没有转身。

“你可以帮我打个电话给我爸么？跟他说我在这里挺好的。”唐陌的声音突然又放低了，那种难得的微弱。

苏可的心突然又软了下去，像想到了那个同样对父亲又爱又恨的年幼的自己。

“好的。”她说。

苏可给唐古打完电话后，一个人走去走廊尽头的小阳台上吹风，往下望的话，正好可以看见楼层后面的露天停车场。已经是下班时间，停车场人来人往，她随便往下看了几眼，也准备收拾东西回去了。

但，她突然瞥见了一个熟悉的人影。

顾小鹤。

又来找自己了？她正这么思忖着，忽然又看见了秦雯。两人交谈了几句，前后脚上了车，又一起开走了。

越来越好玩了。苏可想。

傍晚的风，刮得比往日更大一些。顾小鹤端着咖啡从咖啡厅里出来，自动门刚一打开，风衣衣角就掀起来打到脸上。

“你知道么？今天苏可和李燃一唱一和，搞得密先生很难堪呢。”秦雯跟在后面，特意用手挡住了脸。

“所以他现在最喜欢你了。”顾小鹤把衣服理顺，语气不咸不淡。

“别，你把Lisa陈放哪儿了？”秦雯把对方话里的暗讽挡了回去，“你当然理解不了我们这些老人的心情，反正不是谁能对人对事都有长情。”

“现在不是打‘护短牌’的时候，”顾小鹤皱了皱眉，“你读了这么多年书，接受的也全是科学思维的训练，怎么一股午夜情感电台里的论调。”

“顾小鹤，”秦雯深吸一口气，“你现在就像一头凶猛的野兽你知道么？有些事情得慢慢来，你以为你离开S.U.N.去了医院，密先生就完全不盯你了？”

“他当然得盯着我，他还得盯着我那在牢里的老爹，防止他哪天保外就医、东山再起。”顾小鹤背倚着墙，小啜了一口咖啡，“不能再慢了，”他暗暗发誓般，“我已经慢了两年了。”

“那你这次有把握么？”秦雯问顾小鹤，“你和苏可一起查到了什么？还有薇妮的死，到底跟密先生有没有关系？你能不能都告诉我？我跟她是最好的朋友，为什么你要对我守口如瓶？就跟薇妮当年一样，什么都瞒着我，让我一无所知……”

说到这里，秦雯有些说不下去了。她害怕再接下去就是对好友的埋怨，就是满腹的委屈和不解。所以她忍住了，连同那些被迫咽回去的眼泪。天色一点一点地暗下来，街角的路灯渐次亮起，默契地此消彼长。

行人匆匆地经过又消失，高中女生拉着手笑着从广场前跑开，冲散了一群惊惶的白鸽。

好像十五六岁，无忧无虑的少女时光。她和薇妮也是这样与黄昏赛跑，日日奔向时光最后的帷幕里。

“就因为你是她最好的朋友，”顾小鹤说，“什么都不知道，才最安全。”

“我不需要这样的保护。”秦雯苦笑着摇摇头。

“你需要，”顾小鹤把空掉的纸杯丢进斜对面的垃圾桶，双手插进口袋里往回走，“她也需要。”

秦雯站在原地，久久没有动弹。顾小鹤用余光扫过街面，看见自己的影子在路灯下微缩成一团暗斑，凝滞如夜行人斗篷里的风。

“已经来不及了。”她突然说。

“什么？”顾小鹤不解地转过脸去。

“你说的保护，已经来不及了。”秦雯的脸上，突然浮现出令顾小鹤陌生的笑容，“我已经告诉了苏可你们家当年的变故，你父亲因为‘1·23案件’被撤职入狱。如果前方是未知的深渊，此刻，我已经和你们在一条船上了。”

“为什么？”

“为了薇妮，也为了苏可和你。”

第八章　关于真相的若干问题

（一）

“今天好热啊。”

一大清早，所有人看上去，脸色都涨得一样潮红。周安安率先发出控诉后，大家都纷纷响应，抱怨四月的天气太反常，简直大暑。

秦雯也忍不住擦拭脸和脖子上的汗，她真想拖着谁立马跑去商场买全套的短袖短裤回来。冷气设置的是节能，到六月才会自动打开。已经打电话给后勤那边，他们说要向上申请报批，还得等几个小时。

“苏可姐，”周安安楼上楼下转了一圈，回来的时候正好跟苏可前后脚进门，“这么热的天，你围围巾干吗呀？”

咋呼的声音成功将众人目光引到苏可身上，她略低下头，不让大家看到她一脸的咬牙切齿。

这个世界上，怎么总有那么些人把自己的冒失当作天真？她真想掐死周安安。

“你能不能小声点！”苏可恨恨地瞪了对方一眼，“我哪知道今天这么热。”

“那赶紧摘下来啊！”周安安继续不识趣地建议，“你不知道啊，冷气要一个小时后才来呢，我特意去后勤内部打听的。”

“你该调去情报处了。”秦雯往对面瞅了眼，开玩笑地打趣道。

“我同意。”苏可冲周安安无奈地摊开手，“去工作好么，小姐？不要再来关心我的穿衣打扮了，你信不信我要你下班前就把明天的数据弄完给我。”

“我不同意。”周安安哭丧着脸，赶紧转身跑回自己的座位前。“可是你真的不摘下来么？我看着都好热啊。”

“是么？”苏可笑眯眯地盯着周安安，“那就忍着。”

对方只好嘟囔着嘴坐下了。

“可是真的不热么？”秦雯又冷不丁地接上一句，苏可觉得自己马上就得疯了。

“是搭配啊，”她假装恼怒地看着秦雯，“你不要学她，她是个无脑。”

“嗯，是挺好看。”秦雯点点头，只是表情淡淡的，一副冷艳的样子。

苏可看到了，但她没打算继续往下想。不一定是跟我有关，她对自己说。为了让自己尽快放松下来，她不得不又扯了下脖子上的围巾。

从进门到现在，这已经是第 17 次了。苏可在心里计算着。不能再摸了，她想，她得让自己看上去特别正常。

“喝点吧，”李燃也走过来，递给苏可一杯冰镇的柠檬水，“为了美也是不容易，快降降温吧。”

今天怎么全世界都跟这条围巾过不去，苏可没好气地想。但她确实很热，立马接过来豪饮了几大口。

汗水打湿的碎发黏在脸上。苏可这才惊觉她的头发已经很长了，飞快的生长速度，快到让人不可思议。

难道是因为再生实验么？她想。可那明明只是针对皮肤的。

手机里密先生的传话打断了苏可。密先生叫她过去一趟，准备准备明天的新实验。

密先生办公室的门是开着的，Lisa 陈不在。

苏可把准备好的数据资料递给了正埋头看文章的密先生，“已经做好了，明天要用的。您看看。”她说。

对方抬起头，流露出一丝难得的诧异神情。“昨天你不是还在跟李燃联起手来，一副咄咄逼人的样子么？”他一边仔细地比对资料上的数据，一边不时地抬起头，观望着苏可的态度。

“有么？”苏可笑道，“那只是普通的问题探讨，怎么能叫咄咄逼人呢？”她嗔怪道，“我们也都是为了 S.U.N. 的声誉考虑。”

“是么？”密先生停下翻动的手指。“可是目前看来，S.U.N. 的声誉还是保不住啊。”

“可是我们内部人的信任保住了呀！”苏可的声音甜甜的，“这下您不就可以更安心了。”

“哦，这是什么意思？”

“这样消除了其他不知情人的疑虑，我们的实验就更好进行了呀。我这也算良苦用心对不对？”

密先生盯着苏可说话的样子，忽然觉得有趣起来。有一瞬间，他觉得这个场景似曾相识，像是薇妮还十几岁的时候，跟他在家里探讨一些学术知识，用的那种俏皮而温顺的语气。温馨而平和的，其乐融融。这张跟薇妮一模一样的脸摆在眼前，真无法不让人恍惚。

但这瞬间的恍惚，是快乐的。密先生的身子微微放松了些，他已经好久没有试过不正襟危坐的感觉了。

“确实，”密先生说，“这下你不仅让他们安心，也让我安心了。”

彻底走出密先生办公室的时候，苏可终于把一直堆着笑的脸扯平了回去。又要在唐陌他们身上试东西了，她沉重地叹了口气。一想到昨天下午她还打电话给唐古报平安，她心里就有些过意不去。

快点有成果啊，快点结束吧。苏可在心里急切地祈求着。

（二）

顾小鹤开始时并未觉得夜会的时间有何不妥，但当他打开实验室的门，看见苏可站在窗前发呆，一副百无聊赖的样子时，他察觉到自己可能来得有点晚了。

“最近见得有点频繁呢。”苏可听见开门声，立马转过身去。

“是哦，你烦了么？”顾小鹤假装担心地问道。

他也是能沉住气，苏可想。秦雯把他那些家事都告诉了自己，他应该也已经知道了。看样子，他是来问这个的吧？

“你今天没有加班？”他照例端了两杯咖啡，手上还多拎了一袋吃的。

“嗯，忙完了。”苏可指了指对方手上的一大袋东西，“你这是干吗？茶话会？就着往事下酒么？”

“以为你又通宵，”顾小鹤把咖啡先放下来，“怕你饿。”

这话听得苏可有些臊，“谢谢！”她说，“难为你对所有人都这么绅士。”

“当然不是对所有人，”顾小鹤笑着瞥了眼苏可，“你可是我的合伙人。”

苏可“哦”了一声，心里忍不住嘲笑刚才差点红了脸的自己。

“双份糖双份奶的，咖啡奶茶。”看苏可不做声了，顾小鹤把咖啡递过去打趣她。

但对方显然已经没了调笑的兴致。“我等你很久了，”苏可对顾小鹤说，“抓紧说完正事，我好回家。”

“那我吃的就白买了，”顾小鹤耸耸肩，“我还以为，今天我们会把剩下的故事说完呢。”

“那么多一下可说不完。”苏可忍不住抢言。抢完了，才意识到自己刚刚失语。“那好吧，”她有些懊恼，虽然这懊恼并没有指向具体缘由，“在聊聊过去以巩固我们彼此的信任之前，我想先问问你些其他的事情。”

“嗯，你说。”顾小鹤笑着看着苏可，觉得她刚才的反应还挺可爱的。这么久以来，她在人前总是武装成一副金刚之躯，谁都侵害不了，却总显得太过坚硬了些。偶尔的松懈，才会让人更加真实。

“你应该也知道吧，这两天 S.U.N. 可是占据了各大新闻媒体的头条版面啊。一些爆料的情况之真，我都忍不住怀疑是不是我自己梦游时候主动捅出了什么。”苏可说着，充满暗示地望着顾小鹤，“这事你怎么看呢？”

“捅得漂亮啊。”顾小鹤显得毫不讳言。

苏可端起咖啡喝了一口，没有做声。顾小鹤跟着她一起沉默了半晌，才重新又开口道：“你知道是我？”

“连密先生都知道我很聪明的。”苏可莞尔一笑。

“我有一个老伙计，是《阳光日报》的总编，也是全球新媒体资源的把控者，相当于直接掌握舆论喉舌。他叫罗西，你应该听说过吧？”

苏可摇摇头，“我不太关心这些。”她说。

“我还有一个老伙计，是 T 市的现任副市长，专门分管环境保护这一块，叫杜永泽。这个你听说过么？”

“有点耳熟，”苏可皱了皱眉，“之前 S.U.N. 有项目，貌似跟他那边打过交道。你的人脉铺得很广呢。”

“谁让我的科室好呢，心内科可是有钱人常来常往的地儿啊。再加上我本身又技术高超风度翩翩，自然咯。”顾小鹤说着，还特意整了整衣领。

“所以吸引到的都不是贵妇，反而是大叔，对么？现在有钱男人都好这一口了？怪不得我最近越来越没市场。”苏可向上狠狠地翻了个白眼。

“嗯，你自己明白就好。”顾小鹤一本正经地继续道，“不过你没说错，所有针对 S.U.N. 尤其是密先生行动背后的阴谋论调，都是我和罗西、杜永泽合作，一起策划发出的。我们在操控民意，借此给密先生施压，看他接下来要怎么走。”

“果然是这样，”苏可略有所思，“反正 S.U.N. 里面还有一个我可以随时通风报信，里应外合。这一招走得不错。”

“分析得不错，但也不全对。”

“比如？”苏可不解。

“比如通风报信的，并不止你一个啊！”顾小鹤站起来伸伸脖子，“我们怎么会只给自己一个选择呢。”

“也对，是我自作多情了。”苏可赶紧把话接过来。她就是这样，不肯认一点输，当然更不会示弱。

“但是，你是最不可替代的那个。”顾小鹤把苏可的神思都看在眼里，随即把话锋一转。

“为什么？”苏可冷冷地笑了一声，“因为我最漂亮么？”

“是啊，”顾小鹤把头微微一偏，“你又猜对了。只要你站出来，与密先生公然对抗，舆论形势就不只是现在这样了，会掀起更大的波澜。你有才华，有美貌，再发出一些热爱植物、尊重自然的言论，我们会通过包装让民意大幅地倒向你。自己破格带进 S.U.N. 的学生与自己意见不同而反目，这样，形势会越来越不利于密先生，在各方压力的逼迫下，他一定会露出更多的破绽，真相才可能越来越近。”

“哦，”苏可并没有显出任何吃惊或者不满的样子，“把这个告诉我，不怕我泄密么？那么相信我会站在你这边。”

“现在当然不确定，但上次的故事不还没有说完么？”顾小鹤转过脸去望着窗外。今天没有月亮，他们都只看得见灰蒙蒙的夜空，比黑色更阴郁，比深蓝更沉重。

爆炸性火灾发生后的第二天，薇妮就被密先生强行接回了家。是秦雯打电话告诉密先生的，她以为他知道薇妮住在阳平，因此对他的冷漠旁观表示很不满。

“我根本不知道！”密先生露出惊慌的神色，“我要赶紧把她带回去。”

好在有顾小鹤。过了没几天，顾小鹤就去守在薇妮身边，密先生心里生气，当着外人，也不方便大动肝火。

“睡得好么？”早上的时候，顾小鹤问薇妮。他喜欢跟密先生问同样的问题，但是语句简短，听起来更像是关心。而密先生呢？他喜欢在前面加个定语，比如“昨晚”这种词，对比下来，怎么有种审讯的意味。

“还好，只要一回家就正常了。”薇妮说。也许她心里还是依恋着这个家，依恋着密先生，所以才会只有在家里时才睡得香甜。搬去阳平那边后，她整宿整宿地失眠，不知道是心里有事，还是实在不习惯住在外面。

“这样可不行，”顾小鹤逗她，“那以后结婚了，我们还得住你家。我可不喜欢那老头子。”

薇妮没有顺着顾小鹤的逗趣说下去，她眉头深锁，陷入某种忧虑的沉思中。“小鹤，”她说，“你知道我那时为什么要突然搬出去么？”

“不是因为长大了，想要一个独立的空间？”顾小鹤摸了摸薇妮严肃的小脸，“你最近一直心事重重的，到底怎么了？”

薇妮咬咬嘴唇，好像是把到嘴边的话又咽了回去。她偏转过头，警惕地看了眼窗外，又悄悄走到门边听了听门外的动静，“我们出去吃饭吧，”她说，“我突然想去南街那边吃东西了。”

顾小鹤识趣地帮薇妮拿过包，“好啊，”他说，“我们去跟密先生打个招呼吧。”

密先生在书房里忙了个底朝天，随便嘱咐两句就让他们走了。车子开出去老远，薇妮才把头转过来，轻轻地说：“我觉得我爸有问题。”

顾小鹤把脚放在刹车上，“什么问题？”他问。

“继续开，别停。”薇妮坐正身子。

薇妮说，经历了那场爆炸后，她整个人的状态都有些不太好，特别是刚回家那两天，总是神情恍惚。而最生气的是密先生，他厉声地责怪薇妮不该私自搬出去，还搬去了那么荒郊野岭的地方。

“万一伤到了怎么办？”密先生气愤地喊，“你让我怎么跟你父亲交代？”

“我现在不是好好的？”薇妮抬起头望着自己的养父。她知道他的担心和忧虑都是真诚的，却怎么都感动不起来。她好像再也没法对他摆出撒娇或者亲昵的语态了，每次想这么做，心里总是忍不住厌恶。

这种变化是从什么时候开始的呢？是从某次不经意撞破家中那两间废弃的古屋后吧。那天保姆有事回老家，晚上的时候，她自己去花园的果树上摘下个苹果，准备吃完后再喝杯牛奶就睡觉。可能是刚下过雨，地有些湿，害她脚上的鞋子沾了泥，进屋的时候摔了一跤，苹果掉了，杯子碎了，牛奶也洒了。好在没伤到，她爬起来把地面清理干净，去卫生间洗了个手，就直接回房睡觉了。

奇怪的是，向来睡眠质量很高的她，那一晚却怎么辗转反侧都无法入睡。到了后半夜，月亮升起来，皎洁的光芒照在地板上，引得人发怔。

薇妮躺在床上看着，想到小时候，自己也总在后半夜时还醒着，一个人痴痴地看着窗外，有时候有月光，有时候有雨，冬天的时候还有细雪。她总在那样寂静的时分想到父亲，想到他身处的遥远地方，也有着跟她一样的天空，一样的月亮，一样的仰望。她想起幼年时候父亲教她读古诗，说月亮和杨柳，都代表着思念；她想起很多很多的旧日时光，那么迅疾地消散在成长的时空里，却亘古不灭。

一阵窸窣的声响打破了薇妮的遐思，她敏感地欠起身子，光着脚走到门边，仔细贴着听动静。是从楼上发出的，判断没有错的话，正是走廊对着的，养父密先生的房间。

难道会有贼么？薇妮屏住了呼吸。她随即听见了关门声，不是很重，但也不是很轻，好像十分随意。然后是脚步声，从走廊那头传来，逐渐靠近，又慢慢远离。

是下楼了，薇妮思忖，从密先生的房间出来，然后从中间位置的楼梯上下去。

所以，应该是从房内走出去，而不是从外面窜进来。

爸爸？薇妮心里犯起了嘀咕。她没有推开门跑下楼去看个究竟，她的行为习惯向来谨慎，这点上跟密先生完全一样。

所以，她轻手轻脚地走到窗边，小心地撩开了一小块帘子。

她看见了一束不断移动的光，然后是黑乎乎的人影。人影走到了一间屋子前，用钥匙打开了门。

薇妮确信，那就是密先生。

可他进去干吗呢？那是两间废弃的小屋，在房子后面，正对着薇妮房间的窗户。密先生说里面都是早年的废旧器材，他懒得扔，就一直丢在那里。后院平时也没人过去，反正家里不缺地方，也许是意义太过模糊，薇妮年年月月地看着它们，却从来没感觉到它们是存在的实物。

而接下来发生的事情更是令薇妮瞠目结舌，她看见密先生从屋子里搬出了好几个集装箱，装在了一辆手推板车上。做完了这些，他在黑暗中点了根烟。又过了大概十分钟，来了两三个身高差不多的男人，把板车一起推了出去。他们在低头交谈，隔得太远，又是楼上，薇妮根本听不见任何声音。等到他们终于从后院撤离，薇妮没有听到有人上楼的声响，才悄悄溜到隔壁客房，看他们是否是开车离开。果然，密先生和那几个人都上了一辆小型客车，直接从前院里开了出去。

薇妮又轻手轻脚地回到自己房间的床上。她知道后院的古屋里有秘密，而且是跟密先生有关，但他一定不打算告诉她。

第二天早晨，薇妮下楼吃早餐，看见密先生已经喝完咖啡准备走了。“怎么这么晚？”他看见薇妮便问，“昨晚睡得不好么？”

真有意思，薇妮立马捕捉到这话里的自曝意味，惯常的时候，他见到她第一句话总是，“昨晚睡得好么？”心里有了担心的预判，才会吐出“不好”二字。

“很好，”薇妮笑道，“就是因为睡得太死了，现在才起来。”

“那就好。”密先生点点头，“只是你看上去脸色有点差，我还以为休息得不好。”

“你真细心，爸爸。”薇妮假意哭丧着脸，用手轻轻按了按小腹，“阿姨回来了么？我要喝姜丝红糖。”

“一大早就回来了，”密先生走过来拍拍薇妮的头，“我去喊她给你做。”

“你要走了么？”薇妮问，“今天不是周末么。”

“我们这种人，哪里有周末。”密先生笑笑，嘱咐阿姨好好照顾薇妮，然后匆匆忙忙走开了。

“先生真是辛苦呢！”阿姨从厨房走出来喃喃道，“我早上回来，看见先生躺在楼下客厅睡着了。喊他起来回房睡，他说只是起得早，不小心又眯了会儿。”

不是起得早，薇妮笃定，只是刚回来而已。

“你是说，他跟这次的大火有关系？”顾小鹤把车停在了一家餐厅前。这里是闹市区，人流量大，流动性强，行动或说话都更方便些。

“我也不确定，”薇妮悄声道，“但是也太巧了，对么？他刚把东西放进去，前后不到半个月的时间，就炸了。而且我查过了，这家仓库以前没出过什么事。现在厂长和主要领导人都被炸没了，直接死无对证。”

“你黑了当晚全市的监控系统，看见密先生跟那辆车到了那个仓库，所以你起了疑心，想搬去仓库附近看个究竟。”顾小鹤喃喃地重复，“可是你怎么确定，他们把东西放进了仓库？也许只是去那里交接，或者又被拉回来了呢？”

“不可能，”薇妮摇摇头，“他们回来的时候，收费站上显示的卡车质量变轻了，那个减轻的重量，很符合几个箱子装满东西后的承重。”

“这很奇怪，”顾小鹤说，“像密先生这种级别的，做什么事情都有别人代劳，他不需要那样，除非……”

“除非是见不得人的勾当。”薇妮叹了口气，“如果那次爆炸案真的跟他有关，那就太奇怪了。”薇妮说。

“为什么？”顾小鹤对薇妮的话感到一丝不解，她用的是“奇怪”二字，而不是其他。

“因为他根本不需要掺和在里面，没有任何一个方面与他牵扯。”薇妮看着顾小鹤，眼神中有种说不出的沉重，“你明白我的意思？”

“等等，让我仔细梳理一下前后的逻辑。”顾小鹤深吸了一口气，“密先生确实把几箱东西放进了仓库，而那个仓库确实随后就爆炸了，这么一来，很可能放进仓库的那些东西，就是引起爆炸的燃料。”

“听起来好像没错。”薇妮点点头，沉思的眉头却并没有松懈几分。

“你还有其他问题？”顾小鹤注意到了薇妮的微表情，“还是说，你觉得不是他……”

“一定是他，”薇妮毫不犹豫地确信，“我只是觉得，事情好像不是这么简单。他放的那些东西是什么呢？就是一些危险的易燃物？那他为什么不放在 S.U.N. 或者干脆用其他的方式处理掉，而是这么大费周章？如果只为这一件事，他付出的代价，有点太大了。”

“他最近早出晚归，忙得焦头烂额，是不是也在为这个事善后？”顾小鹤突然觉得有些脊背发凉。

“不会，”薇妮摇摇头，“他好像并不在意……那么多无辜的生命啊，他都不觉得害怕么？一想到住的房子是他用各种……挣来的，我就觉得夜不能寐。”

“但你这两天不是睡得很好么？”

“是啊，”薇妮揉了揉太阳穴，“真是奇怪。”

“你要查么？”顾小鹤问薇妮。

薇妮坚定地点点头，“只是太难了，听说已经定性了，就是易燃气体爆炸。当时那个仓库有人加班呢，厂长还有主要领导人都在，全烧没了，相当于找不到一个活着的知情人。而且我去现场了解过，确实有残留物。据说是厂里领导为了私利，包庇不法商贩偷偷放进去的。只要不遇明火就没事。”

“可是，明火哪里来呢？”顾小鹤不解，“既然是爆炸，就要有明火引燃啊，就没人注意到这个简单的逻辑么？”

“随便哪里擦枪走火，可能是临时值班人员不知情丢的烟蒂。”薇妮冷笑一声，“他们为了结案，什么瞎话都能编出来，以为公众都没有脑子。”

“所以密先生是唯一知情人了。”顾小鹤看着薇妮。

“所以我只能查他。”薇妮也看着顾小鹤，“你相信我么？”

“当然，”顾小鹤轻轻握住薇妮的手，“我会一起帮你。”

（三）

“戛然而止最无耻。”苏可撇撇嘴，想努力装出不屑的样子。可不知道为什么，即使拼命掩藏，她觉得自己心里还是忍不住难过。她不知道自己的情绪是如何被煽动的，顾小鹤讲故事的技法明明烂透了，根本不知道何时起何时止，像坐在过山车上半天下不来。可她就是很难过，也许是因为薇妮悲剧的固执，也许是因为那些在生活的细枝末节里攀爬的不服输，更也许是因为那两个父亲：一个长久地缺席最后永远诀别，一个朝夕相处却各怀心事从不坦诚，唯一的善意的爱人，短暂地相守随后天人永隔。光鲜的背面有那么多不为人知的苦楚，原来没有谁的生活不是百孔千疮的。

“因为后面的东西太短了，”顾小鹤把头低下去，“再讲下去，就结束了。”

“怎么会太短？”苏可抗议道，“调查取证的过程，肯定特别艰辛和漫长。”

“嗯，”顾小鹤承认，“但那都是她的记忆，我已经拿不到了。我只能描述，三两句总结前因、经过和结果，最后的定格画面，是她被密先生杀死了，而我连尸体都没看见，连葬礼上最后的送别都做不了。”

“你那么肯定，薇妮是被密先生害死的么？”苏可小心翼翼地问，“密先生真的是那场大火的始作俑者？”

“我还是把剩下的一点说完吧。”顾小鹤深深地叹了口气，“我刚才只是想停一下，平复情绪。”

察觉到密先生行为诡异后，薇妮很快找了个借口搬出去。她总觉得自己房间对着的那两间屋子，看着比以前可怖了。而密先生，也似乎总闪烁其词，便索性先躲开一段时间。密先生一直在忙自己手上的那点东西，也没对女儿的离开提出质疑。反正每天在研究所抬头不见低头见，女孩子大了想有自己的空间，他也理解。更何况，他也乐得独自在家搞些七七八八的事。

薇妮搬去了阳平区的一个小区，那边是新工业区，很荒芜。小区离密先生私藏物品的仓库很近，薇妮有事没事会进去闲逛。本来闲杂人等是不能进的，薇妮说自己男朋友在里面工作，又嘴甜心巧，哄得门口保安也就睁一只眼闭一只眼。

但她什么也没查出来，时间久一点，她也觉得是自己多心了。何况一个人住在外面，她又总是失眠，便计划着过段时间就搬走。就在这要走的空当，嘭的一声，仓库炸了。

薇妮是趁着密先生难得的出差时间，把那两间旧屋的门明目张胆打开的。她当然知道里面什么都没有，但只要这里面放过跟爆炸有关的物质，就一定能寻到些许的蛛丝马迹。

想到这里，她在里面放了个苹果。三天后拿出来，苹果果然变得很不一样。就是靠了这个苹果，薇妮意外地发现了另一个线索（后来这成为解开整个迷局的关键）——旧屋里残留着某类化合物，应该是从那批集装箱里渗漏的，是一种非常特殊的物质，全世界知道它的存在的，大概只有密先生和薇妮他们两个了。

果然是他。拿到检测报告的薇妮感到自己双手抖得厉害，真相的指向似乎越来越明朗，也越来越指向最可怕的地方。

“这是什么意思呢？”顾小鹤问薇妮，“只有你知道的物质？”

薇妮抬起头看了眼顾小鹤，忍了忍，还是决定等等再告诉他那个深埋已久的秘密，“小鹤，我现在还不能把什么都告诉你，因为涉及那个人，我想弄清楚背后的原因。”她说，“也许还有个更大的阴谋。你可以接受我这样说吗？”

“当然，你也有你的理由。我只是担心密先生他已经有所觉察了。”顾小鹤说。

“我毕竟是他的养女，是父亲托孤给他。”薇妮安慰顾小鹤，“他也不会对我怎么样。我小心些就好了。”

后来顾小鹤想起来，觉得薇妮那番话真是讽刺。就在薇妮发生意外的那个周末，前一天，薇妮还告诉顾小鹤，她快要查到真相了，等她拿到最后的数据报告。顾小鹤本来要陪她去，却被密先生临时叫到研究所，喝完一杯水，就睡到了第二天黄昏。醒来的时候，薇妮已经从这个世界上消失，尸骨无存，只剩下一盒未见的骨灰。

（四）

“可是你并没有证据，证明那场车祸不是个意外，而是谋杀。”苏可望着顾小鹤，“不是么？”

“密先生的水有问题，这一切本来就是他设计好的。”顾小鹤恼怒地垂下头，“只可惜我找不到那辆肇事车，也找不到那个司机。也许他早就被灭口了。”

“那就等于毫无头绪，”苏可说，“扳倒他毫无头绪。”

“不会的，”顾小鹤肯定地摇摇头，“密先生是那种不达目的誓不罢休的人，在没有完成计划前，他是不会轻易放弃的。”

"什么意思？"苏可皱紧了眉头，"他根本不信任我？"

"难道你值得信任么？"顾小鹤抬了抬眉毛，把话锋一转。

苏可猛地站起来。她发现自己走进了一个扑朔迷离的局中，每个人都长着一副模糊不清的面孔，甚至这个看似善意的顾小鹤，此刻也显得狰狞起来。

"我想走了。"苏可往门外走。

"别那么紧张，"顾小鹤跟在后面，试图稳住她的情绪。苏可惊惶的样子让顾小鹤内疚，她的无力，是一种对恶的恐惧。这是受过很大打击的人才会流露出的自卫反应，不像薇妮，薇妮是温暖而鲜亮的，过于纯白所以才被吞噬。"我的意思是，你并不认同密先生的做法，你也觉得……"

"谁都不值得信任，对么？"苏可悲伤地望着顾小鹤，"包括你。"

"你当然可以信任我。"顾小鹤轻轻地按住苏可的肩膀，期望给她最大的安抚。他不该那么对她，她也许，真的只是个贸然闯入棋局的棋子啊。

"不是的，"苏可摇摇头，笑得惨淡的样子，"你已经把我引到密先生的对面了，我们在研究所的实验室里这样聊天，你觉得密先生他会不知道么？"

"你已经让我别无选择了，对吧？"苏可看着顾小鹤，想从他的眼睛里，看到内疚和亏欠。

她果然看到了。

（五）

苏可真不明白唐陌为什么那么讨厌自己，她原本还想跟这个小姑娘做朋友的，假如唐陌嫌她这个后妈年纪太轻，苏可也不介意被叫名字。当时唐古第一次带苏可回家，她特意买了一堆吃的玩的想逗唐陌开心，结果唐陌睁着一双冰冷而幽怨的大眼睛，把苏可买的东西通通丢到垃圾桶里。“幼稚，粗俗，没有新意。”她瞪着苏可，“你根本就不用心，你以为这么虚伪的手段，就能收买我。”

苏可略诧异了一下，随即笑了。“那你喜欢什么？”她问唐陌，“我只是不了解你。再给我些时间好么？”

“好啊，”唐陌诡异地一笑，“我喜欢SD娃娃，你愿意每天COS给我看么？浑身带血的那种。”

苏可的笑容瞬间僵住了。

一开始的时候，苏可觉得唐陌很像自己小时候，假如父亲在童年时也替自己找了一个小妈妈，自己的反应大概跟唐陌是一样的吧。会嫉妒她，憎恶她，诅咒她，在心底谩骂她夺去了自己的父亲和王国。这是少女萝莉的暗黑属性，怪不得谁。所以，苏可觉得自己也没有什么立场去责难唐陌，这是个死结，既然解不开，她就懒得想。

随她吧，苏可想，只要唐古是爱自己的。

可事实证明，苏可并没有自己想象中那么大度，或者说，唐陌比苏可想象中还要狰狞些。“千万不要相信孩子都是天真善良的，她们往往比成人更加阴森可怕，因为总打着无辜和甜美的表象。”苏可对古琦说。那段时间她刚跟唐古同居没多久，还有大把自由的时间可以跟好友消磨。古琦很反对苏可和唐古的结合，她跟苏可在看展时候认识，同一个展厅，苏可也遇见了唐古。总之，古琦觉得唐古配不上苏可，可在苏可眼里，唐古是救世主，是上天派来豢养她的神。

“孩子会是你们之间永恒的问题，”古琦点上根烟，眼睛漫不经心地瞟向远方，“是你们情感关系中的原罪。”

苏可盯着古琦修长的手指和鲜红的指甲，半天没有说话。她知道古琦说的是对的，但她没有勇气承认，更没有勇气正视之后会发生的种种问题。归根结底，苏可无法做出一个非此即彼的选择，她不能放弃唐古，而唐古也不会放弃唐陌。

“有时候，我也会很讨厌自己。”苏可对古琦说，“原生家庭里情感关系的缺失，让我走不出自己的原罪。更何况我现在什么都没有。你会原谅我么？”

“你有才华，”古琦望着苏可，“你不是自己以为的那么可怜。”

“你不知道的，”苏可摇摇头，“才华又不能换饭吃，我一幅画都没有卖出去过。”

“为什么不找唐古帮帮你，”古琦不解道，“他不是搞这个的么。”

“我不愿意。”苏可摇摇头，像祈求。

“你总是在不该倔强的时候倔强。”古琦站起来，“你是不是经常问自己，唐古为什么要和你在一起？既然你像自己说的那样一无所有。他家里已经有个女儿了，还需要把你捡回去照顾么？”

难道不是因为爱么？苏可想回答，却发现说不出口。她没有底气。“我不是说过了，大概因为我年轻漂亮吧！”苏可又露出那种惯常的轻蔑笑容。

“这个结论并不公平，无论是对你还是对他。”告别的时候，古琦在苏可耳边轻轻说，“你总是不敢承认现实生活中的真实与美好，害怕它们都是虚妄。可你又依赖它们。试着去找回自己喜欢的东西吧，那样你才能找回自己。”

“喜欢的东西？画画么？可是根本卖不出去啊！”苏可撇撇嘴，“市场不喜欢。”

“你不去试试怎么知道呢。”

“今天你说得好短，全都是我一个人在讲。”顾小鹤看苏可没有继续往下的意思，只好讪讪地打了个圆场。

“跟上次打平了，”苏可笑着把头发拢到耳后，“这样才公平。”

“所以，古琦其实是想告诉你，你值得被爱。”顾小鹤小心地看着苏可的脸色。她的讲述停在这里，看似一团混乱，估计也跟她此刻的心绪一样。

“谁知道呢，反正现在也没法证明了。”苏可摇摇头，表情里三分茫然七分自嘲。但她没打算继续自我揭露下去，一个反正最终会走向结束的悲剧爱情，她只要暗示出这一点就行了，而故事到底讲到了哪里，其实并不重要。

苏可正走着神，桌上的电话突然响了。她瞥了一眼那一连串的号码，突然触电般站起身，一把把手机抓在手里。

“喂。”她说，语气里有刻意表现出来的冷静。在接下来大概一分多钟的时间里，她都只是“嗯”“好”“知道了”这几个短句来回重复切换，不泄露对方语境里的丝毫信息，最终又以“嗯”字作为终结。

“是谁啊？这么晚还打电话？”顾小鹤上下打量着苏可的表情，却不知道自己问出口的这句，语气里满是浓浓的醋意。

“嗯？听起来好像审问……”苏可故意地拖长了尾调，“不过你这是以什么身份在审问我呢？合作伙伴么？可他好像没有过问人私生活的权利。”

“哦，私生活么？”顾小鹤的表情稍微僵了一下，“日常情事也是要了解的一部分啊，刚才我们不就那么做了？这样才能排除一些未知的隐患嘛。”顾小鹤一本正经地胡说八道着，还时而不满地鼓起了嘴。

“一个朋友而已。”苏可故意不顺着顾小鹤的言外之意说下去，一把把电话扔进了包里。最近找我的人可真多啊，她一边想着，一边浮现出难以捉摸的笑容。

走出研究所的时候，已经是凌晨两点多钟。温度已经凉了下去，苏可把围巾紧了紧，跟着顾小鹤钻进车里。

“还是你有先见之明，”顾小鹤笑着望了眼苏可系在脖子上的围巾，“现在很适宜。”

“我可只是为了好看，”苏可吐吐舌头，“先送我回家吧。”

“话说，我们每次见面都要搞得那么正儿八经么？不是在你实验室就是在我的病房，什么时候换个有情调点的地方？”

“不还有车里、咖啡厅和我家楼下么？再说你的病房，我可已经很久没去了。”苏可反驳道。

“听你这语气，还怪想念的。”顾小鹤笑道。

“并不会，”苏可摇摇头，“再也不想去了。”

“那也是，反正也不需要了，对吧？”顾小鹤看似不经意地望了眼苏可，没打算掩饰语气里的酸意和不满。

苏可当然听得出来，但她只是把脸转向窗外，看疾驰而过的午夜森林，不置可否。黑夜与白天交替，谁也无法奢望光明永驻，只是习惯和忍耐，使世间万物最后都被书写得得体而完满。

倒在床上的时候，苏可终于把脖子上捂了一天的围巾扯了下来。她的动作恶狠狠，借此发泄这一天神经紧绷的压力。

手指畅快地在脖颈间滑动，它依旧光滑如初。

时日无多了。苏可在心中暗暗低语，脸上的笑容充满惆怅。

（六）

东阳路上的这家西餐厅苏可已经很久没来过了，所以过来的时候还走错了路。好在距约定的时间也只晚了五分钟而已，苏可在心里默默估算着，一边径直朝靠窗的那个桌子走去。

“我还担心你不来。”唐古站起来，表情里竟有几分小小的紧张。

“哦，本来是有这个打算。”苏可耸耸肩。

“你一定很恨我，埋怨我为什么在你出事后那么快就结婚吧？”唐古望着苏可，眼神里似有许多抱歉。

“那是你的自由。”苏可喝了一口冰水，朝唐古礼貌地笑笑。她想装作无所谓，毕竟她现在确实无所谓了，可是一想到那次失火后，唐古跪在她的病床前向她求婚，许诺要照顾她一辈子时的场景，她的心还是隐隐作痛。她当时拒绝了他，把这当作爱的成全，却没想到他转身没多久，就和另一个女人谈起了恋爱，而唐陌还打电话来通知自己——后来结婚她又打了一次。知道唐古重新恋爱的消息时，苏可整个人都崩溃了。她并没有自己想象中的那么洒脱，特别是自己还在万丈深渊中看不见光亮，对方的人生却不受丝毫影响地光辉坦荡……也是受了那次刺激，她决意要找到“再生实验”曾经的当事人、后来转去金臣医院做医生的顾小鹤，请求他帮忙引荐自己给密先生，以期用“再生实验”恢复容貌。至少她要对自己负责，即使世界已把她抛诸脑后。

想到这里，苏可的眼睛还是忍不住有些湿润。

“其实我一直想向你解释的，”唐古说，“但又觉得你那么乐观、倔强，也许不需要，就一直搁置了。”他说着叹了口气，“我真是过分，从没有真正为你考虑过。”

“乐观？”这个词听得苏可有些哭笑不得，“是挺乐观的，还活了下去。”她轻轻地哼了一声。

“她是我的一位老相识，默默陪在我身边多年，对唐陌也了解。那段时间我其实很痛苦，却又不知道该怎样与你继续相处。你那时跟我说，逞英雄都是一时的，过完了就后悔了，到时候弄得相互生厌、两败俱伤，就太不值当了。我冷静下来，觉得你说得对，我对自己也没有那么大的自信，可以一直不离不弃。毕竟我曾经有过非常失败的相似经历，所以……真的很抱歉，给你带来那么大的伤害。”

“算了，现在说这些干吗呢，都没意义了。”苏可努力做出大度的样子，率性地摆了摆手，“我猜你可能更想听我说说唐陌的情况，她现在挺好的。”

“谢谢你，苏可。”唐古的语气很诚恳。

“嗯，至少目前还不错。”为了不致心虚，苏可又补充了后面一句。

“麻烦你了。”唐古再次向苏可表达了他的谢意。他就是这样的人，礼貌又周全，总是挑不出毛病，可现在再看，苏可不觉得有什么特别了。也许越是把一些表面的细节做得彻底，内心的抚慰上，反而会缺失更多。他到底还是最爱他女儿啊。

“其实我还想跟你说些别的，”唐古看着苏可，“唐陌她妈妈，我过世的前妻周珊珊，曾经患有很严重的抑郁症。所以当唐陌听说S.U.N.要将患者集中起来治疗后，就瞒着我偷偷地报了名，直到后来S.U.N.那边的人联系我，我才知道。我当然不同意她去，我已经因为这种事情失去她母亲了，我不能再失去她。可是你也知道她的，她要做的事情，我根本阻止不了。就那样闹了好几天，直到她跟我说，说你在那里。”

“什么叫我在那里？”唐古的话，让苏可听着有点不舒服。

“别误会。她是说你会保护她，让我放心。”唐古赶紧解释。

“难道专是为了给我找麻烦才去的？”苏可把玻璃杯往桌上轻轻一放，发出清脆的碰撞声响。

“我现在说这些，你肯定觉得我是站着说话不腰疼。可是唐陌她之所以是现在这样子，跟我有很大的关系。她一直认为她妈妈是因为我才死的，所以很憎恨我身边出现的女人，当初对你也是一样。但她又很敏感，察觉到我对你跟别人不一样，所以更加妒忌。那场火灾发生后，她其实很自责和后悔，她甚至暗暗祈祷我不要离开你作为弥补。可是她又很倔强，从来不肯表现出来。我结婚的时候她打电话给你，真正的意图，其实是希望你对我死心，开始新生活。她总是以自己的思维对周围世界做出判断，往往伤害到别人却不知道。对不起，苏可。我不是让你原谅她，只是把一些事实说出来，让你的恨意，可以少一点。”

其实我已经不恨了，苏可想。生活就是这样，会在最绝望的时候，给你一个合适的人，让你觉得一切也没那么糟吧。

“虽然已经过去这么久了，我还是很高兴从你口中听到这些。”苏可抬起眼，微笑地直视着唐古。不过刚刚那一席话里，除了唐古的歉意，苏可还听进去了一些弦外之音，所以她理了理头绪，试着从中剖出一些意料之外的有用信息。

“我想再问问，关于唐陌她妈妈的事。”苏可说，“你为什么说，你是因为类似的事情失去她的？难道是医疗事故么？”

“你知道‘1·23 案件’么？”

“嗯。金臣医院被试者集体失踪的那个案件，当时引起了很大的轰动，金臣医院院长直接涉事人体器官贩卖被判无期徒刑，现在还在监狱里。”苏可点点头，脑海中一闪而过顾小鹤的脸，“难道？”她试探性地朝唐古望去。

“没错，珊珊就是那次事件中离奇失踪的二十个人之一，后来被定性为死亡。”唐古默认了苏可眼神里流露出的猜测。

“你刚刚说，周珊珊经常去医院参加那种测试是么？”苏可开始陷入思索，“但只有那次出了事。她在去之前，有没有跟谁透露过那次测试是关于什么的。”

“没有吧。”唐古努力回忆着当时的情况。其实，自从周珊珊放下画笔、开始在家成为一个全职太太后，她的性情就开始变得多疑和爱猜忌。绘画事业的挫败，似乎一次性拿走了她身上所有的自信，她的生活变得茫然而不知所从，也因为对自己的否定，转而怀疑唐古的忠贞。她总是说唐古背着自己在外面有女人，如果唐古因为工作或者出差不回家，她就不吃不喝不眠不休直到他回来为止。那时候唐古的事业刚刚起步，一心计划着如何出人头地，完全忽略了周珊珊的感受，只看到她的多疑和乖戾。两人常常争吵，幼小的唐陌都看在眼里。白天唐古不在家的时候，周珊珊就在空置的画室里酗酒，喝醉了把酒瓶子乱扔，房间里全是碎玻璃碴。唐陌刚会走路和说话的时候，看见周珊珊这样，总会惊恐地大哭大闹；后来再大一点，她就不哭了，而是面无表情地看着母亲在发完疯后泣不成声。

后来有一次，唐古晚上回家，发现家门被反锁，怎么喊门也没人应。他慌了，开始打电话报警，自己又叫来开锁师傅还有邻居。门打开后，煤气的味道扑面而来，周珊珊抱着唐陌躺在床上一动不动……好在唐古回去得及时，周珊珊带着唐陌自杀的愿望落空了。而唐古也意识到问题的严重性，专门联系了金臣医院最好的心理治疗师，帮助周珊珊进行心理诊断，结果是严重抑郁伴随间歇躁狂。从那以后，周珊珊开始服用抗抑郁的药物——确实有了很大好转，她整个人的情绪都缓和了许多。但是唐古为了防止唐陌受到牵连和伤害，开始将她送去全托的幼儿园，周末时才回家一次。无事可做的周珊珊开始偷偷参加一些医学或心理学上的实验，直到“1·23 案件”披露，唐古才知道自己的妻子一直在参与这样的事情。所以，苏可问他周珊珊最后参加的这次实验跟以往有什么不同，他真的答不上来。还因为答不上来，而突然无比悔恨和自责。

“我们曾因自己的无知和疏忽，给他人造成了怎样无法弥补的伤害啊。”苏可深深地叹了口气。

“是啊，而我竟然到现在才意识到这个问题。我对不起珊珊，也对不起你。”唐古黯然地低下头。

“那就就此停止，不要再重蹈覆辙了吧。”苏可犹豫了下，还是伸出手去拍了拍唐古的肩膀，“好好对你现在的妻子吧。”

唐古有些意外。“谢谢你，苏可，”他说，“看来你也找到自己的幸福了，是上次来我家的那个男人吧？”

苏可淡淡地笑笑，笑容里却并没有幸福的味道，反而是一丝无法言语的苦涩。“对了，这个事当时影响那么大，你们家属后来就没有继续追踪么？据我所知，当时并没有找到尸体啊。也许并不是死亡呢。”她没有回答唐古关于情感的问题，而是继续追问当年“1·23案件”的疑点。

“当然有，”唐古说，“所谓活要见人死要见尸，失踪算是什么结果。可是调查组那边又有证据显示当时的院长——顾方亭，他与一个国际贩卖器官的组织SFM有染，失踪的人可能是由他故意放水，卖给了SFM。那个国际组织，以市调查组的实力是根本无力追责的。我们家属也曾盼望过说器官取走后能保下人命，将他们再送还回来。可是这都三年过去了。而且那些组织一般做事心狠手辣，留命的可能性几乎是没有的。慢慢地，我们也就接受了。而且各类报告上都说失踪的有20人，其实真正有家属问责的，不超过五个——我也是后来才知道，参与那次医学实验的，有一大半都是流浪汉、孤儿或者罹患绝症的孤寡人士。本来在这世上就无依无靠的，没谁在意他们的死活。”

“是医院的人跟你说的么？”苏可问唐古，“他们的意思是，这次的患者构成很特殊？”

“你这么一说，他们当时那话，好像真有点这么个意思。”唐古突然想起了什么，“是那个跟珊珊经常打交道的护士事后偷偷联系我时说的，她还让我不要大肆声张，心里有数，明白这事往下追究不了就行。”

“原来如此，这就是那次实验的特殊性。”苏可果断地抓住了唐古一席话里的重中之重。

“嗯？”但唐古并没有领会苏可话里的意思。

“没什么，其实那种临床实验很常见，一般不会对身体造成大的损伤。周珊珊经常做，肯定是知道这些的。”苏可并不在意唐古的不解，“现在我需要再确认一下你刚才说的那些话。周珊珊并不是第一次参与类似医学实验，而且最后一次实验前，她也没有表现出任何异常。但是事后你却得到一些线索，隐晦地指明参与那次医学实验事故的被试者，大多数没有家属，身份不明。是这样没错吧？”

“没错。”唐古说，“所以你发现了什么？”

苏可深吸一口气，“是，”她肯定地点点头，“‘1·23 案件’，可能是一次有预谋的被试者转移。”

“这不是肯定的吗？”唐古觉得莫名其妙，“转移给 SFM 组织，贩卖器官啊。”

“不，不是这样，如果是为了贩卖，不需要这么大费周章——谁都看出来那是一次必输的冒险啊，根本没有逃脱制裁的可能，顾方亭有那么傻么？”苏可冷笑一声。

“那是什么？”唐古愈发觉得难以捉摸了。

“有预谋地将那批被试者转移，抛出‘被试者失踪’的轰动新闻，再安插一个所谓院方与国际贩卖器官的组织有染的证据，令警方逮捕替罪羊。这才是‘1·23 案件’的真相。”苏可把自己跟唐古聊天的内容通通告诉了顾小鹤，“你父亲是被冤枉的。”

“关于这一点，难道你是现在才这么认为的么？”顾小鹤故意做出不甚满意的样子。

“科学的态度是严谨求实，”苏可一本正经，“这种事情可不能打感情牌。而且人心在利益面前，谁说得准呢。”

“好吧，你说得对，”顾小鹤说，“但是现在还有个问题没有解决：被试者被转移去了哪里呢？为什么要转移？”

“这的确解释不通，”顾小鹤的话让苏可也皱紧了眉头，“但还有一点，我也觉得很奇怪。你说你父亲被带走的时候，曾让你相信他，说那不是他做的。这几年你也去看望过他，对吧？他一边向你保证事情不是自己做的，一边却没有向警方辩解一句就认罪了，不觉得很奇怪么？你后来就没有问过他这个问题？他也一直没向你解释？”

“难道我会没意识到这一点？”顾小鹤正了正身子，“我问过他很多次，到底是怎么回事，既然他是被冤枉的，为什么不为自己辩护……可他除了让我相信他，什么都不肯说。我直觉他是在保护着谁。难道是在保护我？”顾小鹤无奈地笑笑，“至少我没有被他的事牵连，还继续留在医院里做医生，领导或同事也没有谁难为我。”

“我觉得不是，”苏可直言，“我觉得他要保护的恰恰是那个真凶，那个嫁祸给他的人。”

“他疯了么？”顾小鹤显然不认可苏可的推断。

“有那种人，”苏可的眼睛向右上方瞟了瞟，似乎在回忆什么，“我不是说你父亲，是说那个真凶。他们以一种更为崇高的目的为借口，做出一些有违人伦和天理的事，却始终能收复一大批忠实的信徒。”

“苏可，”顾小鹤突然站起来，表情变得前所未有的严肃，“说实话，我并不知道你现在到底是什么立场，也不知道秦雯为什么要把我的一些事情告诉你。但是我想说，这两年，我一直在为我父亲和薇妮的事情奔波，我希望还他们一个清白。你刚刚说的那些听起来都很有道理，可有时候，敌人的有道理，和战友的有道理，是完全不同的概念。我不知道我这样说，你能不能明白。”

“我不明白，”苏可倒也直接，“你意思是说，你不知道我是你的敌人还是战友，对吧？那么我想知道，你是怎么界定这两者的。”

“很简单，”顾小鹤直视着苏可的眼睛，“与密先生为友，就是与我为敌；与我为友，就是与密先生为敌。”

“哦，”苏可故意拖长了尾音，“你是在责怪我，没有把我与密先生交易的真实情况告诉你吧？”

“可以这么理解吧。”顾小鹤收起了往日里的脉脉温情，周身散发出一种理智而冰冷的气场。大概是到了披挂上阵的时刻，必须扬明手中的旗帜才能获得认证或拒绝。

“你还记得我第一次去找你的场景么？”苏可没有被顾小鹤公事公办的态度斥退，望向他的目光，反而变得十分清淡柔和。

顾小鹤吃不准她为什么要把话题转向那个问题，但是被提醒后，他还是想起了那日的光景。那个把自己层层包裹、只露出一双无助的大眼睛，目光在人来人往的医院里四处寻觅又躲藏，阴天下的清潭般阴郁。“请问，顾小鹤医生，在哪个科室？”她的断句很奇怪，像夏日午后忽降的暴雨，兜头一瞬的噼里啪啦，随即归于戛然而止的阒寂中。他站在走廊里，即使隔着流动的人群和面纱，仍能透过那美丽却脆弱的眼神，勾勒出她倔强却疑惧的神情。“你找我么？”他匆匆走过去，轻轻拍了拍她的肩，她却突然像个兔子般弹开。“顾小鹤？”她表现得十分警惕。也正是那种惊惧的警惕，让顾小鹤产生了强烈的靠近意愿。而最终，他的意愿被证明是正确的，她把他的生活掀起了汹涌的波澜，使他得以从淤泥中翻身，试图重新掌握被颠覆的命运。

“是。怎么了？”顾小鹤重新打量了一次苏可。或许如果不是她的提醒，他还意识不到面前的这个女人，已经跟当初医院里完全不同，她已经脱胎换骨，带着狡黠的天真，独自亭亭玉立。

“从那一天起你就知道，我活着的目的，只有恢复容貌这一个。你就知道，为了得到它我什么都可以做。所以，你那么聪明，怎么会猜不到我的毁容突然好了，是因为与密先生有交易。所以，这么久以来，你为什么还要与我故作周旋而不揭穿？我根本就不是值得你信赖的合伙人，你知道的啊。”

“是啊，你也都知道嘛。看来，我也不是值得你信赖的合伙人。”苏可一席话说完，顾小鹤心里反而一点也不慌了。“不过，昨晚你不是还在跟我控诉，说我让你别无选择么？”

“是，但你还没理解我的意思，”苏可微微笑道，“我的别无选择，还有其他隐情；还有秦雯为什么会告诉我你父亲的事？这里头的原因，才是答案。”

“嗯？”顾小鹤突然连呼吸也变得有些紧张起来。

“难道不是因为你喜欢我吗？”

第九章　忌妒与复仇

（一）

没想到，竟是被逼着告白了。顾小鹤回忆着昨天晚上发生的事，一边想着一边摇摇头，心里几分好笑几分好气，当然，更多的是甜蜜。

他把跟苏可间的进展报备给了秦雯，嘱咐她可以放心，苏可的立场已经确定了，剩下的就是抽丝剥茧，找出真相。

“你下午有空的话，过来找我一趟吧，结束了还能接苏可下班。”秦雯这样回复他，似乎对他抛出的重磅消息一点也不感冒。

大概她已经知道了，顾小鹤想。也是，对于现在的秦雯来说，确实会和苏可走得更近才对。只不过她们都是聪明人，在眼线众多的S.U.N.里，反倒会做出点头之交的样子。

“不是说早点见么？”秦雯对顾小鹤不守时的行为十分不满，“这眼看要下班了，苏可一会儿就走了。”

“那就不见她啊，”顾小鹤特意站在S.U.N.大楼前最显眼的地标处，时不时地抬头往上瞄两眼，“你收拾收拾下来吧，我有点事跟你商量。”

虽然觉得莫名其妙，秦雯还是照着小鹤的安排提前下了班。临走前她特意看了眼苏可的位置——她人又不在，桌面上的东西被放置得整齐利落，却无用。对于窥视者来说，这里没有丝毫获取信息的可乘之机。

想到这里，秦雯的表情有了一丝不易察觉的微妙。

“昨天晚上你直接到 S.U.N. 里来了？”见到顾小鹤的第一句，秦雯是这么说的。

“嗯，”顾小鹤点点头，“她都跟你说了？”

“没有都说，说了重要的部分。”秦雯笑了笑，“她怎么会全都跟我说呢？你难道不知道她是怎样的人？又不是薇妮。”

说完这句，两个人都愣了一下。隔了良久，秦雯才讪讪地重新补了一句：“好吧，其实薇妮也没有什么都跟我说。”

“她也没有跟我说，”顾小鹤看了眼秦雯，心里明白她指的是什么，“没有谁对谁，是毫无保留的。只是有时候，这也是一种保护。”

“她能告诉你的，一定都告诉你了。”听到顾小鹤这么说，秦雯反而有些着急想为薇妮辩护，“不然你凭什么坚持那么久？不要跟我说是靠男人的直觉。”

“很快你就会知道了，”顾小鹤说，“我有预感，真相越来越近了。”

“那我拭目以待，”秦雯说，“不过刚刚的问题我还没来得及问，你去 S.U.N. 直接找苏可，就不怕密先生知道么？还有 Lisa 陈。苏可难道也不防备？她明明已经知道你跟密先生的隔阂有多深。”

“所以你为什么不干脆点去想，我们其实是故意的呢。”顾小鹤突然露出莫测的微笑。

“我有点乱，”秦雯说，“意思是你们故意让密先生知道你们走得很近？知道你们对他有所怀疑？”

“大概吧，”顾小鹤说，“有时候要冒险钓一钓鱼。”

“我怎么有点忐忑，”秦雯直言，“你会不会把一切想得太顺利了？哦，对了，今天 Lisa 陈也来找我了。”

“哦，”顾小鹤听到这个名字，突然也有些莫名的不安，“她找你干吗？是为了，我和苏可的事么？”

“嗯，”秦雯皱了皱眉，“我还问她是怎么知道的，她没跟我说。我看她情绪有些失控，也没再多问了。”

顾小鹤轻轻叹了口气，好像也不知道说些什么。感情这种事情就是这样，他被折磨过，自然也懂个中的滋味。但是没办法，它不是数学题，有标准答案可以照本宣科。

“我明天想带苏可去植物园。”顾小鹤默默地转移了话题。

“以前和薇妮常去的么？”秦雯哼了一声，“你这唱的哪一出？”

“我知道这话说出来，你肯定觉得我是疯子，所以我不说。但是你肯定知道我要说的是什么。”顾小鹤说着，眼神郑重其事地望向秦雯，“所以我想带她去那个地方，最后再试一次。”

“真是疯了。”秦雯摇摇头。

他们在天黑前分别，冬日苍劲的暮色让影子跟时光一起变得厚重。秦雯突然叫住已经走出几米远的顾小鹤。

“顾小鹤。”她大声喊道。

“怎么了？”顾小鹤回过头，神情满是困惑。

“如果苏可真的不是，你还会喜欢她么？”秦雯认真地问。

顾小鹤没说话，过了很久，他轻轻地点了点头。但那态度是坚定的。

“那就好。”秦雯对着他远去的背影，自言自语道。

苏可没有料到她跟顾小鹤的第一次约会，对方竟然选在了植物园。冬天的植物园光秃秃的，树木一株株像瘦猴般精干。空荡荡的大园子，没有一个人，苏可一眼望过去，觉得这场景好像末日。

想到这里，她心里默默难过起来。

“你不会觉得奇怪么？”顾小鹤问苏可，“这里看上去像座死城，像我们最终走向的未来。”

“为什么这么说？”苏可奇怪地盯着顾小鹤，她的好奇里，还隐藏了一丝不易察觉的不安。

“地球上曾经有多种多样的植物，现在呢？只剩下最易存活的数百种。而这数百种中，有将近百分之八十，都被存放在这个植物园中。到了冬天，它们集体凋敝，就像给人类发出警报一样，让我看到这个世界荒芜的本相。其实我们什么都没有，却总觉得自己很伟大。”顾小鹤叹息一声。

“所以呢？你是在暗示什么？密先生那可笑的造福人类的伟大信念？”苏可瞥了一眼顾小鹤，“我都摆明了立场，你不用再这么费力地加深教育吧？”

“你今天好像有些不高兴。”顾小鹤听出苏可语气里的不满。

“是啊，不高兴，你为什么要带我来这？”苏可说，“植物园？和薇妮以前常来吧？听说她是个自然主义者。你受她的影响可真挺深呢。”

“生气了？”顾小鹤意识到苏可话中有话的酸楚，立马感到有些后悔。为什么把好不容易获得的感情，进行得像旷日持久的拉锯战？或许秦雯说得对，他真是疯了，好端端还要什么旁门佐证？

“对不起，”顾小鹤赶紧握住苏可的手，“我们现在就走吧。”

可能是太害怕得到后又失去，相比于未袒露心迹之前，此次再见苏可，顾小鹤竟也有些失控——在此之前，他明明理性地制订好一切计划，连怎样引入话题，得到他想要的对话都设计完毕，去证明他之前坚定不移的猜想，却在苏可轻轻蹙眉露出寥落眼神的一刻，自动缴械。

苏可被顾小鹤攥着掌心，半天没有说话。她心里的悲伤和无助，像冬日凛冽的寒风，刮向不知尽头的何方。你是真的喜欢我么？她很想这么直接地问顾小鹤，可是她不敢。他如果真的喜欢，为什么总要似有似无地提到另一个人。他不知道那是苏可的死穴么？可她又不能勒令他忘却，或者像顾小鹤曾袒露的那样，他跟自己在一起的时候，总是有负罪感和错乱感。

“我没有跟你说过，我和唐古是怎么相遇的吧。”苏可眯着眼望着前方，突然说道。

“嗯？”顾小鹤愣了一下，“没有。”

“我不知道你有没有经历过孤独，也许有吧，在薇妮离开的那两年。”苏可说，“可是我有。那种孤独感，从小到大，如影随形，简直成了老友。我的父亲，嗯，也许他是个科学家吧，总之就是个搞研究的，而且是机密研究，总是不在家。母亲呢，也不知道在哪，好像一出生就没了。我就像个被放养的野孩子，除了成绩好，其他一无是处。老师们也不喜欢我，说我性格奇怪，因为我总是一个人在角落里又哭又笑的。他们哪里知道，我是在跟自己做游戏呢。我一直都在渴求一个人，她是我的朋友，也是我的敌人。所以小时候，我最喜欢玩的游戏，是角色扮演，总是一个人分饰很多角色。我把这些角色画出来，让他们显得真实些。也就是那之后，我发现自己还有绘画的天赋。我在课堂上画，被老师发现了，老师把我赶出去，还把画都撕了。后来我读大学，继续搞我爸的老专业，但是老师们教得太简单，我就喜欢自己鼓捣东西玩，结果违规了，被除了名。被唐古捡到的时候，我刚被学校赶出来，睡在美术馆门口，就像个无家可归的乞丐。而他呢，他从天而降，像上帝一样，给了我阳光和温暖。我不愿意离开他，因为他身上有我多年苛求而不得的东西——陪伴。我没有母亲，父亲终年缺席，后来又突然消失，有时候我真不知道自己活在这个世界上的意义和价值。遇见唐古的时候，我跟他说我叫苏可。可其实他不知道，你也不知道吧？我以前并不叫苏可，苏可是我画画时留的笔名。我之前叫什么呢？我忘记了。那天早晨，我从美术馆门口醒来，就忘记了自己原先的名字了。好奇怪，我记得一切事情，就是不记得那个之前的名字。但是我告诉唐古，我叫苏可，这是个全新的名字，而他像慈悲的救世主，给了我这个重生的机会。”

苏可一口气说完，顾小鹤却没显出太吃惊的样子。他慢慢地又恢复了理智而冷静的状态。

“你是说，你失忆过？”他问。

“不算失忆，”苏可摇摇头，“可能是一种选择性遗忘吧，心理学上常有这种病征。”

“那唐古就不觉得可疑么？”顾小鹤继续问。

“可能怀疑过？”苏可摇摇头笑道，“但至少他没有表现出来。也许对于他来说，我太简单了，所以即使来路不明，也不需要设防，这也是他喜欢我的地方吧。那天晚上，他请我吃饭，等餐的时候，我实在无聊，就要了铅笔和白纸，随手把早上我们在台阶上相遇的场景画了下来。我记得他当时看我的眼神，怎么说呢，虽然这样说会有点厚脸皮，但是我知道他爱上我了。然后，那天晚上我就跟他回家了。”

“你，这么随便。”顾小鹤这下脸色有点不太自然了。

“嗯，”苏可倒是很无所谓，“不过就是借了我一个临时住所。他真的开始追我，然后在一起，是半年以后的事了。”

“可能他不是那天晚餐时候喜欢上你的，而是更早一些。”顾小鹤若有所思。

“为什么这么说？”

“因为我问过唐古。”

顾小鹤说着便停了下来，转身望着旁边的苏可。苏可也停了下来，她松开了顾小鹤的一直拉着的手。

“这不公平啊！”苏可说，“你可以直接去问我过去的爱人，我却只能信任你对过去阐释。其实我曾经很讨厌‘自我实现’这四个字，因为觉得那都是自欺欺人的东西。我常常反问，一个都没有‘自我’的人，你让她去实现什么？所以一开始，当我知道薇妮的存在时，我真的很嫉妒薇妮，她活得那么充盈，还能被你和秦雯那样惦念。但是现在我不会了，因为我开始慢慢找到了自己的位置。无论现在的我是怎样的，我都不想活在她的影子里。顾小鹤，我是苏可，我想再跟你强调下这一点，以免你自己都不知道自己搞混了。"

"我知道，"顾小鹤耐心地宽慰苏可，"我从来都没有把你当作薇妮的替代品。我喜欢的是你。"

"以前古琦跟我说，唐陌是我和唐古关系中的原罪，永不可破，我不信，结果呢？"苏可摇摇头，"薇妮的存在，也是我俩关系中的原罪。这是没办法的，吃了亏，我好歹也要成长一点。"

"可是古琦并不存在啊，"顾小鹤望着苏可，一字一顿地说，"她只是你想象出来的，对吧？"

"唐古连这个都跟你说了？"苏可并没有很吃惊，她的脸上，又露出了那种熟练却令人陌生的嘲讽表情。

"但就算古琦不存在，密先生确实是真的吧！"没等顾小鹤多言，苏可紧接着便开口道，"昨天下午的时候，密先生找我了。他的确知道了我们的事情，但是他问我的问题，却让我不知道如何反驳。"

"是关于薇妮么？"这么问的时候，顾小鹤有一点难过。不是因为别的，而是这个问题，是由密先生亲口提出。

"他问我，如何确认自己没有被当作薇妮的替代品呢？"苏可的眼睛里浮现一层忧伤的底色。"我觉得我没法回答他。你能吗？"

"我想我能，"顾小鹤像是终于做了个重大决定，"苏可，我给你看样东西吧。"

苏可他们一行三人从顾小鹤家出来，竟然在楼下碰见了 Lisa 陈。

或者说，碰见了等待已久的Lisa陈。

"我都不知道，你们什么时候走得这么近了。"Lisa陈望着秦雯和苏可，似笑非笑。

"你跟踪我们？"秦雯不满地望着对方。

"多新鲜啊！"Lisa陈笑着拍起手，"经典场景再现啊，我还真以为是时光倒流，又回到你们三个形影不离独独孤立我这个小师妹的时候了。哦，不对，中间这个是苏可不是薇妮。唉，真是容易让人搞混呢，也不知道你们两个是不是一样的感觉。"

Lisa陈全程是对着苏可说的，可是苏可好像并没有什么反应。相反，她看上去十分无所谓。

"学长。"Lisa又掉头望向顾小鹤。这次，她的声音变得温柔许多，温柔得有些陌生。

真是活见鬼了，苏可想。她竟然看见了Lisa陈笑，那种自然的、毫无矫饰的干净笑容，仿若忽然之间卸下了多年的往事。

"你很喜欢她么？像喜欢薇妮那样？"她问。

"Lisa，好好去过你自己的生活吧。"顾小鹤犹豫了一下，用手轻轻拍了拍她的肩膀。

"我怎么觉得，有事要发生了。"回去的路上，苏可对秦雯说。

"你小心点，"秦雯点点头，"被逼到绝境，Lisa陈什么都做得出来。"

苏可默默低下头，独自想着心事。其实，昨天下午的时候，她去看过唐陌。然后从唐陌房间里出来后，她就碰上了Lisa陈。

"你们认识？"她问苏可。

"不认识，只是好奇她这么小进来，聊了两句。"苏可仔细想了想，还是没有跟Lisa陈承认。虽然她知道Lisa陈对一切心知肚明，但她不想让Lisa陈知道自己其实也对一切心知肚明。坦荡不如装拙，这才能利用她膨胀的优越感，套取更多可能的内幕——毕竟她是密先生身边最近的人，又一直把欲望写在脸上。

“你也觉得这么小太可惜了吧。”Lisa 陈朝唐陌房间望了一眼，语气听着是慨叹的，嘴角却是朝上，挂着若有若无的微笑。

“你这话是什么意思？”苏可也挂着笑容，努力掩饰自己内心的慌乱，“就趁着年龄小，早点治疗早点康复，不用以后受罪。难道你觉得这样不好么？”

“不会吧，苏可？”Lisa 陈一副难以置信的样子，“我们好歹也是同事，大家都在密先生眼皮底下做事，你跟我说话不用这么虚吧？这种蒙骗公众的官腔也打？”

“什么打官腔？”苏可做出不高兴的样子，内心却十分焦灼。她想知道 Lisa 陈究竟会透露出些什么？

“今天密先生找你，是因为跟顾小鹤的事么？”Lisa 陈突然打住，把话题往苏可身上一转。

“你听到了？”苏可回忆下午跟密先生的谈话，明明是在小隔间里。

“我猜到的。”Lisa 陈在脑海里迅速闪回顾小鹤这几日在 S.U.N. 出现的场景，还有小隔间里密先生和苏可之间微妙的表情反应以及并不激烈的手势语言。

“干吗突然问这个？”苏可也敏感地察觉到什么，“那么关心你老同学的情感状况？”

“嗯，确认一下。”Lisa 陈说着，身子突然僵了一把。这回答让苏可有些意外，没想到 Lisa 陈在这件事上那么坦诚。

彼此沉默了一会儿，Lisa 陈低下头，像在思考什么，片刻后又突然抬起，“她的身体已经开始出现些不良反应了吧？”她说，“是不是头痛啊？神情恍惚？”

“谁？”苏可巧妙地避开了 Lisa 陈突然抛出的陷阱，装出十分不解的样子，朝唐陌的房间望过去，“你是说她？那个年龄最小的患者？”

“嗯。”

“好像是有点吧。”苏可谨慎，没有透露太多。“怎么了？你到底想说什么？”她接着问 Lisa 陈，没有放弃从对方口中套话的努力。

“那就是了，”Lisa 陈突然加快了步子往前，把苏可甩在了后面。苏可三步并两步地跟上去，听见她说，“那明天就可以开始第二波测试。力度也又要加大了。”

“好像真的有事要发生了。”苏可又喃喃地重复了一遍。

（二）

接到秦雯电话的时候，顾小鹤正在给杜永泽做常规检查。本来手机响的时候，他在拿单子没听见，后脚刚回科室，座机电话便紧跟着响了。

听到秦雯的声音，他还有些莫名其妙。你怎么会突然打电话来？还打在了办公室的座机上？他刚想开口问，便被秦雯绝望的声音阻绝了所有希望。

“苏可出事了。”她说。

“怎么了？”顾小鹤听得见自己语气里的恐惧。

“她死了。”秦雯在努力控制自己，也在试图稳住顾小鹤，“你现在什么都不要问，已经报警了，你现在最好动用一切人际关系，争取介入到尸检中。对，为了以防万一，你也报警吧，说明你和苏可的关系，再告诉他们你是医生。总之我们现在一定要把苏可抢过来。”说到这里，秦雯紧急停顿了下，“你懂吧，顾小鹤？我们不能让她再像薇妮那样……”

“我马上就去做，”顾小鹤打断了秦雯，“你也照应好你那边。”

在 Lisa 陈突然一股脑道出密先生真正的阴谋时，苏可就知道自己被算计了。Lisa 陈原来比苏可想象中要更聪明，也更狠心。

就像秦雯说的，穷途末路的 Lisa 陈，真的什么事都做得出来。

顾小鹤是 Lisa 陈追逐的太阳，而苏可就是 Lisa 陈第二次的穷途末路，为了除掉她，Lisa 陈可以剑走偏锋、殊死一搏。第一次的穷途末路是薇妮，她的死虽然不是 Lisa 陈直接造成，但她在其中的顺水推舟，也导致了事情的真相一直被掩盖。现在，她直接变身刽子手，大刀阔斧地砍向苏可。

“实验马上就开始了，”Lisa 陈说，“我觉得，按照年龄从小到大的顺序比较好，你觉得呢？不过你怎么觉得我无所谓，你还是等在一旁，看唐陌会变成什么样子吧。你应该开心的对吧？毕竟是她把你的脸毁掉的，现在不用自己动手就能报仇。”

“你是故意的，”苏可上前挡住 Lisa 陈，“从昨天到今天。”

“你很聪明，但我也不笨呐。所以，昨天还不如直接承认你跟唐陌间的关系好，那样我还不确定你有心保护她。”Lisa 陈冷眼望着苏可，“你这样是挡不住我的，她就在里面。”

“你会做什么？”

“我会做什么我知道，密先生也知道，但是仪器会做什么，我就不知道了。”Lisa 陈说着一把推开苏可，直接打开实验室的门。

唐陌坐在椅子上，眼神涣散，脖子和手臂上已经出现褐色的树纹。

“苏可，”唐陌望着狂奔过来的苏可，黯淡的眼睛里又燃起了一丝希望，“我想回家。”她说。“那些叔叔阿姨们全不见了，有一个叔叔，他的腿没有了……”

“我现在就带你走。”苏可说着就要抱起唐陌，却发现她已经被牢牢固定住。

“没用的，”Lisa 陈站在仪器边，露出了诡异的笑容，“你快离远点，我按了。”

没有片刻的犹豫，Lisa 陈干脆地按下开关，然后自己远远站开。

唐陌发出痛苦的哭喊。

“她最多能坚持两分钟。”Lisa 陈抱着手臂笑着望向苏可，“你当然可以过来把它摁掉，但是摁掉后会发生什么，我就不知道了。”

“要么她死，要么我死？是不是？”苏可望着 Lisa 陈，眼睛里盛满愤怒。

“一分钟过去了。”Lisa 陈低头看了眼表，继续保持微笑。

“不行。”苏可疯狂地摇着头，拼尽全力地冲上前摁掉了开关。

一阵剧烈的电流穿过身体，世界顿时空白无声。

“这到底是怎么回事？”

“意外，”Lisa 陈也一脸的惊惶，“她突然就闯进来，把患者推到一边自己凑过来。”

“胡说！”密先生狠狠地瞪了 Lisa 陈一眼，“这明明是遭受强烈电击而死！我们的机器怎么会有这么低级的问题！”

“这种意外有时就是这么难以控制……”Lisa 陈企图辩解，密先生一个响亮的耳光打在她右半边脸上。

“胡闹！”他的眼睛像要喷出火，“你知不知道她对我的实验有多重要？我准备了这么久，终于等到这次天赐良机，却都让你给毁了！”

“她已经跟顾小鹤在一起了，迟早会站出来反对您，”Lisa 陈继续站得笔直，根本没打算用手去抚摸一把热辣辣的脸颊，“她只会破坏您的计划，老师，我都是在为您考虑。”

“你懂什么，苏可不会背叛我，我手上捏着她致命的东西。”密先生斥责 Lisa 陈。

哦，不过就是跟皮肤再生有关，Lisa 陈心里冷笑道，如果不是你非要给毁容的她这个技术，她也勾搭不上师兄，那她现在也不用死了。归根到底，这账还要算在你头上。

“而且，如果说跟顾小鹤在一起就是背叛，我岂不是老早就要防着你了？”看见 Lisa 陈不吭声，密先生又补充了两句。

“我不会背叛您的。”Lisa 陈赶紧表明态度，“就算是我有一天……”

“好了，我知道这种情况不会发生在你身上，”密先生嘲讽地看着 Lisa 陈，“因为顾小鹤根本不会看上你。”

Lisa 陈的眼睛在密先生说完这句话后，忽然红得要流出血来。

“是，”她说，“不过就算苏可不在了，我也可以帮您继续完成实验。”

“不要说那些没用的，”密先生根本不想理会 Lisa 话里的野心，“要是你能中用的话，我当初能冒那么大风险从顾小鹤手里把苏可带回来？失去一个薇妮已经够让我费神了，顾小鹤又不听话，老早就背叛师门半路去当什么医生。你呢？小聪明倒是很多，大智慧上总是差了些。你也不用觉得委屈，天赋这个东西，本来就是生下来就决定好的。你就安心地做好本职工作，那些可也是 S.U.N. 的命门啊。”

“好的，我知道了。”Lisa 陈点点头，“那接下来该怎么办？”

“算了，”密先生摆摆手，“当务之急还是先把眼前的事情处理掉。现场你都布置好了吗？”

“您放心吧，绝对只是个意外。”

“那就好，要是再出纰漏，就别怪我不念师生情谊了。”密先生看了眼躺在地上的苏可，又把脸别过去，“这次再想悄悄处理掉是不可能了，好在也没必要。快把消息放出去吧，让他们科室的人都知道。”

（三）

“S.U.N. 里怎么会有这种意外？”秦雯质问 Lisa 陈。

“我不清楚，”Lisa 陈冷静回应，“我也很难过。”

“这种算事故了吧，”李燃也有些不能接受，“报警了么？”

“嗯，已经通知警方了。”Lisa 陈话是对着李燃说，眼睛却看向秦雯。

不过为了以防万一，秦雯在去事发现场的路上就已经报了警并通知顾小鹤。所以此时，她并没有什么大动作。但是她的脑袋很空，事情来得太过突然，她此时才来得及悲伤。

“她什么都做得出来。”她想到昨天跟苏可说的那席话，感觉眼前一片发黑。

顾小鹤，但愿你是对的。她在心里默默念念叨，只可惜这一切比我们预料得，要凶险太多。

“让我进去。”被围堵的 S.U.N. 门口，顾小鹤打电话给密先生。

“你现在上来也看不到她，警察正在勘察现场。”密先生的解释显得尤其耐心。

“让我进去。”顾小鹤面无表情地看着面前阻拦他的保安，一字一顿地重复着。

“好吧，把电话递给他们。”这一次，密先生妥协得很快。

接到电话后的保安即刻放行了顾小鹤，他一个箭步冲进去，直接奔向电梯。

他已经因为所谓“意外”失去过薇妮了，这一次他决不允许苏可再因为同样的遭遇，毫无预兆地从自己的世界里消失。他的人生，再也承受不了这样的重蹈覆辙了。无论之前他对一切是多么有把握，但正如秦雯所想的一样，此时顾小鹤心里也在恐惧：今天的一切发生得实在太过突然，生活比他们预料得，要凶险太多。

终于到了出事的17楼，顾小鹤直接略过门口的秦雯，朝密先生和Lisa陈走去。“为什么会这样？”顾小鹤一把拽过Lisa陈的胳膊，“是你先发现的是么？一切到底怎么回事？”

“仪器出现故障，我也不知道为什么这样。”Lisa陈也被顾小鹤的样子吓住了，但她还是按照想好的口供一口咬死。

“好端端的，她为什么要去碰仪器？”顾小鹤当然不相信Lisa陈的鬼话，“昨晚她回去后就一直心神不宁，说担心出事。你到底跟她说了什么？”

“我只是说唐陌最近身体有些不舒服，”Lisa陈倔强地不去回避顾小鹤的眼神，“今天一大早她就进来干涉唐陌的治疗，才出了事。”她冷笑道，“大概是忘不了那个前男友也忘不了那些伤痛吧，特意对对方的女儿也那么专注。”

“你不要想着用这个激怒我，”顾小鹤毫不怯懦地回应，“我会让你付出相应的代价。”

周围一群人看得云里雾里，秦雯想上前拉过顾小鹤，发现密先生正朝跟前去，便停在了原地。

突然，事故房间里传来一声尖叫，密先生还来不及张嘴劝阻顾小鹤和Lisa陈，便听见里面一阵骚乱，有几个声音在喊：“活了，活了。”

所有人都没有反应过来时，顾小鹤直接冲了进去，密先生和Lisa陈紧随其后。秦雯也不管不顾地一把推开挡在门口的警察，等她跑到跟前时，苏可已经从地上坐起来了。

“情况一进来的时候就检查完毕，确认死亡了。刚刚勘察完现场，本来都准备撤了，她突然把眼睛睁开……”旁边一个女警正在跟队友紧张地复述刚刚的情况。

“这不可能。”Lisa 陈喃喃地摇着头。

一旁的密先生倒是颇为镇静，“先送去医院吧。”他说。

第十章　双面薇若妮卡

（一）

虽然没有了生命危险，苏可的身体还是有些虚弱，大部分时间都陷入在昏睡中。顾小鹤一直在守着她，Lisa 陈也来了。

“她还好么？”她问。

“是你做的吧？”顾小鹤抬起头，眼神里全是疲惫。

Lisa 陈没有说话。

“你知道她是谁么？”看她沉默，顾小鹤又转过去望着还在昏睡的苏可。

“是谁？”Lisa 陈像是被顾小鹤这句话突然点醒了，“难道是？”

“对，她就是薇妮。”

“薇妮没有死？”Lisa 陈吃惊地瞪大了眼睛。

“其实你一直都知道是不是？薇妮当初根本不是意外，那场车祸，根本就是密先生自己制造的。只是他没有想到薇妮还能复活，只是丢了记忆，变成了另一个人。但是本质是没变的，所以他又一次诱敌失败。”顾小鹤平静地将一切陈述出来。

“你什么时候发现苏可是薇妮？还是你从一开始就知道？”

“我怎么会一开始就知道？”顾小鹤笑着摇摇头，“那时候她裹着头巾面纱，只露出一双眼睛，虽然感觉有些熟悉，但她的瞳仁是琥珀色的，而且感觉十分阴郁。她说自己毁容了，知道我当年参与过再生实验，想让我帮她引荐给密先生，看能不能用再生实验恢复皮肤。我当时觉得非常奇怪，就算她说自己以前是 T 大研究所的学生，接触过相关信息，可再生实验是绝对保密的。我就猜测说，她会不会是薇妮的朋友，从薇妮口中知道这个消息。可是她却说，她根本不知道薇妮是谁。这就奇怪了，薇妮明明是这个实验的核心成员，苏可都能找到离开了 S.U.N. 的我，却怎么不知道薇妮是谁呢？也正因此，我对她产生了好奇，觉得她冥冥之中与薇妮的事件有关联。随着交往越来越深入，我从生活细节到学术习惯上，都察觉到她跟薇妮十分相似，直到她恢复容貌后……"

"你是说她们长得像？可是密先生做过 DNA 比对的。"Lisa 陈打断道。

"不是，"顾小鹤连忙摆摆手，"昨天晚上你不是看见我和秦雯还有苏可一起么？"他说，"其实是那个时候，才确认的。我让秦雯帮忙看了苏可的身体。"说到这里，顾小鹤有些不好意思起来，"在一个很隐私的部位，有个印记。因为确立恋爱关系没多久，还要让秦雯和苏可间也有信任，所以也是刚确认的。"

"哦，"Lisa 陈不自然地笑笑，"那为什么不一开始就粗暴点，还那么大费周章？"

"因为不是我说她是薇妮，她就认为自己是薇妮的。"顾小鹤摇摇头，"虽然她们还是同一个身体，但是思维早已不是，换言之，她们确实已经是两个人了。苏可有自己独立的意志和思想，她是不会被我的结论所轻易左右的，在这一点上，你们不都一样么？"

"但你是怎么让她信服的呢？因为爱么？"这么说着，Lisa 陈流露出几分苦涩。

"当然不是，"顾小鹤轻轻地握住了病床上苏可的手，"这其中就十分曲折了，最关键的是我给她看了薇妮当年留下来的日记，就是昨晚，跟秦雯一起。我跟你说这些，是想劝你回头。不管你今天早上对苏可做了什么，我们现在都希望你能利用手上掌握的证据，帮我们彻底除掉密先生。现在可是最佳时机，苏可死而复生的这条新闻，我已经委托运作，网络上铺天盖地的都是这个新闻，如果……”

“我明白你的意思，”Lisa 陈说，“我过来找你也是为了这个。你问我早上跟苏可说了什么？其实我就是告诉了她人体实验的真相：那群被用于实验的人体，最后的结局根本不是密先生说的那样美满——他们会脑死亡，变成植物人，不会死，也不会活。而这背后，牵扯到国际金融组织 MAT，他们是密先生的金主，给他投钱做实验，再从中获益。”

“所以她是去救唐陌？”

“是，我利用了她的弱点，打算趁机将她置于死地。”事到如今，Lisa 陈反倒承认得非常痛快，“虽然暴露了密先生的机密，可是她反正要变成死人，最后把一切都带进坟墓，我有什么好怕密先生追究的呢？可是她又复活了。真是强大啊，密先生说得对，有些事情是天生的。她连命都能有那么多条，我拿什么斗呢。很快她就会醒过来，你们都会保护她，而我呢？泄露了那么多机密，密先生怎么可能会放过我？就算你什么都不说，我也会和你联手的。以后你们会怎么对我，都随便吧，但至少我不想死在密先生手上，除了需要卖命的时候，他不曾有一天正视过我的价值。”

“你把证据带在身边了么？”顾小鹤问 Lisa 陈。

“如果是这样，我早就没命了。”Lisa 陈说，“密先生是不会让我留下什么实质性证据的，不过有份跟 MAT 交易的记录整理，因为一直经我手，所以有留存。当时也是为了以后有一天帮你父亲洗刷冤屈用。”

“1·23 事件？”

“嗯。”

“那份东西你带在身上么？”

“没有，”Lisa 陈沮丧地摇摇头，“所以我想让你跟我一起回去取。再晚一些，密先生就会盯上我了。”

“他现在应该还无法知道苏可的真实身份，我们还有时间。”顾小鹤说，“快点走吧，如果能顺利拿到，事情就轻松多了。”

（二）

可惜的是，顾小鹤和 Lisa 陈前脚刚走，就有人把他们离开的消息告诉了密先生。

“我知道了，”密先生说，“按计划行事。”

原来，就在 Lisa 陈跑去找顾小鹤的时候，密先生就窥破了苏可身份的秘密。

当苏可复活那一刻，密先生的心里也是恐慌的。他不敢相信这是真的，在实验室里，他反复比对着苏可事发前后的胸透及 X 光图片——事故发生时被击穿的左心房竟然可以全状修复，这在现代医学上是根本不可能的事。

密先生苦苦思索，仔细地比对着图片。他突然想起，自己多年前把寂铃植入薇妮体内后，曾对她的身体细胞进行过跟踪。当时的显示图，跟现在苏可的显示图似乎是一样的。

密先生找到当初留存的薇妮的血液检测，竟然跟苏可的 DNA 检测结果一致。

眼前的这个人，就是密先生当初亲手毁掉的养女薇妮。

其实，密先生的“人体试验”，主要是以“再生实验”（植物的再生能力）为基础，使实验对象体内的人体细胞与植物细胞共存，观察结果。而植物细胞吞噬了人体细胞，会使人体的局部异化。他曾做过一次实验，那些在“1·23事件”中失踪的人们，就是第一批失败的植物人，他们完全异化成树枝，却有人的思维。密先生把他们转移到仓库，一把火烧掉它们灭口，却不知仓库里有易爆物，结果被薇妮窥破。为了自保，他制造了“意外车祸”使薇妮身亡，没想到她以苏可的形式回来了。

而苏可，或者说薇妮此次器官可以被完整修复的原因，她成功复活成为“苏可”的原因，都可以被解释得通了：当初他曾将一株叫寂铃的植物植入的她的体内，结果却久久没有收获，没想到竟然在潜伏了这么久后，发挥了如此神奇的复生作用。

“我成功了！”密先生站在实验室里振臂高呼。多年经营，他终于拥有了一个最完美的作品——苏可。

“你不住在小区里么？”顾小鹤越开越觉得疑惑。

“马上就到了，独门独户。”Lisa陈焦急地望着前面。

“你自己买在这边？”顾小鹤继续问。

“嗯，也是MAT投资的，密先生介绍给我的。”

话说到这里，两人突然一起陷入沉默。

“等等，会不会有问题？”Lisa陈瞪大眼睛望着顾小鹤，对方眼中也透露出深深的担忧。

“我们要不要过会儿再进去？”

“我觉得不用进去了，”顾小鹤在车里四下张望，立马开始掉头往回走，“好像密先生已经知道了苏可的身份。她现在有危险，我们赶紧回去。你联系这个号码，”顾小鹤说着把杜永泽的电话给了Lisa陈，“让他派人过来保护我们。”

车子开出十米远，顾小鹤和 Lisa 陈听见背后传来轰隆一声响，再一回头，Lisa 陈的房子已经一片火海。

回到医院时，苏可的病床也空了。

（三）

在漫长的昏睡里，苏可不停地从一个梦境进入到另一个梦境，那些以往出现在她生活里的莫名幻觉，渐渐有了清晰的往事轮廓。她看见了那幅画，最珍爱的名为“飞花”的画，唐陌要烧掉她，她不肯，争夺期间引燃了窗帘，然后是一片火海……还有那轰隆的爆炸声，从不远处工厂的仓库里传出，震动了整栋楼，她慌张地从楼梯间逃窜，语无伦次地打电话给顾小鹤让他来接自己……还有很小很小的时候，春天，飞絮漫天的时候，父亲会从遥远的工作基地回来，他的身上有陌生而好闻的气味，藏着未知远方的无限思念。他从来没有不爱她，她都知道，她只是把无人陪伴的岁月里的孤独，打磨成明亮的石头，遇见壁垒时费力打破，就像他赐给她的力量一样。而那株让她拥有了超能力的寂铃，也是因为有他的温度，才能与她奇妙地融合吧。

有时候，科学并不能解释全部，比如爱。

只是当她用绘画时的笔名，给重生的自己无意识命名为苏可时，她的记忆已经被打乱，变得灰暗而沉重。更像亲生父亲的薇妮，变成了更像养父密先生的苏可，但在每次“青草与石头”的关键抉择时，还是义不容辞地站在了更为脆弱的“青草”那边。

因为，她是林阔的女儿林薇妮啊。

“你醒了？”

缓缓睁开眼，首先出现在眼前的，却是另一个父亲。

“怎么是你？”苏可有些不好的预感，“其他人呢？”

“没有其他人，现在这里只有我，也只会有我，”密先生仔细地望着苏可，似乎还想从她的脸上打探出什么，“你不对自己感到吃惊么？你竟然活了下来。”

“看来你都知道了。”苏可虚弱地笑道。

“是啊，我都知道了。”密先生眯起眼睛，“现在该叫你薇妮么？”

“不要！”苏可拒绝，“我更喜欢苏可这个身份与你之间的关系。”

“很好，我们还是合伙人。”密先生拍手笑道，“一切都太神奇了，你明白么？我要把你的传奇无限复制，让所有衰竭的器官再生。我是人类的救世主，你也是。”

刚醒过来的苏可其实并不知道事情的详细经过，但是看密先生激烈的反应，她也能猜出来八九分。

“我已经知道人体试验的真相了。”苏可说。

“你当然知道，”密先生根本毫不在意，“你是薇妮啊。”

苏可本想反驳说是 Lisa 陈告诉了她一切，话到嘴边还是忍住了，还是让他照自己的以为吧，苏可想。关于薇妮的那些过往，她依稀记起来，却不愿再细细回忆了。仿佛那个叫薇妮的自己，真的是另一个平行时空里的人而已。

“那你也应该知道，我不会答应跟你合作吧。”苏可淡淡地说，“那时候不会，现在更不会。”

“你是觉得，我不能把你怎么样是么？”密先生冷笑道，“你不要忘了，你毕竟不是以前的薇妮了——你的脸毁了。你以为我给你的容貌恢复期限是永久的么？你也太天真了，我不会……”

“你不会一点把柄不握在自己手上的。”苏可抢先替密先生说了下半句，“我当然知道，从觉得顾小鹤一切的怀疑都有理有据的时候，从他跟我说起薇妮的故事的时候……其实我一直不愿意相信的，我甚至还对你有过特殊的感情。只是没想到你那么疯狂，从对我，再到那批被一把火烧掉的第一批试验者，再到现在的唐陌他们……那么多条无辜的人命，还有顾伯伯，还有那个仓库爆炸案的死者……你都没有一点畏惧之心么？”

“那是他们的命，”密先生说，“不是每个人的生命都有价值。”

“那你还做什么人体实验去拯救他们？”

“我不是为了救命，而是要拯救苍生的快感，那群蠢货，你都不知道他们膜拜你的时候有多可笑，又有多可爱。”密先生的眼睛里又开始露出那种光芒，“你不想要么，苏可？你可以跟我一样，成为他们膜拜的神。”

“可我并不想成为什么神，”苏可摇摇头，“老师，您及时收手吧。把唐陌他们放了，我陪您去自首。”

“放了？怎么可能？他们已经开始异化了。”密先生摇摇头，“反正注定要变成废物，不如利用得更彻底些。还有，你难道真的忘了你的脸了？变回以前的丑八怪，顾小鹤还会要你么？”

“他不要我，我就不能活了么？”苏可不卑不亢地回击，“总比一生都活在良心的煎熬里好得多。”

“你没听过一句话么？由俭入奢易，由奢入俭难。你现在怎么说都行，等到了那一天，你就知道现实有多可怕了。”

说完，密先生又笑着补充了句：“哦，对了，好像也就剩两天了。”

“你会怎么做？如果到时候，我还坚持已见的话。”苏可突然问密先生，她的眼神，有了当时薇妮的神采。

那种犹疑不决却又饱含深情的，女儿对父亲的眼神。密先生突然有些无言以对。

“你会怎么做？”苏可继续重复道，“那个叫薇妮的我死之前，其实有留下过一样东西——她叫它‘身体日记’，上面记录着你把寂铃注入她体内后，她每日的身体变化。那本日记最后的更新时间，停在了T114 年的 3 月 7 号，那天她只写了一句话。你应该记得那是个什么日子吧？她其实明明可以把真相写出来的，但是她没有，因为她固执地相信，你不会伤害她。”

薇妮日记

T111 年 11 月 1 日

密先生刚把我接回他家的那天，就给了我一个特别的礼物——一株放在 S.U.N. 里、用密封玻璃球罩着的小小植物。那株植物很特别，我从来没有见过，他说它叫寂铃，是他和父亲在极地时共同发现的濒危物种，世间仅剩一株。他把它从极地小心地带回来，用跟极地的同等条件为它专门打造一个领地，就是为了让我能亲眼看一看它，这株与父亲有最后关联的植物，它的身上，一定有父亲的精神和气息。因为这个，我非常感谢他，觉得他知道我最想要的是什么。后来他一直对我很好，甚至比父亲对我还要好——他会尽量抽出时间陪我，也会悉心教导我学业上的事情，后来也是他觉得我在科研上有天赋，极力说服我从事这个行业——一直以来，他在我心中都很完美，因为实在没有缺陷，直到今天，我发现了寂铃的秘密——它是永生的。

一株濒危的植物能活多久呢？当我第一次看到它的时候，就在心里默默发问。然后一个月过去，半年过去，一年，两年……每次我去 S.U.N. 看它，它都没有任何异样——曾经密先生还跟我提起等它死后要把它做成标本呢。也许密先生察觉到了，有一天我去实验室，看见他正把寂铃从外边放回玻璃罩内——他一定是把它拿出来做研究了。直到我十八岁那年，他突然跟我说，寂铃要死了。我不信，他就带我去看，果然叶子开始枯萎。那天我哭得很伤心。到了晚上，密先生特意去房间嘱咐我好好休息，不要太难过。第二天，他把尚未枯死的寂铃标本带给我，说想趁它枯萎之前，为我留住它最后的样子。也许是有些积郁，当晚我有些发烧，密先生请医生来家里注射了针剂，随后我便沉沉睡去……其实现在想起来，他应该就是当晚把寂铃中的提取物注射到了我的体内，但具体是什么方式让我生病发烧，还不知道。而我之所以今天才发现寂铃不死，是因为偷看了密先生的研究报告——那里面有他过去多年拍摄的对寂铃的观察图片，这株植物每年初秋时便会“死”一次，不同于一般植物落叶或花谢，它是真真正正地从根部开始彻底坏死，可大约两三天后，它就会自我复活。密先生在报告里提出，如果这个技术可以被用在人类身上，将是一次前所未有的突破，而他也一直在准备，等各方面时机成熟，他就会展开一次特定的实验。

那次所谓的特定实验，其实就是我。他下定决心牺牲寂铃，将里面的物质分别提取出来，并开始选定我为他第一个人体实验对象。

T113 年 12 月 20 日

不知道为什么，最近我总是觉得内心不安，仿佛要出事情。

从发现了密先生和寂铃的秘密那天开始，我就决定用日记把一切记录下来。我不想立即告诉小鹤，他一定会担心，而且还可能跑去与密先生直接对峙发生冲突——他总是很难控制自己的情绪……

这本日记是薇妮出事后，顾小鹤在她的移动硬盘里找到的。每次读到这里时，他都忍不住把笔记本电脑合上，双手死死地攥紧。薇妮，你一定不知道，这么久的时光兜转、这么多的人事变迁以后，我已经不是那个莽撞冲动的少年了。我变成了一个沉默寡言、不动声色的男人，与时间和虚无对抗，试图令所有清晰的事物重回明朗。

现在距我开始写“人体日记”那天，已经过去一年多了。每日的身体变化都记录在案，结果并没有太大的不同。可能密先生要失望了，我并没有起到应有的表率作用。这样的结果，他都知道么？他会就这么放弃么？

T114年2月23日

今天是顾伯伯宣判的日子——无期。庭审结束后，小鹤和我一起回到了密先生家。1·23事件后，小鹤一直表现得非常镇静，让我觉得既放心又难过。可能是有密先生在，他没说什么其他的，只是希望顾伯伯在里面不要受太多委屈。但是我知道，小鹤不相信自己父亲会做出那样的事，我也不信。反而，我觉得那件事情十分蹊跷。那些人哪里去了呢？是谁会针对那样一批人下手呢？

我心里有些不好的预感。虽然不希望那是真的，我还是想查查看。

对了，最近几个月，我的睡眠质量越来越好了，不知道是不是天气变冷，人开始困乏的缘故，当然也可能是寂铃起了什么作用。我现在觉得它是我身体的一部分，甚至还延续着父亲的气息，反而觉得十分心安。不过我还是决定明天去S.U.N.的时候，对自己做一个重新的血液检测，最好能提取出一些新物质。隐隐觉得很多事情之间都有联系，但是我还没有找到联系它们的结。

T114年3月7日

我已经知道了——所有的真相。

密先生最终还是吩咐手下把苏可的房门锁上，自己留下一个沉默的背影。苏可看着他嘭地把门关上，心里默默写下最后那篇未完的日记。

集装箱里装着的，不是东西，而是人——那一批在“1·23案件”中失踪的人，也是密先生的第一批集体人体实验对象。

按照我的推断，他们应该是一批失败品，甚至身体已经完全异化为树木，因为我在后院那两间屋子里找到了残屑，还有墙角干涸的汁液，提取物跟我血液里的提取物几乎完全吻合。他为了不被发现，将他们转移到阳平的仓库里，然后一把火烧掉。只是没想到仓库里藏有违规易燃物，又平白无故地增加了新的悲剧。

这可怕的贪婪，随处种下，不知何时就会被他人欲望的火烧惹上身。

相依为命多年的养父，真正的面目竟然这样狰狞。他怎么会是父亲最好的朋友呢？

我还是没有告诉小鹤这些。他跟我不一样，不会理解我的选择和挣扎。虽然不太现实，我还是想试一试去跟密先生摊牌，劝他自首，还公众一个真相，也还顾伯伯一个清白。就像密先生他自己说的，跟父亲的理想，都是通过自己的努力和成就，改变人类生命原有的阈值，但改造生命的前提，应该是建立在尊重生命的基础上。

何况我自己的力量这样单薄，就算现身说法，也没有切实的证据，再把已经是舆论中心的小鹤牵扯进来，不过徒增他的痛苦。

毕竟我是跟他生活多年的女儿，也是他在这世上唯一的亲人。只能抱有这微茫却又唯一的希望了。

第十一章　最后的战争，最初的告别

（一）

“他这种行为本身已经构成非法囚禁，我们完全可以把苏可带出来。”杜永泽安慰顾小鹤，“在这一点上，你完全不用担心。”

“罗西也跟我说了，如果媒体把这些爆出来，密先生可就走投无路，”顾小鹤顺着杜永泽的话说下去，“只是我担心，密先生会不会拼个鱼死网破？毕竟他身后有 MAT 集团的支持，那个势力，可能大到我们根本无法想象。”

“MAT 也是要利用他挣钱而已，”杜永泽说，“如果没有利用价值，他们会迅速抛弃他。但是我现在担心的是，密先生会为了自保，把苏可供出去。当苏可成为 MAT 的新目标，一切就麻烦了。”

“他会么？”顾小鹤转过头去看着 Lisa 陈，想听听她的意见。

“暂时不会，”Lisa 陈仔细思考后答道，“密先生并不是很听 MAT 的话，只是需要依赖他们强大的财力支撑和多方势力。他那种人，最终的目的是要在所有人之上，像神一样受众生朝拜。现在他手握苏可，就像握着一个绝对制胜武器，他目前是绝对不会把她交出去的。”

“那就没有问题。”杜永泽站起来，显得十分有把握，“相比于我们，密先生现在的处境，也许更糟心些。走吧，我们直接去找苏可。”

“我只是跟她交流些学术上的问题，”密先生吩咐手下倒了两杯茶递给杜永泽和顾小鹤，“说我囚禁她，这有点夸张了吧。”

“那为什么不留在医院，而是把她带走？”顾小鹤质问。

“不放心啊，”密先生笑了，“医院哪里比得上我这里安全。”

“随便你吧，现在我要见苏可。”顾小鹤不想再跟密先生多费唇舌。

苏可坐在轮椅上被推了出来，顾小鹤慌张地跑到她跟前，询问她是否受到伤害，直到对方明确地摇头否定才放下心来。

“现在我可以带她走了吧？”顾小鹤接过轮椅，想直接把苏可推出去。

“等一下，”密先生摆摆手，“我还有话问她。”

“我跟你没什么好说的了。”苏可说，“顾伯伯还在狱中含冤，我不想步他的后尘，变成你的信徒和替罪羊。”

“你在说什么？”听到苏可对父亲的评判，顾小鹤一时难以接受。

“你以为什么都是我做的？你以为只有我有贪欲吗？”密先生不屑地看了眼顾小鹤，“每个人都有，包括你那个院长父亲，你自以为含冤入狱的父亲。他不是一声冤枉也没喊么？那是因为他根本不冤枉。他也被我说服了，才利用职务之便，帮我搞来那些被试者。只是那一批异化得太快了。”密先生说着又把脸转向苏可，“苏可，不，薇妮，如果你当初肯帮我，如果你一直跟我一条心，那个时候我们就可以解决那些问题……后来被牵扯进来的人，你说他们无辜，其实都是因为你！你不是想做圣人么？牺牲自己去救别人，去救唐陌，为什么在这件事情上就是不肯？为了大多数人的利益，注定要牺牲掉少部分人，这是亘古不变的真理。”

“这根本不是什么真理，生命是平等的。”苏可平静地望着密先生。“我也不是圣人，更无意把自己打造成圣人。”

“无论是大火时候义不容辞地把唐陌先推出去，还是这一次毫无怨言地挡在她身前，都不是因为我善良我有什么圣母心。明知道结局是怎样的，还是要去做，即使时间重来也要去做，这一切都只是本能，身为一个有基本价值观的普通人在遇见那样事情时的本能。因为在当时的选择里，不是我就是她——青草与石头，我总会选择更柔软的一方。”

是，她无意做英雄，不管是上一次，还是这一次。可是无论时间重来多少次，苏可还是会挡在唐陌面前，奋不顾身。

因为唐陌是孩子，而她是大人。强者保护弱者，是自然法则。物竞天择，适者生存，从生物选择的角度来说，它是合理的，是符合进化规律的。但合理并不意味着正确。在更宏大的历史宿命面前，作为人类中一个孱弱的个体，要求个人凭借自身意志去改变或抗争是不现实的，但至少可以不去主动参与。命运阴差阳错地赋予了她特别的天赋和能力，她可以凭一己之力搅弄风云，像密先生说的那样，牺牲异形人建立自己的科学帝国，接替他成为新一代生命之神；但她也可以凭一己之力，帮那些无辜的异形人恢复常态，回归常人世界，而世界继续如常运转，新的科技革命何时到来尚不可知。为了多数人的利益而牺牲掉少数人，这是个政治正确的标语。而勇敢地站在它的反面，才是人性的希望所在。

“后天就是最后的期限了，你确定么？”密先生望着苏可，像溺水人最后的挣扎。此时，他眼神里的力度好像也已经减弱了几分。

“该说的我都已经说了，”苏可笑笑，“不想再重复了。”

“好，你走吧。”密先生摆摆手，“不过，你们永远都掌握不了证据，也永远不可能阻止我。”

“他永远不可能比得上林阔。”电梯里，杜永泽说了这么一句话，然后转过脸去赞赏地看着苏可，“你不愧是你父亲的女儿。”

“您认识我父亲？”苏可有些诧异。

“当然，”杜永泽笑着望着苏可，又抬眼看着顾小鹤，“所以这一次，我一定竭尽所能。”

“可是救我出来并不是目的，这一次他确实不会伤害我，也伤害不了我。”苏可满脸忧虑，“但是他说得对，即使我们已经知道了真相，可是没有证据，只要他不认罪，我们什么办法也没有。”

“而且，他应该早已经把异化的那批患者秘密转移了。”顾小鹤叹了口气，“他完全可以再来一次，一把火把他们烧个精光，什么痕迹都不留下。”

“这次不行了。”苏可难得地露出一丝笃定的笑容，“这次他的实验进步不小，销毁的麻烦也增加不少。那批患者没有异化得那么严重，很大程度上保留了人的外形，不像上次，像烧柴火那么方便了。”苏可咬了咬牙，“我们一定要尽早找到他们，让他们曝光在媒体面前，现身说法。”

“嗯，目前没有更好的方法了。”杜永泽也表示赞同。

“可找到他们，谈何容易。”顾小鹤并没有觉得事情有什么转机。

“自己找到当然难，”苏可说，“但可以让他主动带我们找到。”

“你在说什么？”顾小鹤察觉到苏可话里有意，“难道你还要回去？”

“不是回去，是别的，不知道行不行得通，可能还要等。”苏可苦笑了一下。

“你怎么了？”顾小鹤察觉到苏可的低落。

“我的脸，后天可能就到期了。”苏可吐吐舌头，故作轻松地笑道，“到时候就……”

“要说多少遍，我根本不在意这个！”顾小鹤直接打断了苏可。

“我不是说你啊，”苏可嗔怪道，“算了，等后天再说吧，到时候你就明白我在说什么了。”

“你不是跟我说，是因为被注入的寂铃，与你的身体发生了奇妙的反应，形成了新的寄生关系。发生车祸时，由于为了自保而必须保住寄主的生命，它们帮助你修复了受损的躯体，成功复活。”顾小鹤一边说着一边若有所思，“所以我觉得，你的皮肤，也是有自我愈合的能力的。你出事的时候是秋天，对吧？就像叶子到秋天会掉落一样，那个季节正好是衰落的周期，春天的时候就会慢慢复苏。只是你没有来得及等到它自然愈合，就被密先生利用了而已。我记得你跟我说过，头发突然长得很快吧？”

苏可觉得一切又有了希望。

（二）

果然，密先生说的时限到了，苏可的皮肤没有回到之前满目疮痍的状态。虽然没有那么光滑无瑕，但疤痕淡了很多，整体看过去影响不大。

“我可以回去了，”苏可说，“关于我经历的这一切，事实已经给出了充分的证明。你看过我的血液检测了吧？”她抬头望着顾小鹤，“它们可以使那批异化的患者恢复体力，增加他们逃脱的几率。你们按照我们的计划，联系罗西，利用媒体这几天就把舆论做足，把密先生的事情通通都捅出去。我上次被击穿后又复活的事，新闻热度还没有过去吧？他们也拍到过我的脸，那时候可是光洁无瑕呢。”苏可笑着指着自己的脸颊，“你看现在。这个他们不能不信吧？这样的影响力下，所有人都会关注这件事，安排媒体在 S.U.N. 楼下等待，只要有一个异化患者跑出 S.U.N.，出现在镜头面前，一切就不攻自破了。”

“舆论压力下，为了抹掉证据，密先生也可能会提前把那些患者转移吧？”杜永泽提出异议。

“这当然有可能，所以也要随时盯着以防这样的情况，媒体要 24 小时待命了。”顾小鹤点点头。

“是，但最大的可能是他不会转移，”苏可深吸一口气，“而是直接灭口。”

“所以我没有时间了，”她说，“他在等着我身上皮肤再生的疗效过完，我要抓紧联系他争取时间。”

“那我们今晚就要把血液包准备好了。”顾小鹤紧紧拉住苏可的手。

“秦雯安全么？还有 Lisa 陈呢？”苏可用询问的眼神望着顾小鹤。

“放心吧，杜市长把她们保护得很好。特别是秦雯。”

“那就好。”

“唐古也已经知道了，”顾小鹤补充了一句，“他也会尽自己的努力帮我们的。”

苏可望着 1717 房间里的惨状，差一点没忍住喊出声来——除了唐陌和几个年轻点的，剩下患者的四肢，尤其是双腿，已经完全异化成树枝，失去了最基本的行动力。他们毫无生气地躺在床上，连声音都几乎发不出。

“苏可。”唐陌的声音微弱得几乎听不见，“我想回家。”她说。

“马上就回去了，”苏可把她抱在怀里，“唐陌，”她喊她，“也许今天我只能相信你了。一会儿无论我让你做什么，你都照做好么？你能答应我么？”

唐陌点点头，“好，”她说，“我知道你一定会救我的。”

这其中的深意，只有苏可自己体会得到。但她来不及伤感，便开始迅速地把血液包分发给所有患者。

“我来帮你输，”她喊道，“它们会帮你们恢复体力，但你们要听我指挥，全力保护唐陌，让她逃出去。只有这样我们才能获救，密先生他们的人很快就会闯进来，我们没有多少时间了。”

异化的患者们发出微弱的呼声。苏可知道，无论她有多担心，此刻她只能选择不顾一切地信任。

她带着血液包来找密先生，说重新考虑过后愿意加入他，并且带来了自己的血液作为实验样本，输入患者体内。“我凭什么相信你呢？”密先生说。

“还能凭什么，你看不见我现在的这张脸么？”苏可淡淡地挑起眉。

输完血的患者们果然体力大增，异化的四肢虽然仍是树枝状，却充满了力量，完全可以直立行走、自由挥动。可是房内的喧哗引起了门外的注意，一直对苏可抱有怀疑的密先生立马下令打开房门，自己也从办公室匆忙赶来。

屋内霎时一片混乱，患者们异化成树枝的双臂和双腿被折损，苏可和几个年轻患者掩护最为健全的唐陌，趁乱逃出 1717 房。可是楼层里到处是密先生的人在追捕，苏可带大家退到茶水间。

“那边有个窗户，看见了么，唐陌？”苏可的体力也渐渐不支，“他们就要进来了，你快爬上去，往下跳；你爸爸，他在下面等着你。”

唐陌赶紧地往窗户边跑，爬上去的时候，她又突然犹豫了。

“太高了！”唐陌回过头望着苏可，满眼的惊惶无助。“会死么？”

密先生的人已经甩过苏可，朝窗边的唐陌奔过去。

“被抓住才会死！跳下去！”苏可用尽全身的力气对唐陌呼喊。

番外篇

（一）

顾方亭从监狱里走出来的时候，苏可和顾小鹤去接的他，还有数不清的持着不同话筒的媒体记者。几年的时间不算长也不算短，但发生的事情，却足足令人恍惚几世。

“这些年的牢，我并没有白坐。”顾方亭说，“作为一名医学专家，我的首要任务是救死扶伤。而其他任何有违患者健康、有违伦理的事，无论它的可能性有多诱人和耀眼，我也应该坚决说不。身为一个医生，要守住那个底线。而我没有守住，才给了密先生那样的人以可乘之机，最后酿成惨剧。我不冤枉。”

说完，他冲着媒体的镜头，给公众深深地鞠了一个躬。

（二）

而关于密先生最后的结局，T市人民已经通过媒体的各种深度报道知道了。还有一部分他们所不知道的，但苏可和顾小鹤知道。在那座只存在于传说中的监狱里，密先生背对着苏可和顾小鹤，沉着而固执。他问苏可：“现在亲眼见到这个地方，感觉怎样？”

苏可笑得勉强：“好像没你描述的那么恐怖。”

"那是你站在门外，"密先生的语气听不出悲喜，"不过，你应该永远也不会进来。"

"你也可以不进来的……"

"苏可，"密先生冷淡地打断了她，"我清楚我的每一步决定，我一点也不后悔。你们都不要再来看我了，我本来就该是一个人。"

自始至终，无论她说什么，密先生都没有转身回望他们。她很想告诉他，她其实并没有那么恨他；而她一直想知道的，是他有没有爱过她，像一个父亲爱自己小女儿那般爱过她；他过去那些虚伪的矫饰里，到底有没有几分漏掉的诚意？

但是密先生没有转身看她。只过了短短一周，他的头发已经全然变白，但他坐在那张冰冷的椅子上，始终不肯弯下自己的背。

"你可以不看我，"苏可说，"但是有件事，我有权利知道。"

她看见密先生的身体抖动了一下。

"什么？"

"我父亲林阔，"苏可说，"我想知道，他到底是怎么死的？那一天，到底发生了什么？"

（三）

住进这座监狱后，密先生总是梦见林阔。他梦见林阔站在暴风雪中央冲他挥手，不停地喊着"李密""李密"……

密先生自己都快忘了，原来年轻的时候他并不叫密先生。

那是 T102 年，那一年他还很年轻，大家都叫他李密，是一个有点小想法的研究科员。林阔是他最好的朋友，两人从大学起便是同学，后来一起进了T市顶级的“科学实验站”，也是个研究科员。不同的是，林阔非常聪明，科研能力远在常人之上，也远在李密之上。但是林阔有个很大的缺点——他过于感性和诗意，与实验站“理性”“务实”的科学态度相悖，总让那些专家前辈们担忧。尽管如此，学术界还是认为，相比于李密，林阔的未来更大有可为。

T102年，人们正遭受着一场空前的生存挑战：一种名为ARTE的病毒大肆侵入T市，许多人们感染并死去，医学界却对此束手无策。“科学实验站”作为最顶尖的技术基地，也只能在最大能力范围内做到减缓，效果却并不明显。林阔和李密被派遣去往极地进行考察，并在那里意外地发现了一株名为“寂铃”的植物——传说中它早已灭绝。寂铃只能生长在苦寒的极地，濒临灭绝的它，身上却有可以对抗ARTE病毒的灰酸质。李密喜出望外，建议将寂铃带走并提取出灰酸质进行大量复制，解救人类。

但是林阔却不同意。带走了这株寂铃，这个物种很有可能就从此灭绝——各种迹象表明，它应该就是世界上的唯一。人类的生命固然重要，但植物就应该为救人类而灭绝么？它们也是生命的一种形式啊。更何况，消除ARTE病毒，本就是他们科学家的责任，现在却要借毁掉一个物种的手段。这太无耻。

而李密坚持认为，寂铃是注定要被淘汰掉的物种，就算它能继续繁衍个几株，也不过是在苟延残喘。现在它们既然可以被用来救人，就是发挥了最大的价值，为什么不呢？

两人争执不下。林阔只好换一种方式说服好友——其实，他已经在攻克ARTE病毒上迈出了很重要的一步，这次来极地考察，就是为了进一步证实。也就是说，不依赖寂铃，自己很快就能成功，只是时间的问题，他请李密相信自己。而至于之前为什么没说，是因为林阔深知李密的心思和为人，怕太早暴露，引起他的嫉妒和不甘。

李密被林阔说服，两人离开寂铃所在地。但行至中途，李密突然反悔，还是要回去取寂铃。他的理由是林阔不能百分百保证成功，而且时间宝贵，不能承受一丁点意外的风险。其实是私心作祟，想通过拿到寂铃攻克病毒难题，与林阔竞争以证明自己。李密坚持跑回，为了安全考虑，林阔必须跟着。路途中两人遭遇暴风雪，林阔为救李密丧生。

李密怀着巨大的悲痛，冒着雪崩的危险，继续回去寻找寂铃。他成功了。他带走了寂铃，回到T市，提取了灰酸质并复制，攻克了魔鬼般的ARTE病毒。他成了T市新的救世主，成了人们争相传颂的英雄，成了“科学实验站”有史以来最伟大的天才——他隐瞒了与寂铃有关的一切。至于林阔，除了学术界里的一小批人还对他的风姿和才华念念不忘，世间再没有谁谈论起他。出于各种考虑，李密还毁掉了林阔那快成功的实验。但最后一只寂铃还是被密先生以另一种形态保存了下来，用作之后的“人体试验”。

从此，大家都尊称李密为密先生。那些之前说他比不上林阔的人，都纷纷俯首称臣，称他为T市存在以来最珍贵的礼物。密先生有了名，也有了钱，还有了个女儿——他收养了林阔的孤女林薇妮，且视如己出。这让T市所有人更加尊敬密先生了。也曾有人质疑密先生收养薇妮是作秀，但后来很多公开场合，林薇妮与密先生都被拍到关系融洽，确如亲生父女那般。

（四）

“确如亲生父女那般么？”苏可重复着最后一句，“是为了利用我，才收养我的么？”

“是因为你还能让我感受到他的存在。”

（五）

“你知道么？有件事情，其实我骗了你。”走出监狱的时候，苏可对顾小鹤说。

“什么？”

“当初你问我为什么叫他密先生……其实是因为，他让我这么叫的。那一天他到我家来，说，‘从此我就是你的父亲，你就是我的女儿了’。我说那我要叫你爸爸么，他摇摇头，说叫他密先生。”苏可忧伤地笑了笑，“你看，我是那么自欺欺人地，想让别人爱我。但其实有个人他一直是爱我的——我父亲，他一直是爱我的。”

顾小鹤轻轻握住苏可的手：“从今以后，还有我爱你。”

苏可脸上浮现出梦幻般的神色。

出版后记

"谜托邦"系列，是朱大可工作室出品的诸多品牌之一，它包括神话（魔幻）、悬疑、历史探秘和都市推理等诸多类型。

作为阅读市场的重要组成部分，"类型小说"在中国并未得到充分发育，但仍可以被粗率地划分为两大基本类型。

第一类是网络写作。这是一种互动式集体写作，以连载为基本传播方式，依照网民意志而不断修正写作方向，最终成为作者和网民的共同作品。此类写作的好处，就是以一种更加"刻奇"（Kitsch，旧译"媚俗"）的立场取悦读者，而将小说读本的商业性推向极致。此类小说有望成为广泛阅读的畅销书，但它的短板，在于作者很难借此塑造独立风格。它是一种缺乏主体性和个人话语风格的公共文本。第二类叫作书桌写作，它保持了传统的个人经验的基本特征。这其实就是一种封闭式书写，在完成电子或纸质出版之前，读者无法介入和影响小说的文本书写。相比网络写作而言，书桌写作能够塑造真正意义的独立作家，而令文学免于沦为集体口水的牺牲品，但它的短板在于，难以跟大众达成亲密的市场联盟。

"谜托邦"的作者，都是出生于 20 世纪 80 年代晚期和 20 世纪 90 年代早期的青年作家，毕业于同济大学和复旦大学中文系。他们依靠个人经验和写作技巧，书写那些历史传奇故事。在想象力和叙事能力方面，他们显示出与众不同的才华，而他们的三大短板，分别是剧情设计、人物性格塑造和对大众趣味的洞察。这些弱点与生活经验的稀少有关。

“谜托邦”写作计划，便是针对这种现状而设计的妥协性方案。整个写作程序，是以工作坊集体参与的方式，筛选故事种子，反复讨论故事大纲和人物设计，然后再由执笔者将其转化为文字。这无疑是一种有意义的书写实验。我认为，只有借助这种向内部开放的半个人写作，才可能布置文学和市场双赢的格局。

“谜托邦”写作计划，源于我的神话研究成果。2014年出版的《华夏上古神系》，可以视为“谜托邦”的理论根基。例如，《鹰翼之醒》的故事原型，就出自《华夏上古神系》一书。我们面对的，是人类最古老的“鹰蛇对抗”模式（在中国演变为“龙凤呈祥”的和解模式）。在“谜托邦”写作过程中，鹰蛇对抗被还原到原型的层级，并从中进一步化育出发生在现代航校里的黑鹰和白鹰的激烈对抗。神话原型是“谜托邦”幻想写作的内核。没有这样的内核，幻想小说就会丧失脊骨，并跟绝大多数类型小说一样，化为转瞬即逝的市场泡沫。

神话原型研究的重要目标，就是把中国神话跟亚洲其他地区神话做深刻的对接，以此改变传统神话叙事的困窘格局。《波斯镜灵》和《鹰翼之醒》指涉了波斯和印度，戏剧性地呈现出“亚洲神话共同体”的斑斓景象。没有这种亚洲化乃至全球化的视野，就无法写出真正的“现代神话”。

好莱坞神话电影（《魔戒》《阿凡达》《哈利波特》《纳尼亚传奇》《神战权力之眼》《冰雪奇缘》以及所有漫威式的英雄传奇），都拥有自己的“神话圣经”，那就是神话学家约瑟夫·坎贝尔的《千面英雄》，他在书里陈述了英雄成长的基本模式及其变体。坎贝尔的研究点亮了银幕上的美国神话。但仅有坎贝尔是远远不够的。漫威电影正在暴露其神话叙事的弱点——公式化、概念化和程式化，而这也是整个好莱坞电影的困境。美国人未能获得更多的古老原型，只能反复消费单一的英雄原型，直到它成为僵硬的市场模板为止。

这从另一角度暗示了中国人的写作优势。作为一个具有漫长历史的民族，中国人显然握有更复杂多样的神话原型，而这些奇诡的“非物文化遗产”，至今都没有得到有效的利用。“谜托邦”写作计划试图改变这个现状。可以确信的是，我们已经打开了通往神话的大门。我们正走在神话叙事的新路上。如果“谜托邦”有朝一日能够成为小说阅读和影视改编的“热门货”，那么它一定取决于神话原型的力量。它来自历史深处。它是人类共同欲望的简洁表达。谁握住原型，谁就握住了人类普遍价值的内核。而这是“谜托邦”写作计划的全部要义。

我要在此感谢东方出版社的编辑们。这场神话实验还将长期进行下去，但愿它能给类型文学和影视业带来细小的改变。

古时候有这样一个故事，说的是一位伟大的木匠师傅，带着一群年轻徒弟，准备打造一座世上最美丽的楼房。20 年过去后，楼房终于盖好了，但徒弟们却无法欣赏自己的杰作，因为他们的眼睛都瞎掉了。这个故事的关节点在于，他们的眼睛为什么会瞎掉？答案是出乎意料的：徒弟们认为自己根本无法造出最美丽的房子，为了逃避这样的宿命，他们刺瞎了自己的眼睛。但房子造出来之后，却赢得了人们的一片赞扬，因为民众看见了楼房的无限美丽之处。

这个故事试图告诉我们，不要畏惧实验可能带来的失败。而任何发自内心的信念，都能超越盲目的眼睛，成为撑起小说楼宇的坚实支架。